# 中國語言文字研究輯刊

十三編

許錟輝 主編

第6冊

明代介音的演變與發展

陳語唐 著

花木蘭文化事業有限公司

國家圖書館出版品預行編目資料

明代介音的演變與發展／陳語唐 著 — 初版 — 新北市：花
木蘭文化事業有限公司，2017〔民 106〕
目 2+206 面；21×29.7 公分
（中國語言文字研究輯刊 十三編；第 6 冊）
ISBN 978-986-485-231-4（精裝）
1. 漢語 2. 聲韻學 3. 明代
802.08                                            106014697

ISBN-978-986-485-231-4

9 789864 852314

中國語言文字研究輯刊
十三編　　第 六 冊　　　　ISBN：978-986-485-231-4

# 明代介音的演變與發展

作　　者　陳語唐
主　　編　許錟輝
總 編 輯　杜潔祥
副總編輯　楊嘉樂
編　　輯　許郁翎
出　　版　花木蘭文化事業有限公司
社　　長　高小娟
聯絡地址　235 新北市中和區中安街七二號十三樓
　　　　　電話：02-2923-1455 ／傳眞：02-2923-1452
網　　址　http://www.huamulan.tw 信箱 hml810518@gmail.com
印　　刷　普羅文化出版廣告事業
初　　版　2017 年 9 月
全書字數　148470 字
定　　價　十三編 11 冊（精裝）　台幣 28,000 元

# 明代介音的演變與發展

陳語唐 著

**作者簡介**

陳語唐，生於臺北市。畢業於東吳大學中文系、臺北市立大學中語系碩士班。該書付梓前爲國立中央大學博士候選人，亦於臺灣警察專科學校擔任兼任國文講師。以漢語音韻學、近代音爲研究目標，期許從中得出一點成果，對音韻學界盡一份棉薄之力。

**提　要**

　　「介音的演化」是近代語音發展中，牽動漢語聲母、韻母或影響整個音節結構發展的主要動力。因此，若能釐清漢語介音的發展脈絡，便能有助於了解近代漢語語音的基本面貌。關於各類介音演化的確切時間、細節以及介音與聲母、主要元音之互動關係，需要更深入的探索，而明代音韻是承宋代之後，開清代之先，具歷史轉折上的意義。因此，本文即以六本表現明代北方官話系統的韻書、韻圖爲範圍，著眼於「明代北方地區官話介音」的演化發展，及其對聲母、主要元音之影響，冀能以此釐清近代語音發展之脈絡，對共同語音發展史之建構盡一份心力。

書　影
第一章　緒　論 ............................................................ 1
　　第一節　研究動機 .................................................... 1
　　第二節　前人研究成果概況 .................................... 2
　　第三節　範圍界定 .................................................... 7
　　第四節　研究方法 .................................................. 14
第二章　介音概說 ...................................................... 19
　　第一節　開合四等的名稱及起源 ........................ 19
　　　　一、韻圖的起源 .............................................. 20
　　　　二、等呼的基本概念 .................................... 20
　　　　三、介音論題延伸 ........................................ 24
　　　　四、小結 ........................................................ 29
　　第二節　明代之前的介音發展 ............................ 30
　　　　一、三四等細音的合流 ................................ 30
　　　　二、一二等洪音的歸併 ................................ 31
　　　　三、二等介音的增生 .................................... 32
　　　　四、小結 ........................................................ 34
第三章　明代介音與聲母關係 ................................ 35
　　第一節　二等牙喉音細音化與顎化問題 ............ 35
　　　　一、明代前二等牙喉細音的增生 ................ 36
　　　　二、明代語料中的顎化現象 ........................ 39
　　　　三、語料中的演變詮釋 ................................ 63
　　　　四、小結 ........................................................ 70
　　第二節　由細變洪：知章莊系聲母的洪細轉變 ...... 71
　　　　一、明代語料中的演變 ................................ 72
　　　　二、明代知章莊系字洪細轉變之詮釋 ........ 82
　　　　三、小結 ........................................................ 84
　　第三節　由合變開：唇音字的開合相變 ............ 85
　　　　一、明代語料中的演變 ................................ 86
　　　　二、明代語料中的演變詮釋 ........................ 92
　　　　三、小結 ........................................................ 97
第四章　明代介音與主要元音關係 ........................ 99
　　第一節　細音增生：韻母的對立與合流 ............ 99

目
次

　　　　一、明代語料中的演變情形 ·················· 100

　　　　二、各韻母對立與合流的演變詮釋 ·········· 103

　　　　三、小結 ···································· 107

　　第二節　由開變合：〔uo〕韻母的類化現象 ···· 107

　　　　一、明代語料中的開合情形 ················ 108

　　　　二、明代語料中的演變詮釋 ················ 114

　　　　三、小結 ···································· 118

　　第三節　由合變開：齊微韻由合變開之現象 ···· 119

　　　　一、明代語料中的開合演變 ················ 120

　　　　二、明代齊微韻的開口演變詮釋 ············ 122

　　　　三、小結 ···································· 123

　　第四節　由細變洪：一三等的合流 ············ 123

　　　　一、明代語料中的洪細演變 ················ 124

　　　　二、明代語料中的演變詮釋 ················ 129

　　　　三、小結 ···································· 131

　　第五節　〔iu〕複合介音的發展 ·············· 132

　　　　一、明代語料的情況 ······················ 133

　　　　二、明代複合介音的演變模式 ·············· 155

　　　　三、小結 ···································· 160

第五章　結　論 ································ 163

　　第一節　明代北方介音演變研究綜述 ·········· 163

　　　　一、明代介音與聲母的演變概況 ············ 164

　　　　二、明代介音與主要元音的演變概況 ········ 165

　　第二節　元、明時期的北方介音發展概況 ······ 167

　　　　一、介音與聲母相關音變的發展概況 ········ 167

　　　　二、介音與主要元音相關音變的發展概況 ···· 169

　　　　三、元、明時期與介音相關之音變要目 ······ 174

　　第三節　論題延伸 ·························· 176

本文研究成果歸納表 ·························· 177

明代語料歸納表 ······························ 185

參考書目 ···································· 191

## 【書影一】

《韻略易通》收於《韻略易通、韻略匯通合訂本》影清康熙癸卯年李棠馥本

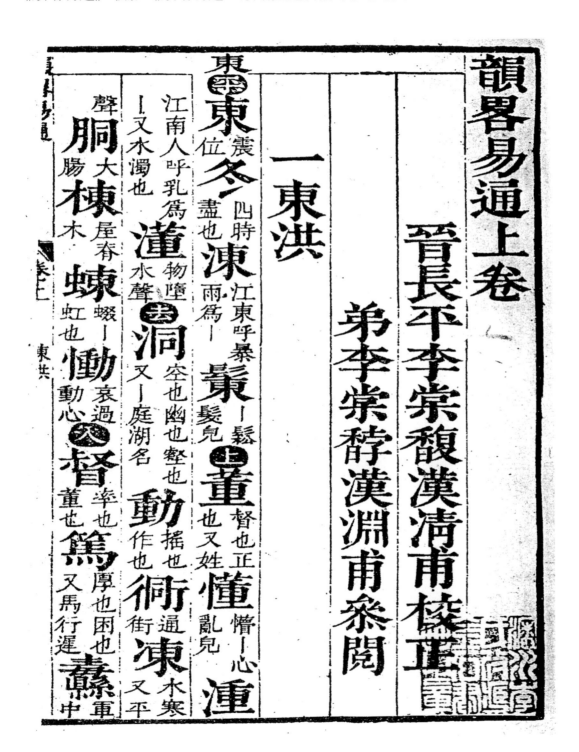

## 【書影二】

《青郊雜著》收於《四庫全書存目叢書》影北京大學圖書館藏明萬曆桑學夔刻本

翔立二十八部七十四母縱橫圖

橫者為部縱者為母四科節分五位諸品隨

母布置

東江優嘗庫陽真元歌麻遮皆灸支模𡘋尤蕭

| 宮 | | | | 重科 | |
|---|---|---|---|---|---|
| 烘 | 翁 | 空 | 公 | | |
| 轟荒昏歡禾花 | 泓洼溫彎窩窊 | 鞃匡坤寬科夸 | 肱兊昆官戈瓜 | | |
| 懷暉 | 洼㠠 | 佤奎 | 乖圭 | | 孤 |
| 哼 | 烏 | 枯 | | | |

## 【書影三】

《青郊雜著》收於《四庫全書存目叢書》影北京大學圖書館藏明萬曆桑學夔刻本

文韻攷衷六聲會編卷之一

東郡青郊逸史桑紹良遂叔編次

武進縣知縣姪孫桑學夔校刊

啓

沈平聲　浮平聲　上丆聲　去丆聲　淺入聲　濬入聲

東部　重　科　宮音

見毋工　谷空切　公工珍

谷孔切　頼寯

谷悾切　貢虹羽工

公哭切　谷狢

青郊書完人攷山房

## 【書影四】

《重訂司馬溫公等韻圖經》收於《四庫全書存目叢書》影西北師範大學圖書館藏明萬曆三十四年張元善刻本影印

## 【書影五】

《合併字學篇韻便覽》（《重訂司馬溫公等韻圖經》）收於《四庫全書存目叢書》
影西北師範大學圖書館藏明萬曆三十四年張元善刻本影印

## 【書影六】

《交泰韻》收於《四庫全書存目叢書》影福建省圖書館藏明萬曆刻本

交泰韻總目　　武陵呂坤

一東董動篤　東字舊為韻頭今仍後做此東冬舊各出正韻歸併以領韻

○東陰　字母此陰陽不過兩聲韻頭然亦有三母

○翁屋　公塰塰翁塰塰翁（甕）塰翁

空　佛孔塰塰酷屋

## 【書影七】

《元韻譜》收於《四庫全書存目叢書》影北京圖書館分館藏清康熙三十年梅墅
石渠閣刻本

## 【書影八】

《元韻譜》收於《四庫全書存目叢書》影北京圖書館分館藏清康熙三十年梅墅
石渠閣刻本

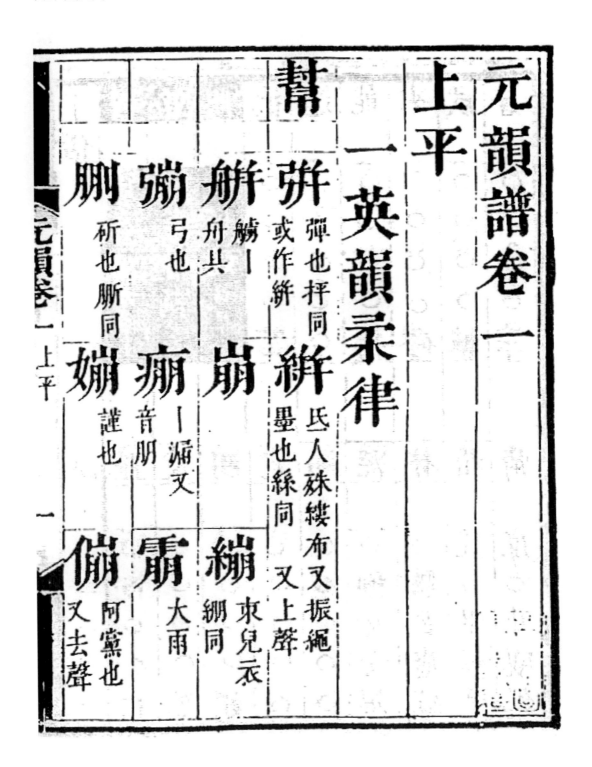

# 【書影九】

《韻略匯通》收於《韻略易通、韻略匯通合訂本》影清康熙癸卯年李棠馥本

韻畧匯通卷上

止菴蘭　芳編次
東萊宿　度舊梓
同郡畢拱辰更定

一東洪

東（平）紅德東東方冬、四季之一凍暴雨鬢一鬆自髮（上）董督也正

懂懵一憒心亂渾稠濁又渾乳汁蓮物墮水聲（去）洞幽壑又通也又音同洪一縣

動搖也作也動衕街凍通氷上又同大東屋脊棟木東蝀蝃一虹也又平胴腸一

# 第一章　緒　論

　　本文研究以明代北方音系語料爲範圍，探討明代介音的發展及其相關的聲、韻演變。以下分別依「研究動機」、「前人研究成果概況」、「範圍界定」及「研究方法」四個部分論述之。

## 第一節　研究動機

　　明清時期，等韻圖的製作如雨後春筍般的蓬勃發展，明清等韻學雖與宋元等韻學一脈相承，但由於時代的不同，社會環境與語言環境的改變以及學術背景的差異，使兩者有相當大的差別。大部分的明清韻書、韻圖逐以迥異的風格、嶄新的面貌，擺脫傳統韻書的羈絆，主要原因乃是語言在時間的洪流下，不斷地運轉、更新。宋元時期的語音到了明清時代，已產生極大的變化，在「主要元音的刪併」、「介音的發展」、「韻尾的消變」、「濁母的清化」、「平聲調類分陰陽」……語音演變中，音韻學家開始突破以往格式，以時音爲基準，或自創體例、運用呼法、改良反切以編纂作者心目中理想的韻書、韻圖。近年來，在聲韻學者共同的努力下，使明清時期的語音研究獲得相當豐碩成果。然而，各家在材料之運用上，仍以「單一語料開發」爲主，少以「語音現象」作爲探討主題。所謂「單一語料開發」，是以音系爲主題的研究，其專對某一語料之語音進行窮盡式剖析，此爲臺灣近幾十年來近代音研究的主流。而「語音現象研究」，則是一種歷時音變的研究，必須綜觀各韻圖、韻書，從不同的時間點宏觀地將同質性的語音現象系聯之，進而尋求語音發展的軌跡。漢語音韻學的研究目標，

本應如同串珠一般，先剖析各斷代的共時平面音系，再貫通各斷代相同之語音演變現象，進而推衍出語音歷時演化的規律，因此「單一語料開發」與「語音現象研究」兩者應相輔而成。

「介音的演化」是近代語音發展中，牽動漢語聲母、韻母及影響整個音節結構發展的主要動力，因此，若能釐清漢語介音的發展脈絡，便能有助於了解近代漢語語音的基本面貌。近年來，海峽兩岸聲韻學界論及相關漢語介音問題之單篇著作數量十分可觀，然而，以漢語介音語音現象為研究主題者，在本論文之前，相關研究的專著較為缺乏。關於各類介音演化的確切時間、細節以及介音與聲母、主要元音之互動關係，需要更深入的探索，而明代音韻是承宋代之後開清代之先，具歷史轉折上的意義。因此，本文即以「明代北方音系韻書」為範圍，著眼於「明代北方地區官話介音」的演化發展，及其對聲母、主要元音之影響，冀能以此釐清近代語音發展之脈絡，對共同語音發展史之建構盡一份心力。

## 第二節　前人研究成果概況

目前海峽兩岸以近代漢語介音作為全面性研究的碩、博士學位論文及專著，甚為缺乏。而單篇性質的文章，則多探討介音的單一語音演變現象。例如：顎化音的發展、介音對捲舌聲母的影響、撮口呼之形成或以方言的介音演變狀況為題，或將介音問題夾雜在其他語音演變問題中探討。以下提出幾篇代表性文章，依研究主題，略分下列幾點：

## 一、語音演變的綜合討論

### （一）丁邦新〈十七世紀以來北方官話之演變〉[註1]及〈論官話方言研究中的幾個問題〉[註2]

〈十七世紀以來北方官話之演變〉一文，針對幾個方言區作語音的區分，

---

〔註1〕丁邦新：〈十七世紀以來北方官話之演變〉收錄於《近代中國區域史研討會論文集》，（臺北：中央研究院近代史研究所，1986年），頁5～15。

〔註2〕丁邦新：〈論官話方言研究中的幾個問題〉收錄於《史語所集刊》第58本4分，1987年，頁809～841。

並依音韻特點，例如：尖團音分混與否、精系字與知系字區分與否。將北方官話分爲六區。

　　〈論官話方言研究中的幾個問題〉一文則提出幾個官話方言的聲、韻演變現象，皆屬介音演變範疇，如：見系字與精系字顎化問題、捲舌音的合流現象、〔i〕和〔n〕，〔u〕和〔ŋ〕在音韻上的關聯等等，以幾個官話方言區的語音演變爲研究方向，試圖拋出問題並進一步分析，其提出的音變現象皆是中古至近代語音發展的重點，屬於大方向的官話方言語音史。

## 二、近代漢語介音概況介紹

### （一）王力〈語音的發展〉［註3］

　　文中分別依聲母、韻母、四呼、聲調四個方面，論述從中古到現代語音的發展演變，如「現代聲母來源」一節中，提到顎化音的語音演變規律與發展［註4］。又認爲四呼與一切韻母有著密不可分的關係，故詳細地從四呼談到中古至現代的韻母發展。此外，對於開合洪細的演變交替，亦羅列例字並依韻部歸納。書中整理許多語音演變之規律，對於介音相關的演變發展亦有詳細的討論，極具參考價值。

### （二）李新魁〈近代漢語介音的發展〉［註5］

　　此文是首篇詳細介紹近代漢語介音發展史的專論。李先生認爲介音是近代漢語共同語語音發展之主軸，因此認爲深入探索漢語介音，有助於了解近代漢語語音發展的面貌。文章略分元代與元代之後兩個部分，分別討論〔i〕、〔u〕、〔iu〕三種介音的演變發展，亦旁述介音所影響之韻母及聲母。或許礙於篇幅所限，使得分類不夠詳盡而略顯龐雜，然其指出近代漢語介音發展的方向，內容豐富且論點清楚，可做爲本文研究之參考。

### （三）竺家寧〈析論近代音介音問題〉［註6］

［註3］詳見王力：《漢語史稿》（北京：中國社會科學出版社，1985 年），頁 129～210。

［註4］關於王力對現代語音之探討、歸納是以國語爲主，再旁及其他方言以資比較、佐證。

［註5］李新魁：〈近代漢語介音的發展〉收錄於《音韻學研究》第一輯（北京：中國音韻學研究會編，1984 年），頁 471～484。

［註6］竺家寧：〈析論近代音介音問題〉收錄於《第七屆國際第十九屆全國聲韻學學術研討會：聲韻學研究之蛻變與傳承論文集》（臺北：國立政治大學語言學研究所，2001

此文提出幾項要點，一、各類介音的演化及轉變的確切時間未明，仍需透過近代音語料進行逐步分析。二、必須串連時間與空間，將介音演變問題與方言聯繫，採用更宏觀的角度研究之。三、語音變化並非孤立發生，而介音的演化經常影響聲母及主要元音，因此勢必以聲、介、韻三點就語音史的角度加以描述。正如竺師家寧所言，介音研究尚未全面而深入，故文章就介音發展之要點，以概論方式勾勒出近代漢語介音發展的大方向，亦為本文啓發。

## 三、顎化音相關問題的探討

### （一）鄭錦全〈明清韻書字母的介音與北音顎化源流的探討〉[註7]

文章提出止攝精系字不同於其他精系字，其並未受〔i〕、〔y〕影響而發生顎化，故據此認為「支思韻」的形成應早於顎化現象的發生。其結論是：北方音系牙喉音字的顎化約全面形成於十六、七世紀，直至十八世紀前半《圓音正考》（西元1743年）一書針對尖團音的問題進行分析，即表示聲母的顎化現象已經完成。文章以顎化現象為焦點，深入探索北音顎化源流，詳細指出明清語料的聲、介關係及語音變遷的相互影響，論點中肯，足供本文研究之資。

### （二）馮蒸〈尖團字與滿漢對音——《圓音正考》及其相關諸問題〉[註8]

文章主要針對顎化音之發展進行時間探討。學術界一般認為《圓音正考》為尖團音一詞之最早出處，約見於西元1743年。作者認為見系字與精系字在當時的北京話皆已變為顎化音〔tɕ〕、〔tɕʻ〕、〔ɕ〕，見系字與精系字無法區別，因此存之堂才有意地編輯《圓音正考》一書。文章主要介紹《圓音正考》一書之性質及書中透露出的顎化現象，並推測北京話尖音顎化可能早於團音顎化，即精系字的顎化發生時間早於見系牙喉音字，其論點與其他學者所認定的見、精系字顎化時間相反。漢語聲母顎化現象一直是學者關注的焦點，介音是聲母顎

---

年），頁17～23。

〔註7〕鄭錦全：〈明清韻書字母的介音與北音顎化源流的探討〉收錄於《書目季刊》14卷，第二期，1980年，頁77～87。

〔註8〕馮蒸：〈尖團字與滿漢對音－《圓音正考》及其相關諸問題〉收錄於《漢語音韻學論文集（北京：首都師範大學出版社，1997年），頁289～308。

化的動因，因此討論顎化之相關文章，亦屬介音範疇。以上牙喉字及舌尖字顎化早晚的時間問題，祈於本次研究再次論證。

### （三）楊劍橋〈「尖團音」辨釋〉〔註9〕

文中提到「尖團音」得名原因，是清代分別用滿文的尖頭字母與圓頭字母對譯而名，糾正了一般辭典的說法〔註10〕，並且釐清尖團字的區別：精系聲母拼〔i〕、〔y〕介音、韻母是尖音；見、溪、群、曉、匣聲母拼〔i〕、〔y〕介音、韻母是團音。而在漢語方言分尖團與否的認定中，分尖團的情況不一定非要尖音字讀尖、團音字讀團，只要兩類字分開不混讀即分，同此理不分尖團者，亦只要兩類字不相混讀即不分。尖團音一詞雖然是傳統戲曲用語，仍應從音韻學角度詮釋較爲精確。在近代漢語聲母系統中，三十六字母有兩組聲母的發展和變化，引發了所謂的尖團音問題。以漢語音韻的角度論之：見系聲母字分化爲兩組，一組仍讀爲舌根、喉音，即〔k〕、〔k´〕、〔x〕、〔ɤ〕；另一組變爲舌面音（顎化），即〔tɕ〕、〔tɕ´〕、〔ɕ〕。精系聲母亦分化爲兩組：一組仍爲舌尖前音，即〔ts〕、〔ts´〕、〔s〕；另一組變爲舌面音（顎化），即〔tɕ〕、〔tɕ´〕、〔ɕ〕。以現代語音學角度而言，即舌根（喉）塞音、塞擦音、擦音、舌尖塞音、塞擦音、擦音與舌面前高元音相拼合時，受到前元音影響，顎化成舌面音，在語流音變中稱此爲同化現象。尖團音區分的知識往往因混淆不明而被錯用，文章闡述的內容範圍雖然不大，但極具參考價值。

## 四、方言角度的介音問題

### （一）李存智〈介音對漢語聲母系統的影響〉〔註11〕

此文主要從漢語方言音韻結構的角度討論介音對漢語聲母系統的影響。著重在探討唇齒化、顎化、捲舌化出現的範圍及其與介音的關係，就漢語七大方

---

〔註9〕楊劍橋：〈「尖團音」辨釋〉收於《辭書研究》第四期，1999 年，頁 150～154。

〔註10〕例如：《現代漢語詞典》釋尖團音，以〔tɕ〕、〔tɕ´〕、〔ɕ〕拼〔i〕、〔y〕介音就是團音，其說與團音本義差距甚遠。詳見中國社會科學院語言研究所詞典編輯室：《現代漢語詞典》（北京：商務印書館 1998 年），頁 611～612。

〔註11〕李存智：〈介音對漢語聲母系統的影響〉收錄於《聲韻論叢》第十一輯（臺北：臺灣學生書局，2001 年），頁 69～105。

言區的介音對唇音字、舌齒音字所產生的音韻現象作整理歸納及問題探討。得出幾項結論：一、漢語方言聲母系統的演變分歧，分別反映漢語音韻史的不同時期與區域特色。二、介音的影響使漢語聲母產生變化，表現出條件音變是具有時間性與地域性的，即音變條件即使存在，亦往往受限於時空的阻隔、遷移而不一定產生音變。三、由閩、客方言的音韻結構論證，漢語音韻結構具有自我調整的能力，且具有相對的穩固性。文章以方言作區分，個別列舉，以表格呈現出漢語方言所反映的介音與聲母關係，主要討論介音對舌齒音字所產生的音變現象，提出漢語音韻結構的特色。論點清晰明瞭，可做爲本文方言比較的參考。

## 五、介音的音節界定問題

### （一）王洪君〈關於漢語介音在音節中的地位問題〉〔註12〕

文章從語音學的角度，討論漢語介音在音節中屬於聲母或韻母，並根據時間格的理論及聲學角度鑑別介音是否獨佔一個時間格，或只是輔音聲母的一個附加特徵。文末又根據音系標準，認爲北京的介音即使是獨佔一個時間格，亦應是屬於聲母部分。

以上爲海峽兩岸學界針對近代漢語介音主要之研究篇章，可看出兩岸研究範疇有明顯不同，臺灣學界主要闡述漢語方言的介音問題，大陸學界則多探討介音所影響的單一語音現象，而介音所造成的「唇齒化」、「舌面化」、「捲舌化」等現象，則爲兩岸共同關注的焦點。此外，如介音對主要元音的關係與影響、韻母的開合演變等問題，較少人提及，可見聲母的變動較爲顯而易見。

因此，本文研究除探討介音與聲母關係，亦討論介音對主要元音所產生的影響，試由幾本明代等韻語料作爲前導，並以前賢研究爲憑藉，觀察明代北方地區的聲、介、韻之互動關係、介音對音節內部的影響及開合等第的變化，以此探討近代漢語介音所產生的各類演化及轉變的確切細節、時間外，亦可明漢語音韻演變的規律方向。

---

〔註12〕王洪君：〈關於漢語介音在音節中的地位問題〉收錄於《聲韻論叢》第十一輯（臺北：臺灣學生書局，2001年），頁37～43。

# 第三節　範圍界定

　　各家針對複雜多樣的明清等韻語料，皆依其功能、性質分門別類，如此便於後人取材，亦可使研究更具效率。本節即依前人之分類爲基礎，論述本文取材標準以及對「官話」時、空之界定。茲就研究範圍及「官話」範疇界定兩部分闡述之。

## 一、選材範圍

　　明清等韻語料種類繁多，現代音韻學家在面對內容如此豐富之等韻語料，勢必要將其依語音性質或韻圖的功能，予以分門別類，以方便研究。如趙蔭棠《等韻源流》一書，以聲母濁音清化爲標準，將等韻語料分爲兩個系統，一是「存濁系統」，簡稱南派；另一爲「化濁入清系統」，簡稱北派，並認爲此系統源自《中原音韻》，是現代國語的前身〔註13〕。而李新魁先生依古今音系之別，將明清語料分爲六大類，再進一步細分成各小類〔註14〕。面對繁多的語料，首當以研究表現「活語言」之語料爲要，故王松木《明代等韻之類型及其開展》一文將明代語料縮分爲「讀書音」、「口語標準音」、「方音」、「綜合性質」四大類、十小類〔註15〕。耿振生先生則認爲語音系統是韻書的靈魂，因此根據語音系統性質將等韻語料分成三類：「反映時音」、「反映古音」、「混和型音系」〔註16〕，關於反映時音的官話方言音系，耿先生又依各韻圖所表現之語音地點析分，此即本文研究焦點。

　　茲綜合趙、李、耿三家之分，將本文欲取材的明代等韻相關資料，依成書年代先後，以表格方式呈現於下：

---

〔註13〕趙蔭棠：《等韻源流》（臺北：文史哲出版社，1985年）。

〔註14〕詳見李新魁：《漢語等韻學》（北京：中華書局，1983年）。

〔註15〕詳見王松木：《明代等韻之類型及其開展》，中正大學博士論文，2000年。

〔註16〕詳見耿振生：《明清等韻學通論》（北京：語文出版社，1998年）。

〔表 1-3-1〕本文語料音系分類表

| 書名 | 作者 | 籍貫 | 成書年代 | 耿氏分類〔註17〕 | 李氏分類〔註18〕 | 王氏分類〔註19〕 |
|------|------|------|----------|----------|----------|----------|
| 《韻略易通》 | 蘭茂 | 雲南嵩明 | 西元 1442 年明正統七年 | 普通音現所知的明代最早官話系韻書 | 無 | 無 |
| 《青郊雜著》 | 桑紹良 | 河南濮州 | 西元 1543～1581 年明嘉靖二十二年開始編纂，明萬曆九年定稿 | 混合（取消全濁聲母）以時音為主，反應當時河南方言特徵，但有幾個韻部是按古音而分 | （書作於1543 年）按實際語音分類 | 反應口語標準 |
| 《重訂司馬溫公等韻圖經》〔註20〕 | 徐孝 | 北京河北順天 | 西元 1602 年明萬曆三十年〔註21〕 | 明末北京語音 | 表現北方方音 | 反應北方方音 |

---

〔註17〕 參見耿振生：《明清等韻學通論》（北京：語文出版社，1998 年），頁 173～213。

〔註18〕 參見李新魁：《漢語等韻學》（北京：中華書局，1983 年），頁 227～343。

〔註19〕 參見王松木：《明代等韻之類型及其開展》，中正大學博士論文，2000 年。

〔註20〕 徐孝《重訂司馬溫公等韻圖經》是《合併字學集韻》中所附的韻圖，此圖將《合併字學集韻》中之領字，以聲母為經、韻母為緯，依等列成圖，由此可見《合併字學集韻》中收字之讀音，皆載於《合併字學篇韻便覽》一書中。參見徐孝《合併字學篇韻便覽》收於《四庫全書存目叢書》影西北師範大學圖書館藏明萬曆三十四年張元善刻本（臺南：莊嚴文化，1997 年）193 冊，頁 313～649。

〔註21〕 關於《重訂司馬溫公等韻圖經》的成書時間，各家看法稍有差異。陸志韋根據書中張元善序文所提「萬曆丙午孟夏之吉」等字，認為書成於明萬曆三十四年，趙蔭棠則是根據書前凡例，認為書成於明萬曆三十年。依據《四庫全書總目提要》所載：「《合併字學集篇集韻》……明徐孝編，張元善校……。」可見其中大抵為書成時間與刊刻時間之差異。相關論述參見（清）永瑢等撰，王雲五主編《四庫全書總目提要》排印本（上海：商務印書館，2002 年）第九冊，頁 79。劉英璉：《重訂司馬溫公等韻圖經研究》，高雄師範學院碩士論文，1988 年，頁 5～7。

| 《交泰韻》 | 呂坤 | 河南寧陵 | 西元 1603 年〔註22〕明萬曆三十一年 | 河南方言 | 表現共同語的正音（雅音）系統 | 雜糅象數闡釋音理 |
| 《元韻譜》 | 喬中和 | 河北內丘 | 西元 1611 年明萬曆三十九年 | 河北及天津 | 採口語標準音 | 雜糅象數闡釋音理 |
| 《韻略匯通》 | 畢拱辰 | 山東萊州 | 西元 1642 年明崇禎十五年 | 山東改併《韻略易通》而成 | 無 | 無 |

由以上表格可見本文選材標準：

（一）以韻圖為主要研究材料。

（二）選取記錄「活語言」的時音韻圖。

（三）時間以明代，西元 1442 年至 1642 年為範圍。

（四）以狹義的北方官話語音為研究焦點。

本文選用的等韻材料，為《韻略易通》、《青郊雜著》、《重訂司馬溫公等韻圖經》、《交泰韻》、《元韻譜》及《韻略匯通》六本明代語料。關於以上文本語料之版本問題，各家在相關韻書研究中多有詳細探討，本文不再贅述，僅就所據版本，稍作說明。本文依據流傳廣泛度與組織結構之完整性與否做為選用標準。

（一）《韻略易通》：清康熙癸卯年李棠馥本，收於《韻略易通、韻略匯通合訂本》〔註23〕。

（二）《青郊雜著》：明萬曆桑學夔刻本，收於《四庫全書存目叢書》〔註24〕。

（三）《合併字學篇韻便覽》：明萬曆三十四年張元善刻本，收於《四庫全書存目叢書》〔註25〕。

---

〔註22〕 耿振生於《明清等韻學通論》云：「《交泰韻》…書成於萬曆癸卯（1613）。」筆者按：明萬曆癸卯年應是西元 1603 年，故此應是筆誤。參見耿振生：《明清等韻學通論》（北京：語文出版社，1998 年），頁 185。

〔註23〕 （明）蘭茂：《韻略易通》收於《韻略易通、韻略匯通合訂本》影清康熙癸卯年李棠馥本（臺北：廣文書局，1972 年）。

〔註24〕 （明）桑紹良：《青郊雜著》收於《四庫全書存目叢書》影北京大學圖書館藏明萬曆桑學夔刻本（臺南：莊嚴文化，1997 年）216 冊，頁 474～642。

〔註25〕 （明）徐孝：《合併字學篇韻便覽》收於《四庫全書存目叢書》影西北師範大學圖

（四）《交泰韻》：明萬曆刻本，收於《四庫全書存目叢書》〔註26〕。

（五）《元韻譜》：清康熙三十年梅墅石渠閣刻本，收於《四庫全書存目叢書》〔註27〕。

（六）《韻略匯通》：明崇禎壬午年初刻本，收於《韻略易通、韻略匯通合訂本》〔註28〕。

上述運用的六本明代語料，前人已有開發，因此在寫作上即以前賢研究爲基礎，並參考前人的介音研究成果。以下即以表列方式，依「單篇文章」及「專著論文」兩部分，列舉本文所參考的研究成果：

〔表 1-3-2〕本文相關語料之前人研究表

| 前人<br>研究<br>成果<br>韻書〔註29〕 | 單 篇 文 章 | 專著、論文 |
|---|---|---|
| 《韻略易通》 | 陸志韋〈記蘭茂《韻略易通》〉〔註30〕 | 楊美美《韻略易通研究》〔註31〕<br>張玉來《韻略易通研究》〔註32〕 |

---

書館藏明萬曆三十四年張元善刻本影印（臺南：莊嚴文化，1997 年）193 冊，頁 313～649。

〔註26〕（明）呂坤：《交泰韻》收於《四庫全書存目叢書》影福建省圖書館藏明萬曆刻本（臺南：莊嚴文化，1997 年）210 冊，頁 1～35。

〔註27〕（明）喬中和：《元韻譜》收於《四庫全書存目叢書》影北京圖書館分館藏清康熙三十年梅墅石渠閣刻本（臺南：莊嚴文化，1997 年）214 冊，頁 1～607。

〔註28〕（明）畢拱辰：《韻略匯通》收於《韻略易通、韻略匯通合訂本》影明崇禎壬午年初刻本（臺北：廣文書局，1972 年）。

〔註29〕相關韻書資料請參閱上頁〔表 1-3-1〕本文語料音系分類表。

〔註30〕陸志韋是第一位注意到《韻略易通》之學者，並認爲《易通》所傳的音是官話系統，即當時的普通官話。然其與廣文書局影康熙癸卯年李棠馥本皆誤將姓氏「蘭」作「藍」。陸已於《燕京學報》三十三期中發表更正說明。參見陸志韋：〈記蘭茂《韻略易通》〉收於《燕京學報》第三十二期，1947 年，頁 161～168。

〔註31〕楊美美：《韻略易通研究》，高師大碩士論文，1988 年。

〔註32〕張玉來：《韻略易通研究》，天津：天津古籍出版社，1999 年。

| | 張玉來〈《韻略易通》的音系性質問題〉〔註33〕 | 周美慧《韻略易通與韻略匯通音系比較——兼論明代官話的演變與傳承》〔註34〕 |
|---|---|---|
| 《青郊雜著》 | 未見相關單篇文章 | 李秀珍《青郊雜著研究》〔註35〕 |
| 《重訂司馬溫公等韻圖經》 | 陸志韋〈記徐孝《重訂司馬溫公等韻圖經》〉〔註36〕 | 劉英璉《重訂司馬溫公等韻圖經研究》〔註38〕 |
| | 郭力〈《重訂司馬溫公等韻圖經》的聲母研究〉〔註37〕 | |
| | 王爲民〈再論《重訂司馬溫公等韻圖經》止攝合口中等照組字韻母的音值〉〔註39〕 | 耿軍《合併字學篇韻便覽》〔註40〕 |
| 《交泰韻》 | 張偉娥〈論《交泰韻》的語音性質〉〔註41〕 | 趙恩梃《呂坤交泰韻研究》〔註42〕 |
| | 楊秀芳〈論《交泰韻》所反映的一種明代方音〉〔註43〕 | 張偉娥《交泰韻音系研究》〔註44〕 |

〔註33〕張玉來：〈《韻略易通》的音系性質問題〉收於《徐州師範大學學報》（哲學社會科學版）第二期，1997年，頁49～51。

〔註34〕周美慧：《韻略易通與韻略匯通音系比較——兼論明代官話的演變與傳承》，中正大學碩士論文，1999年。

〔註35〕李秀珍：《青郊雜著研究》，文化大學碩士論文，1997年。

〔註36〕陸志韋：〈記徐孝《重訂司馬溫公等韻圖經》〉收於《燕京學報》第三十二期，1947年，頁169～196。

〔註38〕劉英璉：《重訂司馬溫公等韻圖經研究》，高雄師範學院碩士論文，1988年。

〔註37〕郭力：〈《重訂司馬溫公等韻圖經》的聲母研究〉收於《古漢語研究》第二期，2004年，頁18～24。

〔註39〕王爲民：〈再論《重訂司馬溫公等韻圖經》止攝合口中等照組字韻母的音值〉收於《徐州師範大學學報》（哲學社會科學版），第五期，2006年，頁55～58。

〔註40〕耿軍：《合併字學篇韻便覽》，蘇州大學碩士論文，2004年。

〔註41〕張偉娥：〈論《交泰韻》的語音性質〉收於《青島大學師範學院學報》第二期，2003年，頁39～41。

〔註42〕趙恩梃：《呂坤交泰韻研究》，臺灣師範大學碩士論文，1999年。

〔註43〕楊秀芳：〈論《交泰韻》所反映的一種明代方音〉收於《漢學研究》第5卷，第二期，1987年，頁329～374。

〔註44〕張偉娥：《交泰韻音系研究》，山東師範大學碩士論文，2002年。

| | 周傲生〈呂坤的韻學思想與《交泰韻》的反切特徵〉〔註45〕 | |
|---|---|---|
| 《元韻譜》 | 未見相關單篇文章 | 廉載雄《喬中和元韻譜研究》〔註46〕 |
| | | 林協成《元韻譜音論研究》〔註47〕 |
| | | 汪銀峰《元韻譜研究》〔註48〕 |
| 《韻略匯通》 | 陸志韋〈記畢拱辰《韻略匯通》〉〔註49〕 | 張玉來《韻略匯通音系研究》〔註50〕 |
| | 張玉來〈《韻略匯通》的語音性質〉〔註51〕 | 周美慧《韻略易通與韻略匯通音系比較——兼論明代官話的演變與傳承》〔註52〕 |

　　上表所收，是以專門針對韻書音系或體例研究之文章為主，概論式介紹韻書性質之文章則不列於本表。對於語料的特殊體例、名詞及音系……，各家均有所開發，因此依據前人對語料之詮釋，有助於快速認識語料。然而在參考前人成果後，本文將再觀察各語料之文本，從其中韻部歸類及聲母、介音的排列關係，整理出相關介音演變問題。

　　近代官話語音是不具規範性的標準音，包含許多不確定因素，可因時、地、人等主觀的使用而產生變化，因此我們不能期望有一種韻圖的音系一定完完全全代表近代北方官話語音系統。但是官話之所以能在當時被各省文人、官員，甚至於商人使用，彼此互通有無，其中必定有一個核心的語音系統支撐著，否則如何讓各地操不同方言的人們溝通運用無礙呢？

---

〔註45〕周傲生：〈呂坤的韻學思想與《交泰韻》的反切特徵〉收於《西南交通大學學報》（社會科學版），第四期，2007年，頁68～71。

〔註46〕廉載雄：《喬中和元韻譜研究》，政治大學碩士論文，2001年。

〔註47〕林協成：《元韻譜音論研究》，文化大學碩士論文，2003年。

〔註48〕汪銀峰：《元韻譜研究》，吉林大學碩士論文，2004年。

〔註49〕陸志韋：〈記畢拱辰《韻略匯通》〉收於《燕京學報》第三十三期，1947年，頁105～114。

〔註50〕張玉來：《韻略匯通音系研究》，濟南：山東教育出版社，1995年。

〔註51〕張玉來：〈《韻略匯通》的語音性質〉收於《山東師大學報》（人文社會科學版）第一期，1992年，頁61～63。

〔註52〕周美慧：《韻略易通與韻略匯通音系比較——兼論明代官話的演變與傳承》，中正大學碩士論文，1999年。

此外，耿振生認爲：「（一些）韻書一般是在官話的基礎上產生，但不一定是官話實錄……。」〔註53〕明清等韻圖的製作本來就雜染各種主觀、客觀因素，其中雖非純然爲官話實錄的材料，但多少仍可提供我們一些官話語音的面貌，應是無庸置疑的。因此本文將明代北方官話標準語音的範圍設定在華北平原上的語音，如同現代對北方官話音系的範圍認定。〔註54〕

## 二、語料的方言背景：「官話」範疇界定

本文研究乃以描述「明代官話語音」之等韻語料爲取材範圍。關於「官話」的界定，以方言學的角度而言，是以狹義的北方官話爲主要範圍，如同前述，即分布於河北、河南、山東等地區爲主的明代官話時音。

明代官話一般可略分爲「北方官話」與「南方官話」。現今多數學者多認定明代至清中葉前，以南方官話爲尊〔註55〕，元、明、清三代雖定都於北京，卻未以北方官話爲主要共同語，主要原因在於：一、至南宋以來文人南渡，南方儼然代替北方成爲文化重鎮。二、元、明、清雖都於北京，但優秀士人多爲南方出身。三、北方語音轉變較南方快速，致使傳統士人認爲北音粗俗，不合「唐音」，不登大雅之堂。

明代雖以南方官話爲尊，但仍不可據此抹滅北方官話語音的歷史地位。因爲不同的官話，其性質、地位、標準各異，官話之性質是取決於語音；地位則是使用的程度與普及率，取決於政治與文化。因此不可將性質與地位相混淆。「北方官話」與「南方官話」兩者各有其語音歷史，南方官話語音往往存古，北方官話語音則發展較速且性質近於現今國語，兩者可相互系聯。

從中古至現今國語，語音產生劇烈轉變，古與今之中界點—近代音，在

〔註53〕參見耿振生：《明清等韻學通論》（北京：語文出版社，1998年），頁122～123。

〔註54〕可參考《漢語方言概要》，其從歷史方言學的角度簡述漢語方言的發展，詳盡描述北方官話的分布範圍。北方方言依廣義而言即所謂「官話」，另外還可根據北方話內部的語音特徵，分爲四個次方言區：分別是北方方言、西北方言、西南方言、江淮方言。其中北方方言即指狹義之北方官話，亦爲本文所設定之研究範疇，主要分布於河北（包括北京、天津）、河南、山東、東北三省及內蒙一部分。詳見袁家驊：《漢語方言概要》（北京：語文出版社，2006年），頁23～54。

〔註55〕此論點可參見魯國堯：〈明代官話及其基礎方言問題——讀《利瑪竇中國札記》〉，收錄於《南京大學學報》第四期，1985年，頁47～52。

語音演變的過程中扮演著何種角色？其中的發展細節為何？語音的轉變可能
肇於何時？皆有待釐清。介音是語音演變的催化劑，許多語音發展皆與它有
關，明代音韻更是承宋、元之後，開清代之先，實具歷史轉折之意義。前人
在相關的漢語介音問題之單篇著作數量十分可觀，但多是通盤地概況介紹，
或僅闡述單一介音現象，而少有專論，更少有人專以明代做全面性的介音演
變探討〔註56〕。著眼於此，本文即以介音出發，以具有轉折意義的明代北方官
話為範圍，探討近代漢語介音及其所影響的語音演變之規律及細節。

## 第四節　研究方法

　　本研究預計由六本表現明代官話系統的韻書，探求明代與介音相關的語音
演變情況。介音是近代漢語發展的動力，由近代漢語介音的演變窺見北方官話
語音系統之分合，亦可擬測近代漢語語音史的演變軌跡。

　　關於近代音研究方法之重點不外乎是，求音類、求音值及描繪音系與歸納
出語音的演變規律。耿振生先生曾於《明清等韻學通論》一書中提出「研究等
韻音系的基本途徑」〔註57〕，其中羅列幾條研究近代語料的基本方法：歷史串
聯法、共時參證法、內部分析法、審音法、歷史比較法及統計法，上述幾種方
法本文亦將綜合運用。即以四大方向就寫作步驟暨研究方法相關運用分別論述
如下。

### 一、個別處理

　　在串聯各材料音變現象問題之前，應先詳細了解各韻書所透露出的相關資
料，因此第一方向的語料處理十分重要。以下就明辨語料主觀成分與明辨語音
性質兩部分闡述之。

---

〔註56〕本論文付梓成書前，已有一本介紹明、清介音演變之專著問世，然本論文未參考
　　　　其說，主要仍依據筆者在明代語料所見所得進行歸納、論述。其他介音演變之相
　　　　關論述參見陳雪竹：《明清北音介音研究》（北京：中國社會科學出版社，2010
　　　　年）。

〔註57〕方法詳細內容參見耿振生：《明清等韻學通論》（北京：語文出版社，1998年），頁
　　　　132～139。

## （一）明辨語料主觀成分

參考前人對書面語料之研究，首先應釐清書面材料的性質，明辨語料中的特殊名詞、非文字符號及各聲、韻在書面語料中的排列位置及其含義。了解各材料編排組織的用意，確認前人研究與對材料之詮釋是否有所誤差，並依前人所擬測的各材料音值爲基礎，加以驗證、補充。例如：《青郊雜著》自創許多特殊名詞，諸如：「四科」〔註58〕、「五位」〔註59〕、「六級」〔註60〕等，用以編排韻圖。其中四科分別指「輕科」、「重科」、「極輕科」、「次重科」表示四呼的內容，以此區分音類。又如《韻略易通》在編排體例方面，是依照二十韻各分二十圖，各圖在橫向上方按其〈早梅詩〉二十字母之次序編排，縱向則以平、上、去、入四聲，依次編入各聲調之同音字，聲、韻、調相互配合，每韻字母下又依介音不同而分列，因此是既有韻書性質又具韻圖作用。綜合上述，可知明辨韻書主觀成分，實爲開啓近代漢語書面語料之重要鎖匙，故應在研究初步時確實掌握。

## （二）明辨各韻書之語音性質

在辨明語料之主觀成分後，即可考察其語音性質並參閱前人研究成果，由語料表現出的音變開始，從音類在書中的排列及歸類中見音變端倪。一一檢閱各韻書之語音性質，整理相關介音問題在各語料之情形，並檢索其中古語音資料，如：反切、聲、韻、開合、等第。熟知音系來源，有利區分各音系之類別，便於考查其音韻地位與開合等第，以及介音對其他聲、韻之關係。確定各語料之語音性質，並從中找出介音演變之相關問題後，即可進一步進行語料串聯及比較。

---

〔註58〕 四科分別指輕科（開口呼）、重科（合口呼）、極輕科（齊齒呼）、次重科（撮口呼）。李新魁先生並認爲桑紹良的「四科」有承先啓後的作用，亦爲漢語等韻發展史上「變等爲呼」的重要意義。參見李新魁：《漢語等韻學》（北京：中華書局，1983年），頁78～80。

〔註59〕 五位，是以宮徵角商羽分別代表喉、舌、齶、齒、脣五個發音部位。

〔註60〕 桑紹良云：「六級者六聲也。兩平、上、去、兩入是也。」桑氏用「六級」來區分六類聲調，反映出河南方言的特色。參見（明）桑紹良：《青郊雜著》收於《四庫全書存目叢書》影北京大學圖書館藏明萬曆桑學夔刻本（臺南：莊嚴文化，1997年）216冊，頁482。

## 二、統整串聯：共時參證法之運用

第二步著重在語料間相關問題的整理與串聯。與上述方法相配合，從各語料中觀察語音性質，找出介音相關問題後，則從音變問題的相關程度著手，運用「共時參證法」比較各材料中的音變情形，以便釐清明代韻書所透露出的介音演變脈絡。例如：從本文選用的六本等韻語料中，找出顎化聲母之相關問題，利用「共時參證法」比較各材料中顎化音的演變情形，並論證牙喉音與舌尖音顎化的演變時間。經釐清明代介音各項演變發展後，即可往下進行綜合歸納。

## 三、綜合歸納

第三步首重歸納明代內部語音演變的細節，運用「歷史串聯法」來考察近代與現代之音變脈絡。關於歷史串聯法之定義，耿振生曾提到：「結合歷史上不同時期的材料來考察等韻音系……。」〔註61〕我們知道「歷史串聯法」的功效除了可以鑑別語料的來源外，亦是考證古今音流變的重要方法，往前比較中古時代語音，往下則可與現代國語音系對照，從差異比較中觀察語音的發展。因此，除了處理各介音演變的細節及分別依照與之相關的聲母、主要元音等語音發展歸納出介音的演變規律外，亦應比較明代與現代語音之差異，例如：個別字開、合、洪、細的改變、顎化音發展情形或其他介音相關之語音發展問題，以見明代與現代語音的傳承。

## 四、勾勒方向

最後，就各介音問題的演變情況作大方向的綜合整理、歸納。依上述各點研究成果作爲歸納基礎，勾勒中古至明代之介音演變的概況，以明近代介音的演變走向。

本文除運用上述方法外，在處理近代書面語料方面，爲求正確解讀材料，有幾點問題必須注意：首先，關於音系的混雜部分，如同耿振生先生提出的「近代書面音系有其複合性特點」之觀點。近代各等韻學家在編製韻圖時，除以某一方音爲基礎外，又主觀地摻入其他音系，或兼採南北，或折衷古今，例如：《青郊雜著》的作者受到父親古音學理論之影響，而有「古是今非」的

---

〔註61〕 詳見耿振生：《明清等韻學通論》（北京：語文出版社，1998年），頁133。

觀念，使《青郊雜著》不純然是反映實際口語音〔註62〕。又或者近代雖以官話音系通行最廣，但因缺乏實際的語言規範，因此在交際使用上亦不免雜揉其他語音。

　　第二點，如同上述研究方法的闡述，應徹底認清作者的主觀成分，韻圖中舉凡特殊名詞、非文字符號、歌訣、編排體例及作者的音學觀點、語音知識、著書目的等等，皆是作者的主觀意識。在處理韻圖材料時，應先正確解讀其中符號及特殊名詞的涵義。如：《元韻譜》中有所謂的「四響」，即剛律、剛呂、柔律、柔呂並分別代表開、齊、合、撮四呼。圖中又以白圈「○」標示某列中為有音無字，以黑圈「●」來表示該排無入聲字。另外，材料中的編排方式亦含作者意識，或者為了和諧、對稱，或者為了展現其理論，符合其哲理，而主觀地增減、合併音類。如：《元韻譜》除了表現時音外，其語音系統的編排，還參雜作者的象術哲理思想，有時會為了牽合象數系統而扭曲時音〔註63〕。因此正確解讀非文字符號，了解作者編纂韻圖的主觀意識並確實判斷音類的虛實，才能著手進行音系的判讀。

　　最後是注意材料中音變先後問題，等韻語料就如同語音化石，後人經常可由其窺見、摹擬當時的語音情況，其中雖有作者主觀成分，但還是能充分反映當時的語音現象。各項語音發展應當是分別進行的，語音的改變也需要時間，因此在分析反映實際語音的材料時，應該注意材料中已完成的音變與正在進行式的音變有並存的現象，才不致發生詮釋錯誤的情況。

　　近代音的研究除了要熟悉中古音外，還必須具備語音學、方言學及歷史音變的知識。方言與近代語料關係密切，許多歸字與分韻的現象都能在現代方言中找到相應的例證。任何近代音韻書、韻圖，其相關音系、音值的歸字與體系架構，亦需要透過語音學音位的觀念掌握音理，進行共時描寫，因此應當具備各種知識，以宏觀而整體的角度研究近代音。而研究應以前人的成果為根基，否則所自詡為別出心裁的創見，其實未必真正能超越前人。據此，

---

〔註62〕《青郊雜著》之音系主要反映河南方音，但又雜揉古音，其中幾個韻部是依古而分。故耿振生據此將《青郊雜著》歸於「混和型等韻音系」一類，而不歸於「官話音系」。參見耿振生：《明清等韻學通論》（北京：語文出版社，1998年），頁248。

〔註63〕關於明清等韻語料作者的主觀成分及外緣問題的相關探討，可參考王松木：《明代等韻之類型及其開展》，中正大學博士論文，2000年。

本文在研究上有一些主、客觀的侷限，對於近代漢語的研究方面，少有以單一語音演變爲主題的專論可供參考。再者，礙於筆者現階段之能力，關於方言學知識與音變分析能力仍待努力，致使本文不免有疏漏、不足之處。在此期許自己研究與學習並行，亦期望透過「單一語料開發」與「語音現象研究」的相輔並用，能在建構近代漢語音韻歷史的里程中，盡些許棉薄之力。

# 第二章　介音概說

　　中國傳統的音韻學僅論及中古有開合與四等的分別，並未談到「介音」（medials）一詞，直到高本漢擬測《切韻》系統，首先提出在中古音系統中有一套音介於聲母與韻母之間，即爲「介音」。在進入明代介音演變主題之前，對漢語介音的起源與發展稍作闡述，以作爲近代介音發展之前導，故本章簡述中國傳統音韻學中的介音相關名稱及起源，並概述中古四等二呼至近代的發展。

## 第一節　開合四等的名稱及起源

　　唐代興起的等韻學是以圖表的方式，橫列聲母，縱分四聲、四等，將韻書之字依性質填入其中，在縱橫交錯中呈現漢語的聲、韻、調，藉以分析漢語語音系統，即爲中國傳統的語音學。圖以等、呼分析韻母結構，韻字中的韻母分開口與合口兩類，每類又依洪、細分爲四等，將韻母依介音性質區分爲不同類型，可說是漢語音韻史上介音分析之濫觴。本節除簡述等韻學起源外，亦討論傳統等韻圖對漢語介音的分析，及中古介音的名稱性質與基本原則。

〔圖 2-1-1〕

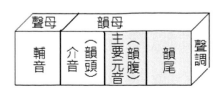

# 一、韻圖的起源

　　韻圖的起源，一般認為與佛教有密切相關。來華傳教的僧侶為了學習漢語而採用一種在印度通行的練音方法，此種練音方法所使用的拼音表在梵語中稱為「悉曇」（siddham）。「悉曇」就是將梵文的各個母音輪流與輔音相拼而製成的音節表。佛教僧人與信徒因為迫切需要梵漢對譯的經典，於是開始學習印度孩童所使用的拼音表「悉曇」，並以固定的漢字來比擬梵文的元音與輔音。其後，音韻學家仿照悉曇的模式繪製漢語音節表，藉以分析韻書的音節成分。

　　反切的應用是漢語分析字音的開始，然而反切的發明及韻書的編制往往忽略介音，韻書所呈現的重點在韻，其目的也僅在於詩歌的押韻。而韻圖以分析韻書中的語音為目標，不僅能充分顯示出韻的歸併，亦可呈現聲母、介音與主要元音（韻）的關係。因此，等韻圖的興起正可彌補反切與韻書的不足，更表示古人對漢語分析能力的提昇。

　　等韻圖以聲、韻、調相配合的規制，分析韻書中的反切，每個反切所表示的字音都清楚地呈現在圖表中。其中的韻，實際上是指韻母，但圖中是以韻目表示。韻目是韻的代表字，製圖者考慮到韻與韻母實際上的區別，因此另外以圖的格式來呈現韻母的概念，而其兩個重要的等韻概念便是「等」與「呼」的區別。大致而言，韻圖是以合口介音的有無辨開、合口，以細音的有無及發音開口度的大小辨四等。同韻字的差異在於韻母，韻母的區別在於介音，介音的分析遠比韻的歸類更精細。這是漢語史上第一次以介音（韻頭）作為語音分析的標準，也代表漢語在語音分析上又更進一步。

# 二、等呼的基本概念

　　「二呼」為合口、開口二呼，基本上是以合口介音〔u〕的有無作為開、合口認定的標準。「等」則是等韻圖中，由上而下縱分的四個等第，等呼是等韻圖的基本核心概念。下文以「開合」及「四等」兩部分為主題，論其名實，以見其梗概。

## （一）開合二呼的基本概念

　　中古介音類型主要是分開合兩類，其中又各分洪細四等。一般認為《切韻》已開始按開、合口分韻，至《廣韻》已有十三個開合分立的韻部。而宋元等韻

圖《韻鏡》更是直接以前開後合，作爲分圖的原則。古人對開、合口的判斷，主要是憑對音感的直覺，根據發音的唇形來區別開合兩類韻母。在開、合口的判別上，現代聲韻學家的看法基本上如羅常培所言：

> 若以今語釋之，則介音或主要元音有 u 者，謂之合口；反之，則謂
> 之開口；實即「圓脣」與「不圓脣」之異而已。〔註1〕

一般認定開合口的區別在於介音或主要元音是否爲合口性質，以〔u〕元音的有無作爲開合的判斷標準。但另外有不同的看法，如：李榮、李新魁等人，主張將中古合口認定的範圍再擴大些，李新魁認爲：

> 所謂合口，過去一般認爲韻母中帶有〔u〕（或寫作〔w〕）介音或以
> 〔u〕爲主要元音就是合口。我們認爲，這個定義所包含的範圍還應
> 適當擴大，即中古時韻母的主要元音爲圓脣元音，就應算是合口。
>
> 〔註2〕

據其所言，則凡是帶有〔u〕介音、元音及圓脣元音者，在中古皆應歸於合口一類。其將中古合口呼的範圍擴大至圓脣元音，而不僅限於合口介音。

因爲古人將唇音字和圓脣元音視爲合口呼的傾向，而不論這些字是否帶有〔u〕介音。若然單純以韻母中的介音爲主，合口介音〔u〕的有無，無疑是開、合口的判斷標準；若以整個韻爲主，則除了合口介音外，主要元音的圓脣性質亦可納入開、合口判斷的標準。其中相異的觀點，全然是對開、合口判斷標準的寬嚴所致。因此，我們認爲中古對開合的判斷應是以「唇勢」，即唇形的展圓爲標準。雖然，韻圖對語音的分析是漢語發展史的一大進步，但古代終究未有現代語音科學的知識，更遑論嚴謹地以合口介音作爲開、合口的標準。因此，在討論中古開合標準的問題時，除了配合現代語音學知識外，不妨以古人之眼看古音，將中古合口的範圍擴大些，或許較爲合理。

## （二）洪細四等的基本概念

「四等」是傳統漢語音韻學分析韻頭（介音）與韻腹（主要元音）時所使用的概念，等韻圖依介音及主要元音的發音狀況化分成四個等第。李新魁認爲

---

〔註1〕羅常培：《漢語音韻學導論》（臺北：里仁書局，1982年），頁46。
〔註2〕李新魁：《漢語音韻學》（北京：北京出版社，1986年），頁183。

起初是以輕清重濁區分「等」的不同，「等」的劃分則是源自對聲母的分類，而聲類的分等不可避免會涉及韻類，兩者相應和後，分等的觀念才逐漸轉移到韻上〔註3〕。如：唐代守溫《切韻殘卷》以聲分等，亦據韻分等。一般認為，「四等」可以從兩方面觀察，一是就韻母分等而言，二是就聲母分等而言。另有人持不同意見，認為「等」的概念主要是分析韻母，而非分析聲母〔註4〕。「等」的實際概念及其差別究竟為何，韻圖並未詳加說明，因此關於「等」的含意眾說紛紜，各家均有不同看法。四等洪細說，首先由清儒江永提出：

音韻有四等，一等洪大，二等次大，三四皆細，而四尤細。〔註5〕

江永認為韻圖的四等主要反映發音的開口度大小，但其中洪大與次大、細與尤細之間的界線，令人難以明瞭。其四等說與南方方言相印證，似乎有矛盾之處，根據閩方言的語音，四等字的元音反而低於三等字的元音，例如：四等先韻「扁」字記音為〔pẽi3〕，三等仙韻「便」字記音為〔pĩ6〕，然而閩方言音系其實又牽涉到不同時代的語言層次問題〔註6〕。對於江永四等說在南方方言中的矛盾處，李榮也曾提出見解，認為江永的四等說大概是根據當時的官話情況，即適用在北方音系的範圍。另外，高本漢對於四等的性質也有所補充：

始假定一二等無 i 介音，故同為洪音，然一等元音較後較低故洪大，

二等元音較前較淺故為次大。三四等均有 i 介音，故同為細音，但

三等元音較四等略後略低，故四等尤細。〔註7〕

依其說法可知：四等的區別在於主要元音開口度的大小，發音的洪細由一等至四等依次遞減。高本漢以現代語音學的方式詮釋，說法較江永仔細且明瞭易懂。而羅常培又言：

---

〔註3〕李新魁：《漢語等韻學》（北京：中華書局，1983年），頁50～61。

〔註4〕唐作藩：《音韻學教程》（北京：北京大學出版社，2006年），頁69。

〔註5〕（清）江永：《音學辨微》（臺北：廣文書局，1977年），頁19。

〔註6〕詳細論述參見丁邦新：〈論《切韻》四等韻介音有無的問題〉收於《中國語言學集刊》第1卷，第一期，2007年9月，頁1～22。以及吳瑞文：〈論閩方言四等韻的三個層次〉收於《語言暨語言學》，2002年1月，頁133～162。

〔註7〕高本漢：《中國音韻學研究》（北京：商務印書館，2003年）。

今試以語音學術語釋之，則一二等皆無〔i〕介音，故其音大；三四
等皆有〔i〕介音，故其音細。同屬大音，而一等之元音較二等之元
音略後略低，故有「洪大」與「次大」之別。如歌之與麻，咍之與
皆……皆以元音之後〔ɑ〕前〔a〕而異等。同屬細音，而三等之元
音較四等之元音略後略低，故有「細」與「尤細」之別。如祭之與
齊，宵之與蕭……皆以元音之低〔ɛ〕與高〔e〕而異等。然則四等
之洪細，蓋指發元音時，口腔共鳴之大小而言也。〔註8〕

四等依據主要元音開口度的大小，以及與〔i〕介音相配與否的洪細來斷定。
一、二等無配〔i〕介音，屬洪音，然兩者在發音的開口度大小又有不同；三、
四等配〔i〕介音，屬細音，兩者的開口度大小亦有區別。董同龢《漢語音韻
學》亦對「等」提出解釋：

什麼是洪大？什麼又是細呢？……一等韻與二等韻原來都沒有介音
i；三等韻與四等韻原來都有介音 i。……一等韻的元音部位都比較
後，二等韻的元音都比較偏前，所以有時會產生新的介音 i。……三
四等韻的元音又都比較接近前高元音。……總結以上，如果某攝的
主要元音是較低的元音，他的開合四等當如下式：

| | 一 | 二 | 三 | 四 |
|---|---|---|---|---|
| 開 | ɑ | a | jæ | iɛ |
| 合 | uɑ | ua | juæ | iuɛ 〔註9〕 |

董同龢綜合現代方言知識，認為等的區分即韻母的區分，以系統化的排比，細
微地區分出細音與主要元音的性質。另外，王力先生認為「等」的差別不在聲
母，亦不在聲調，而是在韻母的不同；某些韻圖的四等區別，不在於介音，而
在於主要元音的不同〔註10〕。李新魁則認為分等於聲，由聲及韻，所以聲、韻
皆有等第之分。〔註11〕然而，一般通行的看法是以整個韻母觀之，以〔i〕介音
的有無以及主要元音開口度的大小作為判斷「等」的標準。

〔註8〕　羅常培：《漢語音韻學導論》（臺北：里仁書局，1982 年），頁 44～45。

〔註9〕　詳見董同龢：《漢語音韻學》（臺北：文史哲出版社，2003 年），頁 159～162。

〔註10〕　參見王力：《漢語史稿》（北京：中華書局，2006 年），頁 69。

〔註11〕　參見李新魁：《漢語等韻學》（北京：中華書局，1983 年），頁 60～61。

　　就江永的洪細說認為，等與介音和主要元音有關，而實際上，不同的聲母又與不同的韻母相配。因此，等的實質性包含著介音，又與聲母、主要元音發生密切的關係。若以韻母的角度出發，則不妨結合江永的洪細說與現代語音學的詮釋，以舌位的前後、發音的開口度及洪細介音的有無來分類。筆者認為「開合二呼」與「洪細四等」的概念主要是就介音的角度而言，主以分析韻母，不主分析聲母。但是，什麼聲母可與什麼介音（韻母）相配，關乎漢語音節結構的問題。因此，在韻圖格式的配置上，「等呼」對應著聲母，除了有遷就韻圖格式的含意，其中蘊含聲韻相配的密切關係，而漢語音節結構的問題亦不可忽視。

　　每一種語音的詮釋多少都有些局限處，對於一般四等說的音值不合於南方方言實際狀況的局限，各家也都有補充。本文僅就大方向的論點論述，四等的一般論述僅適用於北方音系的範圍，此正提供北方音系研究者一個足以參考的依據。

## 三、介音論題延伸

　　中古細音及合口介音的性質，從高本漢擬定為強弱兩套之始，即有各種不同看法，大抵多是爭論中古細音與合口介音是否真有強弱之分。另外，唇音字的開、合口問題，各家也有不同見解，上述問題之衍生皆來自於高本漢學說。本小節略以中古介音性質及唇音字開合問題兩點論述，從高本漢的論點出發，延伸至各家看法，以見其梗概。

### （一）介音的性質

#### 1.〔u〕介音與〔w〕介音的性質討論

　　合口介音有強弱兩套，始於西元 1926 年高本漢的看法〔註12〕，其根據《廣韻》中開合分韻、合韻問題出發，認為中古合口介音有強弱的問題。一等韻和獨立合口韻的介音為〔u〕，具有較強的元音性質；二、三、四等韻與開合合韻的介音為〔w〕，是一個較弱的輔音。王靜如認為一個韻既然是開合分韻，其必定是因為合口的音強而影響了原本的元音，故二分；若開合同居一韻未分，則元音未受介音影響，表示介音的性質較弱。其雖未否認高本漢的看法，但也指

---

〔註12〕詳細論說參見高本漢：《中國音韻學研究》（北京：商務印書館，2003 年）。

出合口介音強弱說之局限：

> 蓋合口強弱之鑑定，應以音理、方音、韻書以及韻圖演變之跡爲主，
> 未可有所偏重。高氏於異呼兼呼之理過爲重視，宜有此失……。
>
> 〔註13〕

王靜如認爲，高本漢太過執著於韻書的開合分韻與合韻問題，未全面顧及音理、方言與語料間的演變軌跡。然而，韻書中的開合口分韻與合韻的現象，使得一些學者也有類似高本漢的看法，如：李新魁將中古合口擬爲眞假合口兩套：

> 對中古音的合口介音，我們的意見是：開合合韻的合口，不論是一、
> 二、三、四等韻，其介音都是〔w〕，是由唇化聲母促成的，可以稱
> 之爲「假合口」。開合分韻和獨韻中的合口，它們沒有合口介音，而
> 只是主要元音爲〔u〕，或其他的圓唇元音如〔ɔ〕、〔ø〕等，可以稱
> 之爲「眞合口」。〔註14〕

表面看來，李新魁將中古合口擬成兩套，但其實他的中古合口介音也只有〔w〕，其他所謂「眞合口」則是指帶有圓唇性質的元音，如：〔u〕、〔ɔ〕、〔ø〕。

　　趙元任與陸志韋等人，則是反對高本漢對中古介音有強弱兩套的看法，認爲《切韻》殘卷裡分韻與合韻的區別不一定存在；或者開合分韻與否，早期韻書各有不同見解，不應拘泥於韻書的編排。陸志韋認爲〔u〕與〔w〕並無音素的分別，但爲了能切合二、三、四等的韻，因此主張合口介音爲〔w〕〔註15〕。而竺師家寧亦認爲中古應該只有一個單純的合口介音〔u〕：

> 韻書本質上是爲押韻參考而設，所以不像以語音分析爲目標的等韻
> 圖那樣重視介音的區別。押韻是不分介音的，因此，韻書的分韻，
> 在開、合、洪、細上，標準並不一致。〔註16〕

竺師家寧又從漢語方言檢視中古的開合，發現合口一類僅單純爲〔u〕介音或俱

---

〔註13〕參王靜如：〈論開合口〉收於《燕京學報》第二十九期，1941年6月，頁143～192。

〔註14〕參見李新魁：《漢語音韻學》（北京：北京出版社，1986年），頁187。

〔註15〕陸志韋同意合口有強弱之別，但又認爲高本漢從開合口分韻來斷定合口強弱，過於拘執。詳見陸志韋：《古音說略》（北京：燕京大學哈佛燕京學社1947年），頁23。

〔註16〕參見竺家寧：《音韻探索》（臺北：臺灣學生書局，1995年），頁244。

圓唇性質之元音，並無強弱〔u〕與〔w〕兩套殘留的證據。多數音韻學者對於高本漢合口強弱說均有所修改。我們也認為，高本漢所持的大前提，根據《廣韻》中的開合分韻、合韻問題，論斷合口介音有強弱之分，並不可靠。韻書的目的在於詩歌的押韻，所呈現的重點在韻而無關介音，其分韻標準並無一致性。另外，如同趙元任所言，在漢語中〔u〕與〔w〕並無音素上的分別，亦無音位功能。從音理上看來，合口介音存在著強弱問題，但是高本漢僅單純從語音分析的觀點出發，而忽略了漢語各方面的實際情況。據此，中古的合口介音應只有一個〔u〕，而無二致。

### 2. 〔i〕介音與〔j〕介音的性質討論

如同上述合口強弱之別，高本漢認為中古漢語細音亦有強弱之分。〔註17〕四等的介音是強的元音〔i〕，三等的介音是弱的輔音〔i̯〕〔j〕。在四等〔i〕之前，聲母不發生顎化，在三等〔i̯〕之前，聲母皆顎化。董同龢亦曾提出相關的看法：

> 三等韻和四等韻的區別何在，……各聲母在中古時期有顎化現象的，還只限於三等韻的那一部份。……由此，我們就可以暫時假定：三等韻的介音是一個輔音性的 j，四等韻的介音則是元音性的 i。輔音性的 j 舌位較高，中古時已使聲母顎化，元音性的 i 舌位較低，後來才使聲母顎化……。〔註18〕

董同龢的看法如同高本漢，認為中古三、四等皆有介音，兩者的分別在於舌位的高低。另一部分的學者，如：李榮、李新魁等人則有不同的看法。他們將中古四等擬為〔e〕或〔ɛ〕音值，認為四等〔i〕介音是在中古之後，因為語音發生模仿作用才產生。認為中古四等無介音的學者，多從反切上字、現代方言、梵漢對音等幾個方面論證，如：四等與三等的反切上字屬於不同類；現代方言亦無〔i〕與〔j〕兩者的對立，且方言中的四等字有不讀為洪音的現象；又從梵漢對音中發現，中古漢語四等無對應〔i〕音值。據此，丁邦新曾提出幾點論述釋疑，〔註19〕以下稍略整理丁先生之文，分兩部分論述：

---

〔註17〕詳情見高本漢：《中國音韻學研究》（北京：商務印書館，2003 年）。

〔註18〕參見董同龢：《漢語音韻學》（臺北：文史哲出版社，2003 年），頁 161。

〔註19〕詳見丁邦新：〈論《切韻》四等韻介音有無的問題〉收於《中國語言學集刊》第 1

（1）中古四等有〔i〕介音的正向論證

A. 語音演變規則，在類似的音韻環境中，四等合口若無〔i〕介音，則如何變爲撮口？如：先韻的玄字、屑韻的血字等。再者，其他合口韻又何得以保存合口，不與四等合口同變爲撮口？若視中古四等合口無〔i〕介音，則無法合理解釋語音演變。

B. 漢越對音問題，從漢越對音的觀察，發現在漢越譯音中，重紐四等與純四等的唇音字有變讀爲舌尖音的現象，兩者應是帶有介音〔i〕，才會造成唇音的變讀。

C. 魏晉南北朝三四等押韻現象，從上古到南北朝，大部分三四等字仍一起押韻，兩者之別在於介音。若認定四等無介音，則三四等的元音差異，將無法解釋兩者相押的現象。

（2）釋中古四等無〔i〕介音之疑

A. 梵文對音問題，李榮提到「譯梵文字母的人一直用四等字對 e，西域記注又特別說明：多 ta＋伊 i＝低 te。」〔註20〕丁邦新認爲其注記並不代表漢語的「低」音等於〔te〕，或許漢語當時並無〔te〕這樣的音卻有〔tie〕音，而僅僅以「低」字去相對於〔te〕這個音，故「低」字可對〔te〕音也可對〔ti〕音。

B. 反切上字的歸類，《切韻》反切上字分爲兩組，一、二、四等一類及三等自成一類，反對四等有介音的學者認爲：若四等與三等皆有介音，何以四等不與三等同爲反切上字而各分兩類？丁先生則認爲不可太拘泥於反切上字的分類，因爲切韻的反切上字並未明確分類，一、二、四等類與三等類之間仍有許多相混的情形。況且，介音通常由下字區別，反切上字與介音並無絕對關聯。因此，反切上字的分類情形不足以說明四等無介音。

C. 方言層次問題，反對四等無介音的學者，皆持「閩方言的純四等字爲洪音」的論點出發，從閩方言四等字爲洪音的實際音讀，認定中古四等亦無介音。丁邦新認爲方言有語音層次問題，就閩方言而言，有秦漢時期的語音層次，有六朝的語音層次，有中古唐宋時代的語音層次，缺乏介音〔i〕是反映秦漢語音層次的特徵，與中古無關。

卷，第一期，2007 年 9 月，頁 1～22。

〔註20〕詳見李榮：《切韻音系》（北京：科學出版社，1973 年），頁 109～115。

丁先生提出支持四等有〔i〕介音的論證，也詮釋了反向論點之疑，因此論述中古四等應有〔i〕介音。筆者認為丁先生的論點有其道理，如同所言，我們可以不認同高本漢對三、四等的擬音，但是就目前而言，四等介音的框架有牢不可破的穩固性，若將中古四等〔i〕介音去掉，在語音演變的詮釋上將會產生不自然與困難。語音的研究雖然追求後出轉精，然而在證據尚未充足，論證仍未全備之前，寧可遵從一般看法，暫且假定三、四等應皆具有介音。

## （二）唇音字的開合問題

《廣韻》的反切在唇音字上多呈現混亂的現象，切語下字與被切字開合口不一致，不同的韻圖對唇音的開、合口處置也有不同的歸類。高本漢認為唇音的開合處置在同一材料或不同材料中，都有不一致的地方，這是因為漢語的唇音字在開合判定上有聽感上的局限。漢語的雙唇塞音後面帶有一點合口性質〔pʷ〕，因此唇音聲母的後頭不容易清楚辨別開合，如：開口〔pʷan〕與合口〔pʷuan〕，兩者在聽感上非常相近。高本漢認為唇音存在著開合對立，只是因為人們對唇音字聽感的局限，導致反切製作的錯誤，使得唇音字與反切有開合相混的現象〔註21〕。然而，語音有所謂的「土人感」，對於操此母語的人而言，再細微之差都能清楚分辨。然則，就高本漢所言，是否令人懷疑專業的古音韻學家，未能仔細地將唇音的開、合口分辨清楚？另外，董同龢則依據唇音字的分配為探討，因而不認為唇音字俱有開合對立的情況，他認為：

> 就韻書看，沒有哪一韻有開合兩類唇音字對立；又在各韻圖，唇音字之歸開或歸合雖有不一致之處，可是無論何書何攝，各韻的唇音字不是全在開口就是全在合口，絕對沒有在開合兩圖分立的。所以我們可以得到一個結論，就是中古各韻的唇音字都只有開或合一類……。〔註22〕

董同龢從唇音字在韻書、韻圖的分配與音位學的觀點，認為中古各韻的唇音字雖然在不同韻書中有不同的開合安排，但各書的歸納是整齊的。全在開口或全在合口，並無分立兩處，由此判斷中古唇音字只有一套。從音位的角度而言，可視為開口，亦可視為合口。竺師家寧認為：

---

〔註21〕參見高本漢：《中國音韻學研究》（北京：商務印書館，2003 年）。

〔註22〕參董同龢：《漢語音韻學》（臺北：文史哲出版社，2003 年），頁 159。

基本上，高本漢的理論是對的。中古唇音字在語料上的混淆不外兩個因素：1.唇音的發音略帶〔w〕，聽來容易和合口的〔u〕介音混淆。實際上〔pʷa〕和〔pʷua〕對立還是存在的。2.韻圖唇音字的不一致反應了方言的差異和語音的變遷……。〔註23〕

或許當時的古音韻學家雖有豐富的漢學知識，但缺乏客觀的現代語音學知識作為考音審韻的標準，對音韻的詮釋全憑主觀的聽感與自身的審音能力，人們宥於聽感的局限，致使唇音的配置各有不同。除此之外，韻圖對唇音的處理仍應有所依據，而不僅止於製圖者的主觀意識。竺師所言，兼顧其主客觀因素，既釐清高本漢所謂「聽感上的侷限」，亦可以理解各圖間對唇音字開合分配的差異，或許多少與方言及語音的演變有關。

　　我們認為一些中古唇音字也許會因為與某些韻類相拼，在實際發音上呈現一點合口圓唇性〔w〕，因其不具辨義的作用，故無音位的功能。例如：某韻主要元音開口度較小、舌位較後，韻尾的舌位較前，容易產生出具合口性質的唇音。另從現代方言唇音字開合對立的現象看來，中古的唇音字則有對立關係。例如：閩方言「怕」〔pʻãˀ〕為假攝開口二等，「破」〔pʻuaˀ〕（白讀）為果攝合口一等，兩者為開合對立的關係。實際上，作為開合辨字作用的還是合口介音，而非聲母上的合口圓唇性質。因此，唇音字應是有開合對立的分別。

## 四、小　結

　　據以上各點論述，本文所採用的中古等呼相關論點，大抵單純從韻母的角度出發，以此作為本文中古介音之依據，如下表所示：

〔表2-1-1〕四等洪細歸納表

|  | 洪音 | | 細音 | |
|---|---|---|---|---|
|  | 一等 | 二等 | 三等 | 四等 |
| 開口 | ɑ | a | jæ | iɛ |
| 合口 | uɑ | ua | juæ | iuæ |

　　各家對於中古音值的擬定，已具有相當可觀的成果，圖表中四等洪細的主要元音，主要為：一等〔ɑ〕類、二等〔a〕類、三等〔æ〕類、四等〔ɛ〕類。

---

〔註23〕參竺家寧：《聲韻學》（臺北：五南出版社，2004年），頁334。

中古主要元音的種類不只如此，但是為了清楚呈現本文中古四等洪細介音之依據，因此以較簡潔的方式呈現主要元音及與之相配的介音。關於本文所採用的中古等呼論點，大致歸納四點如下：

（一）中古開、合口之分別，主要是以合口介音的有無為標準，並且中古僅有一個合口介音，其性質為〔u〕元音。

（二）中古四等的分別，主要以細音及主要元音開口度的大小為標準。一等韻與二等韻皆無細音；三等韻與四等韻皆有細音。一等韻的主要元音舌位較偏後，二等韻的元音較前，三等韻的元音舌位在前，四等韻的元音舌位最前。

（三）中古的細音的性質有所區別，三等細音為弱輔音，為〔j〕音值，四等細音是強元音，為〔i〕音值。

（四）唇音字的辨義在於合口介音的有無，而非聲母上的合口圓唇性質。因此，唇音字應是具有開、合口對立的分別，而其分別在於合口〔u〕介音。

## 第二節　明代之前的介音發展

　　從宋代開始，語音趨向歸併，主要元音、介音與韻尾皆呈現消變再合流的情況。近代四等二呼的發展，以四等的合流為其重點，中古四等的發展變化，除了介音的歸併外，主要元音的刪併也是一二等界線消失的原因。因此，本文雖以介音為主題，仍不免觸及主要元音的發展趨向。本小節以等的演變為討論中心，分為介音的合流、洪音的歸併及二等介音之增生三部分作為本節論述要點。關於宋元韻書韻圖中的演變情況，前賢已有詳細的論述，在此以介音為題，回顧明代之前的發展以做為明代介音演變之前導。

## 一、三四等細音的合流

　　宋代開始，中古四等二呼的體系逐漸崩潰，首先是三、四等的界線逐漸消失，一、二等接著趨向合併。大部分的學者認為，中古三、四等介音的區別在於半元音〔j〕和純元音〔i〕。到了近代，兩者的區別消失，〔j〕和〔i〕不再有音位上的對立。這樣的變化，我們可以從宋元等韻圖中窺見一二。

　　以北宋的《四聲等子》為例，其等第劃分的方式是以四等統四聲，不同以

往的韻圖。圖末均註明韻母合併的情形，例如：「蕭併入宵類」表示四等蕭韻字
與三等宵韻字合併為一類，或是「先併入仙韻」表示四等先韻與三等仙韻字合
併〔註24〕，其他如效、流、山攝的三、四等皆為如此。其三、四等的界線雖然
已經消失，但是一、二等元音仍有分別。

　　反映宋代時音的《九經直音》，根據竺師家寧的研究，發現一、二等字或
三、四等字有互相注音的情況，其四等皆有歸併的現象〔註25〕，例如：「焉（仙
韻），音煙（先韻）」三等仙韻字與四等先韻字音互注。「燎（宵韻），音料（蕭
韻）」三等宵韻字與四等蕭韻字音互注。「冥（青韻），音名（清韻）」表示三
等清韻字與四等青韻字音互注。再者是成書於元代，表現宋、元時代南方音的
《古今韻會舉》，三、四等字也發生歸併的現象，例如：羈韻，將三等的支、
脂、之、微韻字與四等的齊韻字同列；驍韻，將三等宵韻字與四等蕭韻字同
列〔註26〕。

　　成書於西元 1324 年的《中原音韻》係反映十三、四世紀的北方音系，其三、
四等字亦承前述合流的現象，例如：「先仙」字同列，「邊編」字同列〔註27〕，
皆顯示先天韻同時收錄中古《廣韻》三等仙韻與四等先韻。蕭豪韻也將三等宵
韻與四等蕭韻字同列，例如：三等宵韻「蕭飄朝嬌」等字與四等蕭韻「宵鷂聊
梟」等字，全收在蕭豪韻中〔註28〕，表示三、四等字的介音合流了。

## 二、一二等洪音的歸併

　　關於一二等界線消失亦如同三、四等歸併，可以從等韻圖的韻攝編排內容

---

〔註24〕　《四聲等子》一、二等的分別依舊存在，但是三、四等韻界線已經消失，效、流、
　　　　　山等攝的三、四等皆然。參見《四聲等子》收於《等韻五種》（臺北：藝文印書館，
　　　　　2005 年），頁 14、36。

〔註25〕　竺家寧：《九經直音韻母研究》（臺北：文史哲出版社，1980 年）。

〔註26〕　竺家寧：《古今韻會舉要的語音系統》（臺北：臺灣學生書局，1986 年），頁 124～
　　　　　126、139～140。

〔註27〕　（元）周德清著，許世瑛校訂：《音注中原音韻》（臺北：廣文書局，1986 年），頁
　　　　　29。

〔註28〕　（元）周德清著，許世瑛校訂：《音注中原音韻》（臺北：廣文書局，1986 年），頁
　　　　　32～33。

嗅出語音演變的端倪〔註 29〕。宋元等韻圖「併轉為攝」的現象，係原先反映中古前期的四十三韻圖，至宋元時代，因為語音的改變而被併成十六個攝。其變化即在於主要元音的刪併，韻母趨於簡化。併轉為攝的依據在於主要元音的相同或相近、韻尾相同，語音的轉變使得同攝、同開合又同等第的韻母皆混而不分。論及介音的演變時，不免牽涉到一、二等的歸併的現象，此屬洪音部分，在此亦稍作論述。

根據竺師家寧的研究，發現反映宋代時音的《九經直音》，將一、二等字音互注，例如：「肱，音觥」表示一等登韻字「肱」與二等庚韻「觥」字音互注。或是「岡，音江」表示一等唐韻字「岡」與二等江韻字音互注。字音的互注代表一、二等字屬同音關係〔註 30〕，即表示當時歸併的事實。此外，反映宋元時代南方語音的《古今韻會舉要》，也將一、二等韻字同列，例如：干韻同時收一等「珊」字及二等「刪」字。或是在該韻中，同時收了一等咍韻字與二等皆佳韻字〔註 31〕。

再者，反映近代北方語音的《中原音韻》其蕭豪一、二等韻仍存在對立，因周德清在〈正語作詞起例〉中註明了「包有褒」、「飽有保」強調了一等褒字與二等包字的分別〔註 32〕，故仍是〔ɑu〕、〔au〕之別。其他如：江陽韻「岡缸」、皆來韻「該釵」、寒山韻「干奸」、家麻韻「巴家」、庚青韻「登爭」、監咸韻「甘監」……皆顯示一、二等字收於同一韻中〔註 33〕，表示當時已是一、二等合併的情況〔註 34〕。

---

〔註29〕 合攝：宋元等韻圖中的十六攝又因語音的變化，而將其中某些攝合併故稱之「合攝」。

〔註30〕 竺家寧：《九經直音韻母研究》（臺北：文史哲出版社，1980 年）。

〔註31〕 竺家寧：《古今韻會舉要的語音系統》（臺北：臺灣學生書局，1986 年），頁 53～54。

〔註32〕 參見（元）周德清：《中原音韻》卷下，收於《景印文淵閣四庫全書》（臺北：臺灣商務印書館，1986 年）1496 冊，頁 685。

〔註33〕 （元）周德清，許世瑛校訂：《音注中原音韻》（臺北：廣文書局，1986 年），頁 53～56。

〔註34〕 （元）周德清，許世瑛校訂：《音注中原音韻》（臺北：廣文書局，1986 年），頁 4、20、26、39、44、52。

## 三、二等介音的增生

　　王力根據朱熹《詩集傳》的反切歸納出宋代的聲母及韻母，並將二等牙喉音增生細音的音值擬爲〔e〕元音〔註35〕，例如：江韻〔eaŋ〕。其又根據周德清的《中原音韻》與卓從之的《中州音韻》歸納出元代的聲母、韻母，並將元代二等細音增生的音值擬爲〔i〕元音〔註36〕，例如：江韻〔iaŋ〕，顯示二等細音增生的現象在元代大致成熟了。

　　除此之外，在其他書面語料中也可以看到二等細音產生的現象，例如：反映宋、元時代的南方語音的《古音韻會舉要》，將一等干韻字與二等間韻字分列，〔註37〕根據竺師家寧的研究，發現《古音韻會舉要》干韻與間韻皆收中古山、刪韻字，兩者區別的原因可能在於二等牙喉音所增生的細音〔註38〕。

　　判斷二等細音增生的標準，在於二、三等字同列或是一、二等字分列。而二等牙喉聲母大抵爲江、皆、佳、山、刪、肴、麻、庚、耕、咸、銜、洽各韻，取其例字，觀察二等牙喉音字在《中原音韻》的洪細情形，確實發現二等字有大量增生細音的現象。首先，是二等與三等字同列，例如：江陽韻，二等「江」字與三等「姜」字同列；庚青韻，二等「幸」、「杏」字與三等「興」字同列〔註39〕。再者，一、二等字的分列，也表示二等字細音的增生，例如：皆來韻，二等「皆」字與一等「該」字分列；寒山韻，二等「奸」、「間」字與一等「干」、「乾」字分置；或是監咸韻，二等「監」字與一等「甘」字分列〔註40〕。而僅有肴韻二等字例外，其二等「交、巧」字與三等宵韻「驕」字

---

〔註35〕王力：《漢語語音史》（北京：商務印書館，2008 年），頁 291～344。

〔註36〕王力：《漢語語音史》（北京：商務印書館，2008 年），頁 345～431。

〔註37〕（元）黃公紹、熊忠著，寧忌浮整理：《古今韻會舉要──明刊本附校記索引》（北京：中華書局，2002 年），頁 112～120。

〔註38〕竺家寧：《古今韻會舉要的語音系統》（臺北：臺灣學生書局，1986 年），頁 53～56。

〔註39〕（元）周德清，許世瑛校訂：《音注中原音韻》（臺北：廣文書局，1986 年），頁 3、47。

〔註40〕（元）周德清，許世瑛校訂：《音注中原音韻》（臺北：廣文書局，1986 年），頁 20、26、52。

仍是分列的情況〔註41〕，表示肴韻二等細音尚未增生。顯然，從《中原音韻》二等與一、三等的列字關係中，可知二等牙喉聲母介音增生的發展，在元代的北方音系已然是相當成熟的語音現象了。

## 四、小　結

　　中古四等二呼的介音格局到近代已經發生變化，三、四等字互相合併，屬於洪音的一、二等主要元音也互相歸併。從反映宋、元時音的《九經直音》及《古今韻會舉要》都可以看到三、四等字與一、二等字歸併的變化，而成書稍晚的《中原音韻》可謂是四等歸併的集大成。此外，二等牙喉聲母細音的增生也在宋元時代展開，從江陽、庚青、寒山、監咸韻將二等牙喉聲母與三等字同列或是與一等字分列的情況，得以判斷二等牙喉聲母細音的增生已然成熟。四等的歸併、二等細音的增生，皆是近代介音發展的前奏，故本文以此作為明代介音演變的基礎。

---

〔註41〕　（元）周德清，許世瑛校訂：《音注中原音韻》（臺北：廣文書局，1986 年），頁32。

# 第三章　明代介音與聲母關係

　　本章主要以「介音對聲母的影響」以及「聲母對介音的排斥」兩個概念，就近代漢語介音與聲母的演變關係分為「顎化現象」、「舌面音捲舌化與〔i〕介音的影響」以及「唇音開合口相變」三點闡述之。

## 第一節　二等牙喉音細音化與顎化問題

　　語音演變的性質問題是開放的，不只局限於漢語。因此在探討明代聲母的顎化相關語音演變問題時，本文亦擴大語言陳述的範圍，以作為建立理論之前提亦為本文研究的依據。輔音的顎化現象存在於世界上大部分的語言中，程度或性質各有些許不同，本文討論的明代顎化問題之範圍限於輔音，通常以舌根與舌尖輔音最容易發生顎化。而喉部塞音或舌尖塞音、塞擦音在一些前元音，如：〔i〕、〔y〕、〔e〕之前，甚至接近於〔e〕的〔a〕之前，都容易發生顎化，可以形成顎化現象條件的介音或元音主要有：〔i〕、〔y〕、〔ɨ〕、〔ʉ〕、〔ɪ〕、〔e〕、〔θ〕、〔ɛ〕、〔œ〕，在西方語言中〔i〕、〔ʉ〕、〔ɪ〕、〔e〕、〔θ〕、〔ɛ〕、〔œ〕元音都曾是顎化現象發生的條件，唯獨漢語的發生顎化條件的元音舌位最高，只限於〔i〕、〔j〕、〔y〕這三種元音。漢語與英語發生顎化的輔音、條件及結果的差異可見於下表所示：

〔表 3-1-1〕漢語與英語顎化的輔音、條件及結果表

| | 發生顎化的輔音 | 顎化的條件（元音） | 顎化的結果 |
|---|---|---|---|
| 漢語 | （上古）t、tʻ、d<br>（中古）k、kʻ、x 與 ts、tsʻ、s | i、j、y | 舌面音 tɕ、tɕʻ、ɕ |
| 英語 | （現代英語）t、d、s、z | i、j、y、e | 舌葉音 tʃ、ʤ、ʃ、ʒ |

英語的顎化作用是指舌尖前音〔s〕、〔z〕、〔t〕、〔d〕後面跟著高元音〔i〕、〔e〕、〔y〕、〔j〕時變成舌尖面音〔tʃ〕、〔ʤ〕、〔ʃ〕、〔ʒ〕的過程。例如：giant、nature、soldier。而漢語的顎化作用發生在兩個時期，首先是上古時期的漢語，〔t〕系聲母與高元音接觸後發生顎化作用，形成中古的章系字；再者是中古時期的漢語聲母系統〔k〕、〔kʻ〕、〔x〕與〔ts〕、〔tsʻ〕、〔s〕在明清之際發生了顎化，與高元音接觸後形成現代北方音系的舌面音〔註1〕。

在歷史音變中，可以發現顎化的結果往往造成音類間的合併或是改變原本的結構關係。例如：漢語聲母所發生的兩次顎化作用，改變了漢語的音位結構。如上述所言，漢語的顎化作用發生在上古及近代兩個時期，上古漢語端系字的顎化，形成了中古的章系字；中古見、精系聲母細音字發生顎化的年代，約莫於明清之際，亦使得現代的北方方言產生舌面音，而與舌根音及舌尖音形成洪、細互補的結構。

## 一、明代前二等牙喉細音的增生

近代漢語產生顎化作用的範圍，除了本屬細音的三、四等見、精系字之外，還包括了中古本為二等洪音的牙喉音聲母。二等牙喉音在明代之前產生細音的機制，前人較少提及，如前章所述，中古韻母的洪、細主要表現在四等的區分上，一、二等為洪音，三、四等為細音。然而，在現代的北方官話中卻有許多的中古二等字是念成細音。

對此，高本漢採用馬伯樂的說法〔註2〕，認為現在官話之所以有〔i〕介音，

---

〔註 1〕 此僅論述北方地區見精系顎化之類型，其他漢語方言顎化的類型不在本文的論述範圍。

〔註 2〕 見高本漢：《中國音韻學研究》（北京：商務印書館，2003 年），頁 478。

是因爲唐代發生的顎化現象所致。二等字的主要元音〔a〕的性質是很前很淺的音（最低最前），自有顎化其前面舌根音的能力，其演變模式爲：「ka＞kⁱa＞tɕia」。徐通鏘則認爲，以現代方言而言，產生〔i〕介音的條件不論一、二等，其主要元音一定爲前元音。依此前提，即主要元音的舌位越高，產生細音〔i〕而併入三、四等的可能性越大。另外，兩個前後舌位結合的音產生出的拉距矛盾，也容易產生〔i〕介音 [註3]。何大安在書中亦有類似看法：

> 今天的「家揩下牙」也許就是從早期的 ka、kʹa、xa、a 來的。a 是前低元音，k、kʹ、x 是舌根輔音。一前一後，一低一高。k、kʹ、x 配上單元音 a 的時候，爲求發音的簡易，就會把 a 念得鬆一點，帶出一個介音 i 來，成爲 ia。這種複元音化或「元音分裂」（vowel breaking），其實就是一種簡化（將發音的負擔減輕了），這個 ia 再反過來使 k、kʹ、x 顎化……。 [註4]

何大安認爲〔ka〕、〔kʹa〕、〔xa〕二等字細音增生的原因在於要減輕發音的負擔，人們在發兩個前後舌位結合的音時，爲了發音的輕鬆便利，便會在發音過程中帶出一個〔i〕介音。

據此，我們觀察中古二等元音性質，綜合三家 [註5] 中古二等之擬音，其主要元音總不出下列幾項：〔a〕、〔ɐ〕、〔ɔ〕、〔o〕、〔e〕、〔æ〕。低元音〔a〕爲二等的主要元音已是定見，另外二等還有重韻的問題，主要是〔ɐ〕、〔ɔ〕、〔o〕、〔e〕、〔æ〕這些元音。由此整理中古二等各主要元音的性質，參見下表

〔表 3-1-2〕中古二等主要元音性質表

| 類別\舌位 | | 舌面前元音 | 央元音 | 舌面後元音 |
|---|---|---|---|---|
| 高 | 最高 | | | |
| | 次高 | | | |

---

[註3] 徐通鏘：《語言論——語義型語言的結構原理和研究方法》（長春：東北師範大學出版社，2006 年），頁 168。

[註4] 參見何大安：《聲韻學中的觀念和方法》（台北：大安出版社，2001 年），頁 141。

[註5] 根據竺師家寧對各家韻母擬音之整理表，以董同龢、王力、竺師家寧三家爲代表。詳見竺家寧：《聲韻學》（臺北：五南圖書出版公司，2004 年），頁 351～353。

| 中 | 中高 | e | | |
|---|---|---|---|---|
| | 正中 | | | o |
| | 低中 | | | ɔ |
| 低 | 次低 | æ | ɐ | |
| | 最低 | a | | |

從上表中得知：〔a〕元音的舌位最前最低，〔æ〕為舌面前次低元音，〔e〕為舌位前中高元音，〔ɐ〕為次低元音，〔ɔ〕與〔o〕分別為舌面後中低元音與舌面後中元音。以上二等元音發音性質，舌位有前有後，但大多為發音舌位較前且低的位置，且開口度較大的元音。

我們亦發現王力的擬音系統，將近代前期的開口二等韻元音多擬成〔ea〕。例如：（南北朝）交韻〔-eou〕、加韻〔-ea〕等。（宋朝）角韻〔-eak〕、點韻〔-eat〕、洽韻〔-eap〕、江韻〔-eaŋ〕、間韻〔-ean〕、咸韻〔-eam〕等。高本漢認為二等〔i〕介音可能是受到後面〔a〕元音的淺性，所引出的一個中間音，即為「前渡音」〔註6〕。二等牙喉聲母產生細音的情況，或許是屬於元音的破裂或分化，在語音的發展過程中，元音的前或後產生出一個附屬的元音〔註7〕。其演化之規律，以江韻為例，如下所示：

$$-ɔŋ（隋唐）>-eaŋ（宋代）>-iaŋ（元代）$$

綜合上述，我們可以歸納造成中古二等牙喉音發展出〔i〕介音，使得韻母由洪音轉變成細音可能的原因為：發音部位較後的牙喉音與舌位較低的元音相遇，兩相拉鋸之後，逐漸發展出一個發音部位偏高偏前的細音，其演變的原因在於語音發音的輕鬆、便利原則，使得〔k〕與〔a〕之間產生了一個〔i〕介音做為「一前一後」、「一低一高」的調劑。從中古二等字到近代顎化的演變路線我們可以擬為：「ka>kⁱa（kea）>kia>tɕia」。其中的〔kⁱa〕或〔kea〕也許可以視為由〔ka〕到〔kia〕的過渡。在二等〔i〕介音產生後則反而影響了聲母，與其他等次的細音一樣影響見、精系聲母並使其顎化。以下將沿著上述的演變路線繼續討論近代見、精系聲母顎化作用的成因。

---

〔註6〕 參見高本漢：《中國音韻學研究》（北京：商務印書館，2003年），頁477～478。

〔註7〕 詳細可見張淑萍：《漢語方言顎化現象研究》，臺灣師範大學博士論文，2009年，頁57。

## 二、明代語料中的顎化現象

以下對於顎化作用〔註8〕的音變成因稍作討論，並就明代書面語料中見、精系字相混及細音相配等情形，說明本文的顎化認定標準，進而從語料的歸納中得出明代顎化現象之梗概。

### （一）顎化的形成及本文的判定標準

### 1. 顎化成因

人們在使用語言時，發出接二連三的音，使得某些音素受到前後其他音素的影響，造成語言上所謂的同化、異化、弱化等語音上的改變。以漢語而言，發生兩次顎化作用，這樣的語音變化在語音的歷史發展軌跡中漸漸固定下來，形成某個特定區域的人們使用語言的模式，並轉化成爲歷史音變。如同徐通鏘所言：「中古的見母字在〔i〕、〔iu〕前，在北京話中變成〔tɕ〕，這就是共時的同化作用日益固定下來而成爲一種歷史音變的例子。」〔註9〕一般所認定的顎化作用，是指輔音受到後面前高元音的影響，而使發音部位變得與前高元音相近。羅常培等人則曾論述關於語音顎化的三種意義：

（1）常見的顎化音是在發某一個輔音的同時，舌面前部接近前硬顎，以致使那個音具有舌面音的色彩，我們用某輔音後面上方加一個小 j，……還有一種後顎化音，是在發某個輔音的同時，舌面後部接近後硬顎，帶有某音同舌面後擦音 r 併發的音色，用某輔音加 r 的形式表示……。

（2）同一個輔音在發音時……受到元音的影響而使舌位也有高低的區別，舌位較高時發出的音可以叫做顎化音。這裡輔音受鄰近元音影響而變更舌位，是在任何語言中都有的現象。標音時不做任何特殊符號，如英語 key 的 k 比 kind 的 k 舌位較靠前，key 的 k 可以稱作顎化了的 k。

（3）在某種語言的歷史過程中，本來不是舌面音後來改爲舌面音了，這種變化也稱作顎化。發生這種變化的輔音本來差不多都是舌面後音或是舌尖音，如：北京話的希和西的聲母 ɕ，分

〔註8〕　顎化「palatalisierung」，顎化作用「palatalizetion」。

〔註9〕　徐通鏘：《歷史語言學》（北京：商務印書館，2001 年），頁 112。

別來自 x 和 s。〔註10〕

　　前二種顎化意義可歸於「語流音變」的範疇，應可視為廣義的顎化作用。第一種顎化意義，是指在發音的同時又接近了硬顎的部位，而使得輔音帶有顎化性質，但未成為顎化後的舌面音。第二種顎化意義是人類在實際發音上，所產生的舌位升高現象。第一種是顎化的過程，第三種則為顎化過程中的結果。即為前元音或半元音對於鄰近輔音的一種同化作用，由於語音的同化作用，使得輔音的發音部位被元音影響而移到硬顎。前元音或半元音的舌位較高，在發音時舌位向上顎靠近，並與上顎接觸的面積較廣，如此一來容易產生摩擦。當與發音部位不同的輔音結合時，就容易把這些輔音的部位帶到硬顎的中間部位，進而影響輔音使其發生摩擦或增加摩擦，結果導致輔音顎化。顎化作用是人類語言中普遍的現象，或者是因為齒齦音本身不夠穩定，受到硬顎音的影響而變成顎齦音，故稱之「顎化」〔註11〕。

　　在此本文取上述第三種屬於「顎化過程中的結果」且具有歷史意義的顎化，作為本文的論述重點。語音的演變往往因為發音動作的習慣起了變化，例如：輔音被前面或後面的元音舌位所同化，最常見的例子就是舌根音、舌尖音被後面接鄰的〔i〕元音顎化。「顎化作用」是漢語音韻熱門的議題之一，因此各家對於其演變的舉例及成因都有豐富的詮釋，本文在此以具歷史音變意義的顎化為準，將試著從介音角度觀察明代語料中見、精系字相混的情形，並據此判斷顎化作用發生的年限。

### 2. 本文顎化之判定標準

　　顎化的源流主要可以從韻書、韻圖的字母系統中追尋。然而，漢字的音節系統不似西方拼音文字清楚明瞭，因為漢語標音的特殊性使得後人在判讀材料時產生聲母與介音在認定上的困難。正如鄭錦全所言：「明清兩代的韻書，為了切音的方便，也常因韻母的開合洪細而用不同的字代表同一聲母。對見、曉、精系字來說，字母細分常使人弄不清到底是聲母本身的不同還是介音的不同。」〔註12〕

---

〔註10〕參羅常培、王均《普通語音學綱要》（北京：商務印書館 2004 年），頁 200～201。

〔註11〕參見俞述翰〈同化、顎化及其他〉收於《外語研究》第四期，1988 年，頁 46～50。

〔註12〕鄭錦全〈明清韻書字母的介音與北音顎化源流的探討〉收於《書目季刊》十四卷 2 期，頁 77～87。

另外，鄭錦全亦云：「顎化的研究不得不注意介音的干擾」〔註13〕，明清兩代的字母，常有介音洪細之別，或是聲介合母的存在，影響了對聲母的歸類。因此顎化的判定不能僅就聲母與介音洪細兩兩相對的相配情形來證明。筆者倒是認為雖然以開、齊、合、撮四分的聲母，只能認定是因為介音的不同而分，不能當成聲母顎化的強烈證據，但是介音的洪細仍是顎化與否的關鍵，少了細音的催化，見、精系字就無法顎化。王力曾在《圓音正考》的序裡發現了一些顎化跡象：

> 清無名氏作圓音正考，在序裡說：試取三十六字母審之，隸見溪群曉匣五母者屬團，隸精清從心邪五母者屬尖，可見當時尖團已不分。
>
> 圓音正考成於乾隆八年癸亥，即 1743 年。〔註14〕

大多學者均認定北方音系舌根音與舌尖音的顎化，大抵完成於十八世紀前半，並且舌根音的顎化可能早於舌尖音的顎化。鄭錦全就曾對北音的顎化現象做過徹底的研究，認為：「北方音系見曉精系字顎化大約全面形成於十六、七世紀。到了十八世紀前半葉，《圓音正考》（1743）對尖團音的分析，正表示顎化已經完成。」〔註15〕如同所言，見、精系字在遇到細音後，逐漸變成舌面音而混列同處，因此以書面材料為研究依據者，對顎化的認定在於見、精系字的相混與否。雖然見、精系字相混同正是顎化的指標，各家亦均於十八世紀的材料中看到明顯的顎化現象，然而語音演變的實際年代必定是早於被著錄的年代，因此筆者希望能從明代尋出一點顎化端倪。關於漢語顎化的判定，綜合以上歸納幾點，以做為本節研究之基礎：

1. 注意材料中聲介合母的情形。
2. 不以聲母洪細兩分來斷定顎化的產生。
3. 見、精系相混同處為顎化的指標。
4. 釐清見、精系字變為舌面音的時間。

---

〔註13〕鄭錦全〈明清韻書字母的介音與北音顎化源流的探討〉收於《書目季刊》十四卷 2 期，頁 77。

〔註14〕王力：《漢語史稿》（北京：中華書局，2006 年），頁 146。

〔註15〕鄭錦全：〈明清韻書字母的介音與北音顎化源流的探討〉收於《書目季刊》十四卷 2 期，頁 77～87。

　　語音的演變非一夕之間完成，鄭再發曾云：「歷史是一股潮流。在緩慢的潮流中滲進他種有色液體……。」〔註16〕各家均已認定清代是見、精系字的顎化時代，又或者北方語音演變之速，難以從中明確地歸納出見、精顎化的歷史演進。但筆者仍認爲語音的詮釋有其時間淵流，或許多少能從明代語料中尋得見、精系字顎化音變的前奏，又或許若無所獲，以茲爲清代顎化音變詮釋之前導亦無不可。

### （二）明代語料的觀察與歸納

　　關於明代語料中的觀察，本文首先舉代表字〔註17〕，縱看各時期見精系字的發展，觀察各時期內部的細節，或許可從不同時期的內部發現一些字音的轉變，祈藉此嗅出顎化音變的開端。在歸納明代語料之後，發現各組韻攝皆有聲母相混的現象，本文將其相混現象依聲母混入情況列舉於下，其表格順序依韻攝排列，表中內容依各本材料的時間先後編排，從各韻中舉代表字爲例。然則，各本語料所收錄的字數多寡各異，依歷史比較法之原則，當舉條件相同的字音進行各時期的比較，但是爲顧及研究的廣泛度，若某語料多收之字具有特殊的演變意義，本文亦於表格中列舉並加以說明。以下依據聲母混入情形分爲三部分論述之。

### 1. 見、精組字同部位相混的情形

　　以下表格的排列以韻攝爲首，並依十六攝名爲序。表格內部縱列例字，橫列語料名稱〔註18〕及開合洪細。爲顧及各本語料所收的字數多寡各異，因此以下所舉字組代表依《韻略易通》爲首，即：臻攝曉母以「欣」字組爲代表，並列出各字組的中古出處，以知悉字組在各語料間的地位。而各本語料所收的其他字，本文再依「同部位相混」、「章系字的竄入」與「見精系字的相混」三個主題斟酌列出欲探討之相關字組，以下表格收字均以此爲標準。

---

〔註16〕鄭再發：〈漢語音韻史的分期問題〉收於《史語所集刊》第三十六本（下），1966年，頁641。

〔註17〕關於代表字的收錄原則：每本材料收錄的字數不同，依歷史比較法之原則，當舉條件相同的字音進行各時期的比較，然而爲顧及研究的廣泛度，若某語料多收之字具有特殊的演變意義，本文亦於表格中列舉並加以說明論述。

〔註18〕表格依照語料成書年代先後排列，並在明代語料下方註明成書年份，礙於篇幅而將《重訂司馬溫公等韻圖經》簡稱爲《等韻圖經》，下列各表比照此例。

（1）臻攝見、溪母字混入曉母字組

〔表 3-1-3〕臻攝見、溪母混入曉組表

| 《韻略易通》1442 年 | | 《青郊雜著》1543~1581 年 | | 《等韻圖經》1602 年 | | 《交泰韻》1603 年 | 《元韻譜》1611 年 | | 《韻略匯通》1642 年 |
|---|---|---|---|---|---|---|---|---|---|
| 細音 | | 細音 | | 細音 | | 細音 | 細音 | | 細音 |
| 例字 | 中古地位 | 多字〔註19〕 | 中古地位 | 多字 | 中古地位 | 收字同《易通》 | 多字 | 中古地位 | 收字同《易通》 |
| 欣 | 曉欣平三開 | 嶔 劢 | 溪侵平三開　見焮去三開 | 斤 劢 嶔 | 見欣平三開　見焮去三開　溪侵平三開 | | 劢 | 見焮去三開 | |

表格爲臻攝、平聲曉母字組。其中《青郊雜著》與《交泰韻》的舌尖鼻音韻尾（眞韻）與雙唇鼻音韻尾（侵韻）仍二分。《青郊》、《重訂司馬溫公等韻圖經》、《元韻譜》均收有同部位的見母、溪母字。由表格可知見系字同部位有相混的情況，但仍未見顎化現象。

（1.2）臻攝精、清、邪母字混入心母字組

〔表 3-1-4〕臻攝精、清、邪母混入心組表

| 《韻略易通》1442 年 | | 《青郊雜著》1543~1581 年 | | 《等韻圖經》1602 年 | | 《交泰韻》1603 年 | 《元韻譜》1611 年 | | 《韻略匯通》1642 年 |
|---|---|---|---|---|---|---|---|---|---|
| 細音 | | 細音 | | 細音 | | 細音 | 細音 | | 細音 |
| 例字 | 中古地位 | 多字 | 中古地位 | 多字 | 中古地位 | 收字同《易通》 | 多字 | 中古地位 | 收字同《易通》 |
| 新 | 心眞平三開 | 尋 燂 燖 | 邪侵平三開　從鹽平三開　邪鹽平三開 | 莘 沁 蕈 | 生臻平三開　清沁去三開　從寢上三開 | | 莘 尋 燖 | 生臻平三開　邪侵平三開　邪鹽平三開 | |

---

〔註19〕表格以《韻略易通》的收字爲代表例字，然而其他語料收字繁多，且其中有收非同聲母的字，例如：見母字組在某語料中，又收有曉母字或是章系字等。筆者認爲多收的字或許具有特殊的演變意義，因此表格以「多字」列出其差異，以便論述其可能的演變意義。

| | | 燂 | 從鹽平三開 | | | |
|---|---|---|---|---|---|---|
| | | 燖 | 邪鹽平三開 | | | |

　　表格為臻攝、平聲心母字組。《青郊》與《交泰韻》如同見組，亦為侵真韻二分。《青郊》、《等韻圖經》、《元韻譜》皆收有同部位的清母、從母、邪母字。從母發生清化後，平聲讀為送氣（如同清母），仄聲讀為不送氣（如同精母）。邪母清化後，讀如心母。另外，《重訂司馬溫公等韻圖經》與《元韻譜》收生母字「莘」，生母與心母則係發音方法相同，皆為清擦音，由此知悉明代仍見精、莊互用之陳跡。

### （2）效攝溪、曉母字混入見母字組

〔表 3-1-5〕臻攝溪、曉母字混入見組表

| 《韻略易通》1442 年 | | 《青郊雜著》1543~1581 年 | | 《等韻圖經》1602 年 | | 《交泰韻》1603 年 | 《元韻譜》1611 年 | | 《韻略匯通》1642 年 |
|---|---|---|---|---|---|---|---|---|---|
| 細音 | | 細音 | | 細音 | | 細音 | 細音 | | 細音 |
| 例字 | 中古地位 | 多字 | 中古地位 | 多字 | 中古地位 | 收字同《易通》 | 多字 | 中古地位 | 收字同《易通》 |
| 交 嬌 澆 | 見肴平二開 見宵平三開 見蕭平四開 | 骹 洨 | 溪肴平二開 匣肴平二開 | 骹 洨 鵁 | 溪肴平二開 匣肴平二開 曉肴平二開 | | 趬 | 溪宵平三開 | |
| | | | | | | | 合口 | | |
| | | | | | | | 骹 洨 | 溪肴平二開 匣肴平二開 | |

　　表格為效攝、平聲見母組。《青郊雜著》、《等韻圖經》與《元韻譜》均有同部位的溪母或曉母、群母及匣母字的摻入。群母字發生清化後，平聲讀為送氣（如同溪母），仄聲讀為不送氣（如同見母）。匣母經過濁音清化後，發音性質則與曉母字無異。

（2.2）效攝清母字混入精母字組

〔表 3-1-6〕效攝清母混入精組表

| 《韻略易通》 1442 年 | | 《青郊雜著》 1543~1581 年 | | 《等韻圖經》 1602 年 | | 《交泰韻》 1603 年 | 《元韻譜》 1611 年 | | 《韻略匯通》 1642 年 |
|---|---|---|---|---|---|---|---|---|---|
| 細音 | | 細音 | | 細音 | | 細音 | 細音 | | 細音 |
| 例字 | 中古地位 | 多字 | 中古地位 | 多字 | 中古地位 | 收字同《易通》 | 多字 | 中古地位 | 收字同《易通》 |
| 焦 | 精宵平三開 | 噍 | 從宵平三開 | 噍 萩 穮 | 從宵平三開 清尤平三開 崇肴平二開 | | 穮 | 崇肴平二開 | |
| | | | | | | | 合口細音 | | |
| | | | | | | | 噍 | 從宵平三開 | |

表格為效攝、平聲精母字組。《青郊雜著》、《重訂司馬溫公等韻圖經》及《元韻譜》均有同部位的清母、從母字。從母字濁音清化後，平聲讀為送氣（如同清母），仄聲讀為不送氣（如同精母）。另外，我們也發現莊系字摻入的痕跡，由此可見精、莊系字關係自古密切，至明代仍可見其陳跡。

（3）梗攝見母字混入溪母字組

〔表 3-1-7〕梗攝見母混入溪組表

| 《韻略易通》 1442 年 | | 《青郊雜著》 1543~1581 年 | | 《等韻圖經》 1602 年 | | 《交泰韻》 1603 年 | 《元韻譜》 1611 年 | | 《韻略匯通》 1642 年 |
|---|---|---|---|---|---|---|---|---|---|
| 細音 | | 細音 | | 細音 | | 細音 | 細音 | | 細音 |
| 例字 | 中古地位 | 多字 | 中古地位 | 多字 | 中古地位 | 收字同《易通》 | 多字 | 中古地位 | 收字同《易通》 |
| 卿 輕 擎 | 溪庚平三開 溪清平三開 群庚平三開 | 兢 檠（警） 經（頸） | 見蒸平三開 見梗上三開 群清平三開 | 兢 檠（警） 經（頸） 殑 | 見蒸平三開 見梗上三開 群清平三開 群蒸平三開 | | 頸 | 群清平三開 | |

表格為梗攝、平聲溪母字組，《青郊雜著》分庚、青兩韻。《青郊》、《重訂司馬溫公等韻圖經》及《元韻譜》均收有同部位的見母、溪母、群母。群母依

濁音清化的規律而分，平聲爲溪母，仄聲爲見母。表格中的群母字均爲平聲，可視爲溪母。

### （3.2）梗攝精母字混入清母字組

〔表 3-1-8〕梗攝精母混入清組表

| 《韻略易通》1442 年 | | 《青郊雜著》1543~1581 年 | | 《等韻圖經》1602 年 | | 《交泰韻》1603 年 | 《元韻譜》1611 年 | | 《韻略匯通》1642 年 |
|---|---|---|---|---|---|---|---|---|---|
| 細音 | | 細音 | | 細音 | | 細音 | 細音 | | 細音 |
| 例字 | 中古地位 | 多字 | 中古地位 | 多字 | 中古地位 | 收字同《易通》 | 多字 | 中古地位 | 收字同《易通》 |
| 青 清 情 | 清青平四開<br>從清平三開<br>清清平三開 | 繪 禠（甀） | 從蒸平三開<br>精證去三開 | 繪 菁 甀 嚕（琤） | 從蒸平三開<br>精清平三開<br>精證去三開<br>初耕平二開 | | 蜻 菁 | 清青平四開<br>精清平三開 | |

表格爲梗攝、平聲清母字組，《青郊雜著》庚青韻二分。《青郊雜著》、《等韻圖經》與《元韻譜》均收有同部位的精母、從母。《重訂司馬溫公等韻圖經》亦收莊系初母字，與清母同發音方法，可見精、莊系字密切之陳跡。而從母依濁音清化規律，平聲爲清母，仄聲爲精母。表格收從母平聲字，可視爲清母。

根據上述歸納，我們發現語料中各韻攝皆有同發音部位的聲母互相收字的情況，即一韻中的見系字除了收見系字之外，亦收同部位的溪母、曉母字；同理可知，一韻中的精系字除收精系字外，亦收同部位的清母、心母字。另外，也有同發音方法互相收字的情況，例如：心組收同屬輕擦音的生母字，清組收同屬次清的初母字，此情況尤其以《青郊雜著》、《重訂司馬溫公等韻圖經》、《元韻譜》最爲多見。各韻攝的見系組、精系組字，在《青郊雜著》、《等韻圖經》、《元韻譜》中有同發音部位相混的情況，且占有相當多的比例。礙於篇幅所限且此現象並不直接與顎化論題相關，在此僅舉六例概括。上舉臻、效、梗三攝中，臻攝及梗攝另有有見、精系字相混的情況，詳情見下文第三點「見、精系相混」之論述 [註20]。

---

〔註20〕參見本文，頁 52～63。

## 2. 章系字竄入見、精字組

觀察明代語料的見、精系字相混情形之外，也發現有一些章系字混入見、精字組。然而混入的字數不多，大抵在各韻攝有幾個章系字混入，為精減篇幅，本文僅將欲討論之部分列出。

（1）止攝章系字竄入見母

〔表3-1-9〕止攝章系竄入見組表

| 《韻略易通》1442年 | | 《青郊雜著》1543~1581年 | 《等韻圖經》1602年 | | 《交泰韻》1603年 | 《元韻譜》1611年 | | 《韻略匯通》1642年 |
|---|---|---|---|---|---|---|---|---|
| 細音 | | 細音 | 細音 | | 細音 | 細音 | | 細音 |
| 例字 | 中古地位 | 收字同《易通》 | 多字 | 中古地位 | 收字同《易通》 | 收字同《易通》 | | 收字同《易通》 |
| 幾(機)<br>雞<br>飢<br>姬 | 見微平三開<br>見齊平四開<br>見脂平三開<br>見之平三開 | | 郅(質) | 章質入三開 | | | | |
| 己(紀)<br>几 | 見止上三開<br>見旨上三開 | 收字同《易通》 | 枳<br>枳(紙) | 見紙上三開<br>章紙上三開 | 收字同《易通》 | 枳<br>枳(紙) | 見紙上三開<br>章紙上三開 | 收字同《易通》 |
| 計<br>寄<br>冀<br>記<br>既<br>季 | 見霽去四開<br>見寘去三開<br>見至去三開<br>見志去三開<br>見未去三開<br>見至去三合 | 收字同《易通》 | 忮(寘)<br>鵋(支)<br>姼(是)<br>姼(侈)<br>駇(翅) | 章寘去三開<br>章支平三開<br>常紙上三開<br>昌紙上三開<br>書寘去三開 | 收字同《易通》 | 忮(寘)<br>鵋(支)<br>稓(紙) | 章寘去三開<br>章支平三開<br>章紙上三開 | 收字同《易通》 |

止攝見母平、上、去三聲字組中，明代《重訂司馬溫公等韻圖經》及《元韻譜》均收有章系字，如：「郅」、「枳」、「忮」、「鵋」等字。

（1.2）止攝章系字竄入曉母

〔表 3-1-10〕止攝章系竄入曉組表

| 《韻略易通》1442年 | | 《青郊雜著》1543~1581年 | 《等韻圖經》1602年 | | 《交泰韻》1603年 | 《元韻譜》1611年 | | 《韻略匯通》1642年 |
|---|---|---|---|---|---|---|---|---|
| 細音 | | 細音 | 細音 | | 細音 | 細音 | | 細音 |
| 例字 | 中古地位 | 收字同《易通》 | 多字 | 中古地位 | 收字同《易通》 | 多字 | 中古地位 | 收字同《易通》 |
| 奚 | 匣齊平四開 | | 饎（熾） | 昌志去三開 | | 饎（熾） | 昌志去三開 | |
| 畦（攜） | 匣齊平四合 | | 饢（稅） | 書祭去三合 | | 饢（稅） | 書祭去三合 | |
| 希 | 曉微平三開 | | 移 | 禪齊平四開 | | | | |
| 犧 | 曉支平三開 | | | | | | | |
| 僖 | 曉之平三開 | | | | | | | |
| 醯 | 曉齊平四開 | | | | | | | |

　　止攝曉母平聲「奚」組字，在《重訂司馬溫公等韻圖經》及《元韻譜》中收錄了章系字，如：昌母「饎」字、書母「饢」字及禪母「移」字。

（1.3）止攝章系字竄入心母

〔表 3-1-11〕止攝章系竄入心組表

| 《韻略易通》1442年 | | 《青郊雜著》1543~1581年 | | 《等韻圖經》1602年 | | 《交泰韻》1603年 | 《元韻譜》1611年 | 《韻略匯通》1642年 |
|---|---|---|---|---|---|---|---|---|
| 細音 | | 細音 | | 細音 | | 細音 | 細音 | 細音 |
| 例字 | 中古地位 | 收字同《易通》 | | 多字 | 中古地位 | 收字同《易通》 | 收字同《易通》 | 收字同《易通》 |
| 西 | 心齊平四開 | | | 濕（溼） | 書緝入三開 | | | |
| | | | | 謵 | 昌葉入三開 | | | |
| | | | | 慴（聾） | 章葉入三開 | | | |
| 細 | 心霽去四開 | 渫（攝） | 書葉入三開 | 猰（爍） | 書藥入三開 | 收字同《易通》 | 收字同《易通》 | 收字同《易通》 |

止攝心母去聲「細」組字，在《青郊雜著》中收有書母「弽」字。《重訂司馬溫公等韻圖經》中的平聲與去聲亦收有章系字，如：書母「濕」字、昌母「謵」字、章母「慴」字及書母「㸒」字。

（2）山攝章系字竄入見母

〔表 3-1-12〕山攝章系竄入見組表

| 《韻略易通》1442 年 | | 《青郊雜著》1543~1581 年 | | 《等韻圖經》1602 年 | | 《交泰韻》1603 年 | 《元韻譜》1611 年 | 《韻略匯通》1642 年 |
|---|---|---|---|---|---|---|---|---|
| 細音 | | 細音 | | 細音 | | 細音 | 細音 | 細音 |
| 例字 | 中古地位 | 多字 | 中古地位 | 收字同《易通》 | | 收字同《易通》 | 收字同《易通》 | 收字同《易通》 |
| 堅鞬甄 | 見先平四開 見元平三開 見仙平三開 | 葴（斟） | 章侵平三開 | | | | | |
| 簡蹇繭 | 見產上二開 見獮上三開 見銑上四開 | 箴（斟） | 章侵平三開 | 橙（膳）箴（斟） | 章獮上三開 章侵平三開 | 收字同《易通》 | 收字同《易通》 | 收字同《易通》 |

山攝見母平聲及上聲字組，在《青郊雜著》中收有章母字「葴」。上聲「簡」組則在《重訂司馬溫公等韻圖經》中收有章母「葴」與「橙」字。

（2.2）山攝章系字竄入精母

〔表 3-1-13〕山攝章系竄入精組表

| 《韻略易通》1442 年 | | 《青郊雜著》1543~1581 年 | 《等韻圖經》1602 年 | | 《交泰韻》1603 年 | 《元韻譜》1611 年 | 《韻略匯通》1642 年 |
|---|---|---|---|---|---|---|---|
| 細音 | | 細音 | 細音 | | 細音 | 細音 | 細音 |
| 例字 | 中古地位 | 收字同《易通》 | 多字 | 中古地位 | 收字同《易通》 | 收字同《易通》 | 收字同《易通》 |
| 翦 | 精獮上三開 | | 殘（膳）弄（剗） | 章獮上三開 章獮上三合 | | | |

　　山攝的精母上聲「鷺」組字，在《重訂司馬溫公等韻圖經》中收章母字「饊」及「弄」。

（3）臻攝章系字竄入曉母

〔表 3-1-14〕臻攝章系竄入曉組表

| 《韻略易通》1442年 | | 《青郊雜著》1543~1581年 | | 《等韻圖經》1602年 | | 《交泰韻》1603年 | 《元韻譜》1611年 | 《韻略匯通》1642年 |
|---|---|---|---|---|---|---|---|---|
| 細音 | | 細音 | | 細音 | | 細音 | 細音 | 細音 |
| 例字 | 中古地位 | 多字 | 中古地位 | 多字 | 中古地位 | 收字同《易通》 | 收字同《易通》 | 收字同《易通》 |
| 衅 | 曉震去三開 | 惈(諶) | 禪侵平三開 | 惈(諶) | 禪侵平三開 | | | |
| 脪 | 曉焮去三開 | | | | | | | |

　　臻攝曉組去聲「衅」組字，在《青郊雜著》與《重訂司馬溫公等韻圖經》收有章系禪母字「惈」。

（3.2）臻攝章系字竄入心母

〔表 3-1-15〕臻攝章系竄入心組表

| 《韻略易通》1442年 | | 《青郊雜著》1543~1581年 | | 《等韻圖經》1602年 | | 《交泰韻》1603年 | 《元韻譜》1611年 | 《韻略匯通》1642年 |
|---|---|---|---|---|---|---|---|---|
| 細音 | | 細音 | | 細音 | | 細音 | 細音 | 細音 |
| 例字 | 中古地位 | 收字同《易通》 | | 多字 | 中古地位 | 收字同《易通》 | 收字同《易通》 | 收字同《易通》 |
| 新 | 心眞平三開 | 收字同《易通》 | | 伸(申) | 書眞平三開 | | | |
| 信 | 心震去三開 | 申(申) | 書眞平三開 | 申(申) | 書眞平三開 | 收字同《易通》 | 收字同《易通》 | 收字同《易通》 |

　　臻攝心母平聲字組，在《重訂司馬溫公等韻圖經》中收有章系書母字「伸」。去聲「信」組字則是《青郊雜著》及《重訂司馬溫公等韻圖經》同樣也收了章系書母「申」字。

（4）宕攝章系字竄入心母

〔表 3-1-16〕宕攝章系竄入心組表

| 例字 | 《韻略易通》1442年 | 《青郊雜著》1543~1581年 | 《等韻圖經》1602年 | | 《交泰韻》1603年 | 《元韻譜》1611年 | | 《韻略匯通》1642年 |
|---|---|---|---|---|---|---|---|---|
| | 細音 | 細音 | 細音 | | 細音 | 細音 | | 細音 |
| 例字 | 中古地位 | 收字同《易通》 | 多字 | 中古地位 | 收字同《易通》 | 多字 | 中古地位 | 收字同《易通》 |
| 襄 詳 | 心陽平三開 邪陽平三開 | | 蠰(餉) 倡(昌) 禓(商) | 書漾去三開 昌陽平三開 書陽平三開 | | 蠰(餉) 禓(商) | 書漾去三開 書陽平三開 | |
| 相 | 心漾去三開 | 蠰(餉) | 書漾去三開 | 蠰(餉) 書漾去三開 | 收字同《易通》 | 收字同《易通》 | | 收字同《易通》 |
| 像 | 邪養上三開 | | | | | | | |

表格爲宕攝心母平聲字組，《重訂司馬溫公等韻圖經》及《元韻譜》收章系書母字「蠰」、「禓」及昌母字「倡」。去聲中《青郊雜著》及《重訂司馬溫公等韻圖經》也同樣收有章系書母字「蠰」。

（5）梗攝章系字竄入精母

〔表 3-1-17〕梗攝章系竄入精組表

| 例字 | 《韻略易通》1442年 | 《青郊雜著》1543~1581年 | 《等韻圖經》1602年 | | 《交泰韻》1603年 | 《元韻譜》1611年 | 《韻略匯通》1642年 |
|---|---|---|---|---|---|---|---|
| | 細音 | 細音 | 細音 | | 細音 | 細音 | 細音 |
| 例字 | 中古地位 | 收字同《易通》 | 多字 | 中古地位 | 收字同《易通》 | 收字同《易通》 | 收字同《易通》 |
| 精 | 精清平三開 | | 晟(盛) | 禪勁去三開 | | | |

表格爲梗攝平聲精母字組，《重訂司馬溫公等韻圖經》收有章系禪母「晟」字。

關於章系字竄入的資料筆數大抵歸納出十個韻攝，有章系字竄入的情況，如：通攝見、心組。止攝的見溪、心組。遇攝溪曉、心組。臻攝見溪曉、精心組。效攝溪曉、清組。山攝的見溪、精清組。宕攝的心組。梗攝曉、精組。流攝見溪曉、清組。其章系字混入的情況多見於《青郊雜著》、《重訂司馬溫公等

韻圖經》及《元韻譜》三種語料中。

### 3. 見、精系字相混

第三部分列出語料中的見、精系字相混之情形，亦依照韻攝次序，排列如下。

### （1）通攝精系字混入見母（合口細音）

〔表 3-1-18〕通攝精系混入見組表

| 《韻略易通》1442 年 | | 《青郊雜著》1543~1581 年 | 《等韻圖經》1602 年 | | 《交泰韻》1603 年 | 《元韻譜》1611 年 | 《韻略匯通》1642 年 |
|---|---|---|---|---|---|---|---|
| 細音 | | 細音 | 細音 | | 細音 | 細音 | 細音 |
| 例字 | 中古地位 | 收字同《易通》 | 多字 | 中古地位 | 收字同《易通》 | 收字同《易通》 | 收字同《易通》 |
| 穹窮 | 見東平三合　群東平三合 | | 琁（旋） | 邪仙平三合 | | | |

通攝見母平聲「穹」組字，《重訂司馬溫公等韻圖經》收有邪母仙韻字「琁」，邪母字濁音清化後讀如心母，在明代已可視邪母為心母。然而，《重訂司馬溫公等韻圖經》所收的仙韻「琁」字與通攝「穹」組字的韻部顯然頗有不合之處。

### （1.2）通攝精系字混入曉母（合口細音）

〔表 3-1-19〕通攝精系混入曉組表

| 《韻略易通》1442 年 | | 《青郊雜著》1543~1581 年 | 《等韻圖經》1602 年 | | 《交泰韻》1603 年 | 《元韻譜》1611 年 | 《韻略匯通》1642 年 |
|---|---|---|---|---|---|---|---|
| 細音 | | 細音 | 細音 | | 細音 | 細音 | 細音 |
| 例字 | 中古地位 | 收字同《易通》 | 多字 | 中古地位 | 收字同《易通》 | 收字同《易通》 | 收字同《易通》 |
| 胸雄 | 曉鍾平三合　曉東平三合 | | 騂（騂） | 心清平三合 | | | |

表格為通攝曉母平聲「胸」組字，《重訂司馬溫公等韻圖經》的東鍾韻與庚青韻已合併，其中收錄了心母清韻字「騂」。

（1.3）通攝見系字混入心母（合口細音）

〔表 3-1-20〕通攝見系混入心組表

| 《韻略易通》1442 年 | | 《青郊雜著》1543~1581 年 | 《等韻圖經》1602 年 | | 《交泰韻》1603 年 | 《元韻譜》1611 年 | 《韻略匯通》1642 年 |
|---|---|---|---|---|---|---|---|
| 細音 | | 細音 | 細音 | | 細音 | 細音 | 細音 |
| 例字 | 中古地位 | 收字同《易通》 | 多字 | 中古地位 | 收字同《易通》 | 收字同《易通》 | 收字同《易通》 |
| 鬆 | 心鍾平三合 | | 芯（鍾） | 章鍾平三開 | | | |
| 松 | 邪鍾平三合 | | 蚣（鍾） | 章鍾平三開 | | | |
| 嵩 | 心東平三合 | | 蚣（公） | 見東平一開 | | | |

通攝心母字平聲「鬆」組字，可見《重訂司馬溫公等韻圖經》收有見母東韻字「蚣」，亦收了章母「蚣」、「芯」字。

（2）臻攝精系字混入見母

〔表 3-1-21〕臻攝精系混入見組表

| 《韻略易通》1442 年 | | 《青郊雜著》1543~1581 年 | 《等韻圖經》1602 年 | | 《交泰韻》1603 年 | 《元韻譜》1611 年 | 《韻略匯通》1642 年 |
|---|---|---|---|---|---|---|---|
| 細音 | | 細音 | 細音 | | 細音 | 細音 | 細音 |
| 例字 | 中古地位 | 收字同《易通》 | 多字 | 中古地位 | 收字同《易通》 | 收字同《易通》 | 收字同《易通》 |
| 近 | 群焮去三開 | | 慈 茌 抳（震） | 章震去三開 | | | |
| 僅 | 群震去三開 | | 蕈 | 從寑上三開 | | | |
| 靳 | 見焮去三開 | | | | | | |

臻攝見母去聲「近」組字，《重訂司馬溫公等韻圖經》收有從母寑韻字「蕈」，另外也收了章母「慈」、「茌」、「抳」等字。從母字濁音清化後仄聲變為精母字，此處可見精母字混入見母字群裡。

（2.2）臻攝精系字混入見母（合口細音）

〔表 3-1-22〕臻攝精系混入見組表（合口細音）

| 《韻略易通》1442 年 | | 《青郊雜著》1543~1581 年 | | 《等韻圖經》1602 年 | | 《交泰韻》1603 年 | 《元韻譜》1611 年 | 《韻略匯通》1642 年 |
|---|---|---|---|---|---|---|---|---|
| 合口細音 | | 合口細音 | | 合口細音 | | 合口細音 | 合口細音 | 合口細音 |
| 例字 | 中古地位 | 多字 | 中古地位 | 多字 | 中古地位 | 收字同《易通》 | 收字同《易通》 | 收字同《易通》 |
| 君 | 見文平三合 | 昀姰（荀） | 心諄平三合 | 僎（遵）旬 | 精諄平三合 | | | |
| 均 | 見諄平三合 | 昀（旬） | 邪諄平三合 | | 邪諄平三合 | | | |

臻攝見母平聲合口細音「君」字組，在《青郊雜著》中收錄了心母諄韻字「昀」及邪母諄韻字「昀」，邪母字清化後讀如心母。《重訂司馬溫公等韻圖經》也收有精母諄字「僎」及邪母字。屬見、心母及見、精母相混的情況。

（2.3）臻攝見系字混入清母

〔表 3-1-23〕臻攝見系混入清組表

| 《韻略易通》1442 年 | | 《青郊雜著》1543~1581 年 | 《等韻圖經》1602 年 | | 《交泰韻》1603 年 | 《元韻譜》1611 年 | 《韻略匯通》1642 年 |
|---|---|---|---|---|---|---|---|
| 細音 | | 細音 | 細音 | | 細音 | 細音 | 細音 |
| 例字 | 中古地位 | 收字同《易通》 | 多字 | 中古地位 | 收字同《易通》 | 收字同《易通》 | 收字同《易通》 |
| 親 | 清真平三開 | | 鈙（箝） | 群鹽平三開 | | | |
| 秦 | 從真平三開 | | | | | | |

臻攝清母平聲「親」組字，在《重訂司馬溫公等韻圖經》中收了群母鹽韻字「鈙」，群母字濁音清化後讀如見母，屬見、清兩母之相混。然而，「鈙」字與「親」組字的韻部頗有不合之處。

（2.4）臻攝精系字混入曉母（合口細音）

〔表 3-1-24〕臻攝精系混入曉組表（合口細音）

| 《韻略易通》1442 年 | | 《青郊雜著》1543~1581 年 | | 《等韻圖經》1602 年 | | 《交泰韻》1603 年 | 《元韻譜》1611 年 | | 《韻略匯通》1642 年 |
|---|---|---|---|---|---|---|---|---|---|
| 合口細音 | | 合口細音 | | 合口細音 | | 合口細音 | 合口細音 | | 合口細音 |
| 例字 | 中古地位 | 多字 | 中古地位 | 多字 | 中古地位 | 收字同《易通》 | 多字 | 中古地位 | 收字同《易通》 |
| 訓 | 曉問去三合 | 馴（旬） | 邪諄平三合 | 馴（旬） | 邪諄平三合 | | 馴（旬） | 邪諄平三合 | |

臻攝曉母合口細音去聲「訓」組字，在《青郊雜著》、《重訂司馬溫公等韻圖經》及《元韻譜》中均收有邪母諄韻字「馴」，邪母字清化後讀如心母，屬曉、心兩母相混。

（2.5）臻攝見系字混入心母（合口細音）

〔表 3-1-25〕臻攝見系混入心母組表（合口細音）

| 《韻略易通》1442 年 | | 《青郊雜著》1543~1581 年 | | 《等韻圖經》1602 年 | | 《交泰韻》1603 年 | 《元韻譜》1611 年 | | 《韻略匯通》1642 年 |
|---|---|---|---|---|---|---|---|---|---|
| 合口細音 | | 合口細音 | | 合口細音 | | 合口細音 | 合口細音 | | 合口細音 |
| 例字 | 中古地位 | 多字 | 中古地位 | 多字 | 中古地位 | 收字同《易通》 | 多字 | 中古地位 | 收字同《易通》 |
| 旬<br>荀 | 邪諄平三合<br>心諄平三合 | 畖（ㄑ） | 見銑上四合 | 畖（ㄑ） | 見銑上四合 | | 訓 | 曉問去三合 | |
| 卹 | 心術入三合 | 颮（戛） | 曉薛入三合 | 收字同《易通》 | | 收字同《易通》 | 收字同《易通》 | | 收字同《易通》 |

臻攝心母平聲「旬」字組，在《青郊雜著》及《重訂司馬溫公等韻圖經》中收了見母銑韻上聲字「畖」。《元韻譜》則收有曉母問韻去聲字「訓」，而在入聲「卹」組中，《青郊雜著》也收曉母薛韻字「颮」。

（3）山攝精系字混入見母

〔表 3-1-26〕山攝精系混入見組表

| 《韻略易通》1442 年 | | 《青郊雜著》1543~1581 年 | | 《等韻圖經》1602 年 | | 《交泰韻》1603 年 | 《元韻譜》1611 年 | | 《韻略匯通》1642 年 |
|---|---|---|---|---|---|---|---|---|---|
| 細音 | | 細音 | | 細音 | | 細音 | 細音 | | 細音 |
| 例字 | 中古地位 | 多字 | 中古地位 | 多字 | 中古地位 | 收字同《易通》 | 多字 | 中古地位 | 收字同《易通》 |
| 簡 蹇 繭 | 見產上二開 見獮上三開 見銑上四開 | 撿 箋(斟) 臉(籢) | 來琰上三開 章侵平三開 清鹽平三開 | 撿 箋(斟) 臉(籢) 橬(聯) | 來琰上三開 章侵平三開 清鹽平三開 章獮上三開 | | 撿 臉(籢) | 來琰上三開 清鹽平三開 | |

山攝見組上聲「簡」組字，在《青郊雜著》、《重訂司馬溫公等韻圖經》及《元韻譜》皆收有清母鹽韻字「臉」，同時也收了章系字。此屬見、清相混之情況。

（3.2）山攝見系字混入精母

〔表 3-1-27〕山攝見系混入精組表

| 《韻略易通》1442 年 | | 《青郊雜著》1543~1581 年 | 《等韻圖經》1602 年 | | 《交泰韻》1603 年 | 《元韻譜》1611 年 | 《韻略匯通》1642 年 |
|---|---|---|---|---|---|---|---|
| 細音 | | 細音 | 細音 | | 細音 | 細音 | 細音 |
| 例字 | 中古地位 | 收字同《易通》 | 多字 | 中古地位 | 收字同《易通》 | 收字同《易通》 | 收字同《易通》 |
| 翦 | 精獮上三開 | | 羶(聯) 奓(劗) | 章獮上三開 章獮上三合 | | | |

山攝精組上聲「翦」組字，在《青郊雜著》與《重訂司馬溫公等韻圖經》中都收有溪母怗韻入聲字「悏」。《重訂司馬溫公等韻圖經》除了收溪母字也收了章母字，此屬精、溪母相混。

（3.3）山攝精系字混入溪母

〔表 3-1-28〕山攝精系混入溪組表

| 《韻略易通》1442 年 | | 《青郊雜著》1543~1581 年 | | 《等韻圖經》1602 年 | | 《交泰韻》1603 年 | 《元韻譜》1611 年 | | 《韻略匯通》1642 年 |
|---|---|---|---|---|---|---|---|---|---|
| 細音 | | 細音 | | 細音 | | 細音 | 細音 | | 細音 |
| 例字 | 中古地位 | 多字 | 中古地位 | 多字 | 中古地位 | 收字同《易通》 | 收字同《易通》 | | 收字同《易通》 |
| 牽慳 | 溪先平四開 溪仙平三開 | 攓(褰) 褰(褰) | 見獮上三開 心德入一開 | 攓(褰) 葴(斟) | 見獮上三開 章侵平三開 | | | | |
| 遣 | 溪獮上三開 | 鎌(斂) | 來琰上三開 | 篏(斟) 鎌(斂) 遷 | 章侵平三開 來琰上三開 心怗入四開 | 收字同《易通》 | 篏(斟) 遷 | 章侵平三開 心怗入四開 | 收字同《易通》 |

山攝溪組平聲「牽」組字,在《青郊雜著》中收了心母德韻入聲字「褰」。上聲「遣」字組則在《重訂司馬溫公等韻圖經》與《元韻譜》中收了心母怗韻入聲字「遷」。

### (3.4) 山攝精系字混入曉母

〔表 3-1-29〕山攝精系混入曉組表

| 《韻略易通》1442 年 | | 《青郊雜著》1543~1581 年 | 《等韻圖經》1602 年 | | 《交泰韻》1603 年 | 《元韻譜》1611 年 | 《韻略匯通》1642 年 |
|---|---|---|---|---|---|---|---|
| 細音 | | 細音 | 細音 | | 細音 | 細音 | 細音 |
| 例字 | 中古地位 | 收字同《易通》 | 多字 | 中古地位 | 收字同《易通》 | 收字同《易通》 | 收字同《易通》 |
| 獻 縣 見(現) | 曉願去三開 匣霰去四合 匣霰去四開 | | 鮮(線) | 心線去三開 | | | |

山攝曉母去聲「獻」字組,在《重訂司馬溫公等韻圖經》中收了心母線韻

「鮮」字，屬曉、心母的相混。

（3.5）山攝見系字混入心母

〔表 3-1-30〕山攝見系混入心組表

| 《韻略易通》1442 年 | | 《青郊雜著》1543~1581 年 | | 《等韻圖經》1602 年 | | 《交泰韻》1603 年 | 《元韻譜》1611 年 | | 《韻略匯通》1642 年 |
|---|---|---|---|---|---|---|---|---|---|
| 細音 | | 細音 | | 細音 | | 細音 | 細音 | | 細音 |
| 例字 | 中古地位 | 多字 | 中古地位 | 多字 | 中古地位 | 收字同《易通》 | 多字 | 中古地位 | 收字同《易通》 |
| 先仙涎 | 心先平四開<br>心仙平三開<br>邪仙平三開 | 嬐（顲）<br>譣（譣） | 疑琰上三開<br>曉琰上三開 | 嬐（顲）<br>姺（莘）<br>釤（釤）<br>縿（衫）<br>厃（嗎）<br>黏（酤） | 疑琰上三開<br>生臻平三開<br>生鑑去二開<br>生銜平二開<br>曉仙平三開<br>匣談平一開 | | 攕<br>譣（譣） | 生咸平二開<br>曉琰上三開 | |

山攝心母平聲「先」字組，在《青郊雜著》與《元韻譜》中收有曉母琰韻字「譣」。《重訂司馬溫公等韻圖經》則收曉母仙韻字「厃」，也收匣母「黏」字，匣母濁音清化後如同曉母。此屬心、曉母相混之現象。

（3.6）山攝見系字混入精母（合口細音）

〔表 3-1-31〕山攝見系混入精組表（合口細音）

| 《韻略易通》1442 年 | | 《青郊雜著》1543~1581 年 | | 《等韻圖經》1602 年 | 《交泰韻》1603 年 | 《元韻譜》1611 年 | 《韻略匯通》1642 年 |
|---|---|---|---|---|---|---|---|
| 合口細音 | | 合口細音 | | 合口細音 | 合口細音 | 合口細音 | 合口細音 |
| 例字 | 中古地位 | 多字 | 中古地位 | 收字同《易通》 | 收字同《易通》 | 收字同《易通》 | 收字同《易通》 |
| 絕 | 從薛入三合 | 橇（趫） | 溪宵平三開 | | | | |
| 蕝 | 精薛入三合 | | | | | | |

山攝合口細音精母入聲「絕」字組，在《青郊雜著》中收了溪母宥韻平聲字「翹」。入聲字在宋代大致變成喉塞音，大部分的明代語料入聲字消失，併於陰聲韻尾字中，少部分則係作者存古等主觀因素或所依據的方言較為保守而仍將入聲分立出來，如《青郊雜著》及《元韻譜》的情況。

（3.7）山攝精系字混入溪母（合口細音）

〔表 3-1-32〕山攝精系混入溪組表（合口細音）

| 《韻略易通》1442 年 | | 《青郊雜著》1543~1581 年 | 《等韻圖經》1602 年 | | 《交泰韻》1603 年 | 《元韻譜》1611 年 | | 《韻略匯通》1642 年 |
|---|---|---|---|---|---|---|---|---|
| 合口細音 | | 合口細音 | 合口細音 | | 合口細音 | 合口細音 | | 合口細音 |
| 例字 | 中古地位 | 收字同《易通》 | 多字 | 中古地位 | 收字同《易通》 | 多字 | 中古地位 | 收字同《易通》 |
| 圏 | 群阮上三合 | | 輇 | 常仙平三合 | | 輇（遄） | 常仙平三合 | |
| 圈 | 群獮上三合 | | | | | 鮮（仙） | 心仙平三開 | |
| 圈 | 群願去三合 | | | | | | | |
| 權 | 群仙平三合 | | | | | | | |
| 峑 | 溪仙平三合 | | | | | | | |

山攝合口細音溪母平聲「圈」字組，在《重訂司馬溫公等韻圖經》及《元韻譜》中除了收章系字「輇」，《元韻譜》也收了心母仙韻字「鮮」，然而「圈」組字與「鮮」字的開合口有所不同。

（3.8）山攝精系字混入曉母（合口細音）

〔表 3-1-33〕山攝精系混入曉組表（合口細音）

| 《韻略易通》1442 年 | | 《青郊雜著》1543~1581 年 | 《等韻圖經》1602 年 | | 《交泰韻》1603 年 | 《元韻譜》1611 年 | | 《韻略匯通》1642 年 |
|---|---|---|---|---|---|---|---|---|
| 合口細音 | | 合口細音 | 合口細音 | | 合口細音 | 合口細音 | | 合口細音 |
| 例字 | 中古地位 | 收字同《易通》 | 多字 | 中古地位 | 收字同《易通》 | 多字 | 中古地位 | 收字同《易通》 |
| 暄 | 曉元平三合 | | 揎愃宣（宣） | 心仙平三合 | | 宣 | 心仙平三合 | |

| 例字 | 《韻略易通》中古地位 | 《青郊雜著》多字 | 《青郊雜著》中古地位 | 《等韻圖經》多字 | 《等韻圖經》中古地位 | 《交泰韻》 | 《元韻譜》多字 | 《元韻譜》中古地位 | 《韻略匯通》 |
|---|---|---|---|---|---|---|---|---|---|
| 玄 | 匣先平四合 | | | 鮮（仙） | 心仙平三開 | | | | |
| 泫 | 匣銑上四合 | 收字同《易通》 | | 闞（剴） | 章獮上三合 | 收字同《易通》 | 昀（旬） | 邪諄平三合 | 收字同《易通》 |
| 絢 | 曉霰去四合 | 洵（荀） | 邪諄平三合 | 洵（荀） | 邪諄平三合 | 收字同《易通》 | 畎洵（荀） | 邪諄平三合 | 收字同《易通》 |
| 楥 | 曉願去三合 | 洵（荀） | 心諄平三合 | 洵（荀） | 心諄平三合 | | 洵（荀） | 心諄平三合 | |
| 眩（縣） | 匣霰去四合 | | | 徇（殉） | 邪稕去三合 | | | | |
| 徇 | 邪稕去三合 | | | 譔（線） | 清線去三合 | | | | |

　　山攝曉母合口細音平聲「暄」組字，在《重訂司馬溫公等韻圖經》、《元韻譜》中收有心母仙韻字組「宣」。上聲「泫」字組，在《元韻譜》中收邪母諄韻「昀」字。去聲「絢」組，在《韻略易通》、《青郊雜著》、《重訂司馬溫公等韻圖經》及《元韻譜》皆收了心母及邪母諄韻字「洵」，邪母字濁音清化後讀如心母。另外，《重訂司馬溫公等韻圖經》去聲部分也收了清母線韻字「譔」。屬曉母字與心、清母相混的情況。

　　（3.9）山攝見系字混入心母（合口細音）

　　〔表3-1-34〕山攝見系混入心組表（合口細音）

| 《韻略易通》1442年 | | 《青郊雜著》1543~1581年 | | 《等韻圖經》1602年 | | 《交泰韻》1603年 | 《元韻譜》1611年 | | 《韻略匯通》1642年 |
|---|---|---|---|---|---|---|---|---|---|
| 合口細音 | | 合口細音 | | 合口細音 | | 合口細音 | 合口細音 | | 合口細音 |
| 例字 | 中古地位 | 多字 | 中古地位 | 多字 | 中古地位 | 收字同《易通》 | 多字 | 中古地位 | 收字同《易通》 |
| 宣<br>旋 | 心仙平三合<br>邪仙平三合 | 翾（暄）<br>叡（腌） | 曉元平三合<br>曉鐸入一開 | 翾叫蝾（暄）<br>亘（亘）<br>嬡（翾）<br>桐（鋗） | 曉元平三合<br>見嶝去一開<br>曉仙平三合<br>曉先平四合 | | 暄<br>嬡（翾） | 曉元平三合<br>曉仙平三合 | |

| 選 | 心獮上三合 | 翼(訕)<br>撰頴(撰)<br>撰(撰) | 生諫去二開<br>牀獮上三合<br>崇潸上二合 | 撰<br>撰 | 牀獮上三合<br>崇潸上二合 | 收字同《易通》 | 撰<br>撰 | 牀獮上三合<br>崇潸上二合 | 收字同《易通》 |
|---|---|---|---|---|---|---|---|---|---|
| 選<br>淀 | 心線去三合<br>邪線去三合 | 收字同《易通》 | 譔(篹)<br>吮(盾)<br>撰(撰)<br>撰(撰)<br>栒鋗(鋗)<br>還鐶(還) | 崇線去三合<br>船準上三合<br>崇潸上二合<br>崇獮上三合<br>曉先平四合<br>匣刪平二合 | | 收字同《易通》 | 譔(篹)<br>圓(鋗) | 崇線去三合<br>曉先平四合 | 收字同《易通》 |

　　表格爲山攝合口細音心母平聲「宣」字組，在《青郊雜著》、《重訂司馬溫公等韻圖經》、《元韻譜》收有曉母元韻字「翧」，曉母鐸韻入聲字「叡」，曉母仙韻字「嬛」及曉母先韻字「栒」。而《重訂司馬溫公等韻圖經》也收了見母嶒韻字「亘」。去聲「選」字組中，《重訂司馬溫公等韻圖經》則收曉母先韻字「栒」及匣母刪韻字「還」，《元韻譜》去聲亦收曉母先韻字「圓」。在此屬於心、曉母相混。

（4）假攝精系字混入見母

〔表 3-1-35〕假攝精系混入見組表

| 《韻略易通》<br>1442 年 | | 《青郊雜著》<br>1543~1581 年 | 《等韻圖經》<br>1602 年 | | 《交泰韻》<br>1603 年 | 《元韻譜》<br>1611 年 | | 《韻略匯通》<br>1642 年 |
|---|---|---|---|---|---|---|---|---|
| 細音 | | 細音 | 細音 | | 細音 | 細音 | | 細音 |
| 例字 | 中古地位 | 收字同《易通》 | 多字 | 中古地位 | 收字同《易通》 | 多字 | 中古地位 | 收字同《易通》 |
| 駕 | 見禡去二開 | | 楷(省) | 心靜上三開 | | 楷(省) | 心靜上三開 | |
| 椵 | 見馬上二開 | | 揳(屑) | 心屑入四開 | | | | |

假攝見母去聲「駕」組字，在《重訂司馬溫公等韻圖經》及《元韻譜》中收有心母靜韻字「楷」及屑韻字「猰」。

（4.2）假攝精系字混入溪母

〔表 3-1-36〕假攝精系混入溪組表

| 《韻略易通》1442 年 | | 《青郊雜著》1543~1581 年 | 《等韻圖經》1602 年 | | 《交泰韻》1603 年 | 《元韻譜》1611 年 | 《韻略匯通》1642 年 |
|---|---|---|---|---|---|---|---|
| 細音 | | 細音 | 細音 | | 細音 | 細音 | 細音 |
| 例字 | 中古地位 | 收字同《易通》 | 多字 | 中古地位 | 收字同《易通》 | 收字同《易通》 | 收字同《易通》 |
| 骼 | 溪禡去二開 | | 猰（屑） | 心屑入四開 | | | |
| 搭（客） | 溪陌入二開 | | | | | | |

表格假攝溪母「骼」組字，收有同部位的見母。在《重訂司馬溫公等韻圖經》另收心母屑韻字「猰」。

（5）梗攝精系字混入曉母（合口細音）

〔表 3-1-37〕梗攝精系混入曉組表（合口細音）

| 《韻略易通》1442 年 | | 《青郊雜著》1543~1581 年 | 《等韻圖經》1602 年 | | 《交泰韻》1603 年 | 《元韻譜》1611 年 | 《韻略匯通》1642 年 |
|---|---|---|---|---|---|---|---|
| 細音 | | 細音 | 細音 | | 細音 | 細音 | 細音 |
| 例字 | 中古地位 | 收字同《易通》 | 多字 | 中古地位 | 收字同《易通》 | 收字同《易通》 | 收字同《易通》 |
| 兄 | 曉庚平三合 | | 騂（騂） | 心清平三合 | | | |

表格為梗攝曉母合口平聲「兄」組字，在《重訂司馬溫公等韻圖經》中收有心母清韻字「騂」。

（6）流攝見系字混入精母

〔表 3-1-38〕流攝見系混入精組表

| 《韻略易通》1442 年 | | 《青郊雜著》1543~1581 年 | 《等韻圖經》1602 年 | | 《交泰韻》1603 年 | 《元韻譜》1611 年 | 《韻略匯通》1642 年 |
|---|---|---|---|---|---|---|---|
| 細音 | | 細音 | 細音 | | 細音 | 細音 | 細音 |
| 例字 | 中古地位 | 收字同《易通》 | 多字 | 中古地位 | 收字同《易通》 | 收字同《易通》 | 收字同《易通》 |
| 就 | 從宥去三開 | | 惆（抽） | 徹尤平三開 | | | |
| 瘷（皺） | 莊宥去三開 | | 軸（狄） | 以宥去三開 | | | |
| | | | 軸（岫） | 邪宥去三開 | | | |
| | | | 惆（恘） | 溪尤平三開 | | | |

　　流攝精母去聲「就」字組，在《重訂司馬溫公等韻圖經》中收有溪母尤韻字「惆」。亦收莊系字「惆」，足見精、莊系字關係密切之陳跡。

　　根據表格中見、精系相混的整理，大抵有六個韻攝，通、臻、山、假、梗、流攝有見精系相混的現象。以聲母而言，見系字組收精系字者有十六組，精系字收見系字者有十一組〔註21〕。以語料而言，見、精系字相混的比例在《青郊雜著》中有十處，《重訂司馬溫公等韻圖經》有二十一處，《元韻譜》有十二處。《重訂司馬溫公等韻圖經》反映當時的北京方言，在語音的轉變速度上均較其它語料快速，在見、精系字相混的比例上，顯然也是如此。

## 三、語料中的演變詮釋

### （一）各聲母相混論析

　　在見、精系字的語料歸納中，除了見、精系相混外，也有同部位聲母的混入及章系字的竄入。就同部位相混而言，收韻部相同或相近與聲母的發音部位相同之字，例如：見系字或精系字內部相互收字，臻攝曉母字收同韻部的見系字。此外，也發現在精系字組中收羅了發音方法相同的莊系字，足見精莊系聲母自古密切之陳跡。

　　另外，也有章系字竄入的情況。大約在中古《廣韻》時期，章系字屬於舌

---

〔註21〕本文歸組的標準爲聲母、韻部相同，不論聲調。

面音，即前文所言：上古漢語〔t〕系聲母與高元音接觸後發生顎化，產生了中古的章系字。而章系字竄入見、精系字組，不免令人懷疑是否與見、精系字顎化有所關聯。黎新第曾提出「推鍊說」，認爲近代北方方言的見組聲母，因爲與齊、撮韻母拼合發生舌面化，使得新的〔tɕ〕組字大量出現，推動原本的知、章系〔tʂ〕組字的發音部位前移〔註22〕。依其所言，見、精〔tɕ〕組與知、章〔tʂ〕組似乎蘊含推移的關係。然而，章系字應早在宋元時代即與知莊系合併，且見、精組字的舌面化亦在宋元之後，兩者相去甚遠，無所推移才是。可以知道的是大部分的章組字在明代時期應爲舌葉音或是捲舌音〔註23〕。

　　然而筆者歸納語料時，發現竄入見、精組的章系字又並非全然與現代國語的舌面音無關，有少部分字在現代國語讀爲舌面音，又或是有一字多音的現象，其中有讀爲舌面音的情形，竄入見、精組的章系字僅見於《青郊雜著》、《重訂司馬溫公等韻圖經》及《元韻譜》之中，因此以下歸納出三本語料之情形。以下表格另標註現代國語音讀，因爲顎化作用使得中古見、精系聲母相混，國語讀爲舌面音，在韻母又相同的情況下，造成許多字的讀音轉爲相同，故本文標註現代國語音讀，用以往前判斷顎化之基準。

〔表 3-1-39〕明代語料章系字竄入見、精組注音歸納表

| 韻攝 \ 聲母 | 語料 | 《青郊雜著》1543～1581年 | 《重訂司馬溫公等韻圖經》1602年 | 《元韻譜》1611年 |
|---|---|---|---|---|
| 止攝 | 曉母希組 | | 饎〔註24〕（熾）：昌志去 ㄒㄧ | 饎（熾）：昌志去 |
| | 心母西組 | | 謵〔註25〕：昌葉入 ㄒㄧˊ | |

---

〔註22〕黎新第「推鍊說」另可參見麥耘之論析〈關於章組聲母翹舌化的動因問題〉收於《古漢語研究》第一期，1994年，頁21～25、32。

〔註23〕關於近代章組字的音值主要有舌葉音與舌尖後音（捲舌音）兩種看法，本節在此不涉及章組字音值的討論，相關議題可參見本文第三章第二節〈三等知照系聲母的洪細轉變〉，見頁71。

〔註24〕饎：昌志切；又見於僖字下，虛其切。見（宋）丁度等編：《集韻》影上海圖書館藏述古堂影宋鈔本（上海：上海古籍出版社，1985年），頁482、55～56。本文所參之《集韻》均照此版本，爲節省篇幅，以下出註省略出版項。

〔註25〕謵：勒涉切；又見於習字下，席入切。見《集韻》頁765、779。

| | | | | |
|---|---|---|---|---|
| | 心母細組 | | 獡〔註26〕（爍）：書藥入 ㄕㄨㄛˋ／ㄒㄧˋ | |
| 遇攝 | 溪母驅組 | | 軀〔註27〕（樞）：昌虞平 ㄑㄩ／ㄕㄨ | |
| | 溪母去組 | | 蛆〔註28〕（拙）：章薛入 ㄑㄩ | |
| 臻攝 | 溪母撿組 | 妗〔註29〕（馦）：曉添平 妗（歁）：曉咸平 妗（襜）：昌鹽平ㄐㄧㄣ | | |
| | 曉母衅組 | 惂〔註30〕（諶）：常侵平 ㄔㄣˊ／ㄒㄧㄣˋ／ㄉ ㄢ | 惂（諶）：常侵平 | |
| | 心母撮口 殉組 | | 揗〔註31〕（盾）：船準上 ㄒㄩㄣˋ | |
| 山攝 | 見母堅組 | 箴〔註32〕（斟）：章侵平 ㄓㄣ | | |
| | 見母蹇組 | 箴（斟）：章侵平 | 箴（斟）：章侵平 | |
| | 溪母牽組 | | 蒧（斟）：章侵平ㄓㄣ | |
| | 溪母遣組 | | 箴（斟）：章侵平ㄓㄣ | |
| | 溪母譴組 | | 闍〔註33〕（蟾）：昌豔去 ㄑㄧㄢˋ／ㄧㄢˊ | |
| | 曉母賢組 | 箴（斟）：章侵平ㄓㄣ | 蒧（斟）：章侵平ㄓㄣ | |

---

〔註26〕獡：式灼切，音爍；又見於猠字下，七約切。見《集韻》頁719。

〔註27〕軀：春朱切，音樞；又見於區字下，虧于切。見《集韻》頁74、80。

〔註28〕蛆：朱劣切，音拙；又見於屈字下，區勿切。見《集韻》頁676、710。

〔註29〕妗：詩廉切，音苦；又見於馦字下，馨廉切；又見於歁字下，虛咸切。見《集韻》頁289、293、295。妗字在《廣韻》即有三種音讀。詳見《廣韻》，頁226、229、230。

〔註30〕惂：時任切，音諶；又見於耽字下，都含切；又見於覽字下，火禁切。見《集韻》頁215、281。

〔註31〕揗：殊閏切，音順；又見於殉字下，徐閏切；又見於旬字下，松倫切。見《集韻》頁123、539、541。

〔註32〕箴：諸深切，音斟。見《集韻》頁215。

〔註33〕闍：余廉切，音鹽；又見於襜字下，昌豔切；又見於欠字下，去劍切。見《集韻》頁287、627。

| 攝 | 母組 | | | |
|---|---|---|---|---|
| | 溪母撮口圈組 | | | 輄〔註34〕（遄）：常仙平くㄩㄢˊ |
| | 清母撮口全組 | | 輄（遄）：常仙平 | 輄（遄）：常仙平 |
| | 清母撮口綡組 | | 蠸〔註35〕（穿）：昌仙平 ㄒㄩㄣˊ/くㄩㄢˊ | |
| 效攝 | 清母樵組 | | | 洺〔註36〕（沼）：章小上くㄧㄠˇ/ㄓㄠˇ |
| 梗攝 | 精母青組 | | 胜鯖〔註37〕（征）：章清平 鯖くㄧㄥ/胜ㄓㄥ | |
| 流攝 | 曉母鷇組 | | 臭：昌宥去三開 | 臭：昌宥去三開 |
| 統計組數 | | 5 | 16 | 5 |
| 同音組數 | | 1 | 7 | 4 |
| 同音異調組數 | | 0 | 5 | 1 |
| 聲或韻相符組數 | | 1 | 0 | 0 |
| 聲韻不符組數 | | 3 | 4 | 0 |

以現代國語字音而言，章系字竄入的音讀與見、精組字的音讀有許多吻合處，例如：止攝曉母希組，在《重訂司馬溫公等韻圖經》與《元韻譜》中所收的昌母「饎」字讀音同為〔çi〕。或是山攝清母「綡」組，在《重訂司馬溫公等韻圖經》中收了昌母「蠸」字，除了讀為〔çyn〕之外，亦與「綡」組字同音，讀為〔tɕʻyan〕。

　　筆者又從《集韻》中發現這些字除了本音外，不約而同都有一些又音。上列的章系字在《集韻》裡另用了「曲、虛、巨、丘、去」或是「徐、峻、松、

〔註34〕輄：淳沿切，音遄；又見於詮字下，逡緣切；又見於權字下，逵員切。見《集韻》頁 169、171、173。

〔註35〕蠸：松倫切，音旬；又見於穿字下，昌緣切；又見於全字下，從緣切。見《集韻》頁 123、170。

〔註36〕洺：止少切，音沼；又見於樵字下，慈焦切。見《集韻》頁 179、393。

〔註37〕鯖：諸盈切，音征；又見於清字下，親盈切；又見於青字下，倉經切。見《集韻》頁 237～239、242。

席、親」等見系或精系字做爲反切上字，如：臻攝心母「殉」組，在《重訂司馬溫公等韻圖經》中收了章系「揗」字，《集韻》中「揗」字的又音以「徐、松」做爲反切上字，亦屬於心母。這些又音字在明代語料中，各自被歸納入見、精組，且大致精確無混。僅發現「輇」字的又音屬於清母又屬於群母，在《元韻譜》中被收進溪母「圈」組及清母「全」組中。

顯然，這些中古章系字在《集韻》有了見、精系的又音，其又音的呈現方式是另列在其他見、精系聲母字之下，例如：「蛐」字除了本音列在「拙」字下屬於章系字，亦列在見母「屈」字下，顯示章系字與見、精系字並無混收。筆者認爲這些字在明代被當時的等韻學家視同爲見、精系字。可以判斷明代語料中章系字出現在見、精組的問題，應是受到又音的影響，與見、精組字的顎化無直接關係。在見、精組歸字方面，因爲「輇」字有群母及清母的又音字，因此在《元韻譜》中被收於溪母及清母中。

## （二）見精系字相混論析

在將各語料的見、精系字一筆筆歸納後，得出了大約四十二筆見、精系字相混的情況。亦發現有些相混的韻部並不相符合，例如：通攝見母「穹」字組，《重訂司馬溫公等韻圖經》收仙韻「琁」字。臻攝清母「親」組字，《重訂司馬溫公等韻圖經》收鹽韻字「鈐」。臻攝心母「旬」組字，在《青郊雜著》與《等韻圖經》中均收銑韻字「岫」。也有陽聲韻仍收入聲字，例如：山攝精母「翦」組，在《青郊雜著》及《重訂司馬溫公等韻圖經》中皆收了帖韻「悏」字。考察中古《廣韻》，「翦」字組爲獮韻收〔n〕韻尾；「悏」字爲帖韻收〔p〕韻尾，明代的入聲韻尾應已丟失或弱化爲喉塞音，此處卻見入聲字收於陽聲字組中。

大抵相混不符合韻部者約有十筆，其中亦包含入聲字被收於陽聲處。爲論析之便，以下整理出相混字組與混入字之韻部吻合者，並在混入字後面標記中古聲韻資料。以下表格亦標註現代國語音讀，顎化作用使得中古見、精系聲母相混，國語讀爲舌面音，在韻母又相同的情況下，造成許多字的讀音轉爲相同，因此本文標註現代國語音讀，用以判斷顎化之基準。方框框起者表示字組與混入字的現代讀音相同，表格如下：

〔表3-1-40〕明代語料見、精系相混注音歸納表

| | | 《易通》1442年 | 《青郊雜著》1543~1581年 | 《等韻圖經》1602年 | 《元韻譜》1611年 |
|---|---|---|---|---|---|
| 臻攝 | 見母近組 | | | 蕈：從寢上 ㄒㄩㄣˋ | |
| | 見母合細君組 | | 畇/姰（荀）：心諄平ㄐㄩㄣ<br>畇（旬）：邪諄平ㄩㄣˊ | 旬：邪諄平ㄒㄩㄣˊ<br>僎（遵）：精諄平ㄓㄨㄣˋ | |
| | 曉母合細訓組 | | 馴（旬）：邪諄平ㄒㄩㄣˋ | 馴（旬）：邪諄平ㄒㄩㄣˋ | 馴（旬）：邪諄平ㄒㄩㄣˋ |
| | 心母合細旬組 | | 巛（く）：見銑上ㄑㄩㄢˇ | 巛（く）：見銑上ㄑㄩㄢˇ | 訓：曉問去ㄒㄩㄣˋ |
| 山攝 | 曉母獻組 | | | 鮮（線）：心線去ㄒㄧㄢ | |
| | 心母先組 | | 譣（險）：曉琰上ㄒㄧㄢˇ | 屳（嗎）：曉仙平ㄒㄧㄢ<br>粘（酣）：匣談平ㄗㄢˇ/ㄑㄧㄢˊ | 譣（險）：曉琰上ㄒㄧㄢˇ |
| | 溪母圈組 | | | | 鮮（仙）：心仙平ㄒㄧㄢ |
| | 曉母暄組 | | | 揎愃宣（宣）：心仙平ㄒㄩㄢ<br>鮮（仙）：心仙平ㄒㄧㄢ | 宣：心仙平ㄒㄩㄢ |
| | 曉母泫組 | | | | 畇（旬）：邪諄平ㄩㄣˊ |
| | 曉母絢組 | 徇：邪稕去三合ㄒㄩㄣˋ | 洶（荀）：心諄平ㄒㄩㄣ | 譔（線）：清線去ㄑㄩㄢ<br>徇（殉）：邪稕去ㄒㄩㄣˋ<br>嘗洶/畇（荀）：邪諄平ㄒㄩㄣˋ<br>洶（荀）：心諄平ㄒㄩㄣˋ<br>銷（宵）：心宵平ㄒㄧㄠ | 洶（荀）：心諄平ㄒㄩㄣˋ |

| 攝 | 組 | | | | |
|---|---|---|---|---|---|
| | 心母宣組 | | 翾（暄）：曉元平ㄒㄩㄢ 下平 叡（膗）：曉鐸入 一開 ㄏㄜˊ／ㄏㄜˋ／ㄏㄨㄛˋ | 翾口蝖（暄）：曉元平ㄒㄩㄢ 亘（亘）：見㘉去ㄒㄩㄢ／ㄍㄣˋ 下平 嬛（翾）：曉仙平ㄒㄩㄢ 椢（絹）：曉先平ㄒㄩㄢ | 暄：曉元平ㄒㄩㄢ 下平 嬛（翾）：曉仙平ㄒㄩㄢ |
| | 心母選組 | | | 椢絹（絹）：曉先平ㄒㄩㄢ 還鐶（還）：匣刪平ㄏㄨㄢˊ | 圜（絹）：曉先平ㄒㄩㄢ |
| 梗攝 | 曉母合細兄組 | | | 駍（騂）：心清平ㄒㄧㄥ | |
| 通攝 | 見母合細穹組 | | | 琁（旋）：邪仙平ㄑㄩㄥˊ／ㄒㄩㄢˊ | |
| 統計組數 | | 1 | 6 | 12 | 9 |
| 相混筆數 | | 1 | 8 | 23 | 10 |
| 同音筆數 | | 0 | 2 | 8 | 4 |
| 同音異調筆數 | | 0 | 1 | 2 | 3 |
| 不同音筆數 | | 1 | 5 | 13 | 3 |

明代的語料包含《韻略易通》、《青郊雜著》、《重訂司馬溫公等韻圖經》及《元韻譜》皆有見、精系相混的情況。方框框起表示字組與混入字的現代音注相同，例如：山攝心母宣組字與《青郊雜著》、《重訂司馬溫公等韻圖經》及《元韻譜》所混入的曉母「翾」、「暄」字，在現代國語均讀為〔çyan〕。其相混情形大致歸納如下：

　　臻攝：曉母訊組，在《青郊雜著》、《重訂司馬溫公等韻圖經》與《元韻譜》中多收邪母「馴」字。山攝：曉母獻組，在《重訂司馬溫公等韻圖經》中多收心母「鮮」字。心母先組，在《青郊雜著》與《元韻譜》中多收曉母「譣」字〔註38〕，在《重訂司馬溫公等韻圖經》中多收曉母「岊」字。曉母暄組，在《重

---

〔註38〕譣：思廉切，音纖；又見於籤字下，千廉切；又見於險字下，虛檢切。見《集韻》頁287～288、452。

訂司馬溫公等韻圖經》與《元韻譜》之中多收心母「宣」組字。心母宣組，在
《青郊雜著》、《重訂司馬溫公等韻圖經》與《元韻譜》中多收曉母「暄」組字，
在《重訂司馬溫公等韻圖經》與《元韻譜》中亦多收曉母「嬛」字。心母選組，
在《重訂司馬溫公等韻圖經》與《元韻譜》中多收曉母「椇」組字。而通攝僅
有見母穹組，在《重訂司馬溫公等韻圖經》中多收邪母「琁」字〔註39〕。

　　由歸納中可見《重訂司馬溫公等韻圖經》與《元韻譜》的見、精相混比例
較多。相混的韻部從山攝開始，並且相混的聲母也以曉母與心母為主。值得注
意的是曉母暄組與心母宣組互相都有混收字，顯示宣、暄兩組的字音開始有混
淆的情況發生。

　　對於明代相關語料顎化與否的問題，張玉來曾認為「尖音在《匯通》混而
不分，然見系字卻有分組的現象，其現象與顎化現象相關……。」〔註40〕其以
《韻略匯通》的見組字有洪細分列的情況來認定當時有顎化現象的產生，只是
尚未到達舌面音的程度。然而，近代等韻學家對於聲母的歸納已是相當整齊且
精確，因此若認定見組字只是因為介音的不同而分組，與顎化產生的現象無關，
較無不妥之處。當然在見、精系相混之前，必定先經過語音的舌面化過程，促
使兩組音值趨於相同，其後才發生混淆的狀況。但是，目前無法從書面語料中
的聲母與介音排列上判斷其詳細音值，僅能在音位結構的考量下稍作擬定。

　　筆者於前文也曾論及顎化發生的指標在於語料對見、精系字的混收，或許
這已是見、精系演變為舌面音之後的事了，然而我們仍不應以聲母洪細兩分的
現象斷定顎化的產生。根據上述語料歸納，我們發現見系聲母尤其是曉母字，
收其他精系字的比例較多，雖然有些收字的韻部不相符合，聲母卻大多是〔x〕
與〔s〕的相混。若考量到韻部的和諧，則以山攝中的〔x〕與〔s〕相混比例最
高。據此，似乎顯示山攝的曉、心母字已產生了顎化現象。

## 四、小　結

　　如同徐通鏘所言「漢語方言的聲母系統的變化大多與介音的作用有關，變

---

　　　　頁287～288、452。

〔註39〕琁：除了「ㄑㄩㄢˊ」音外，另有「ㄑㄩㄥˊ」音。《廣韻》為似宣切。《集韻》
　　　　為旬宣切，音旋；又見於瓊字下，葵營切。見《集韻》頁169、241。

〔註40〕張玉來：《韻略匯通音系研究》，濟南：山東教育出版社，1995年，頁52。

化的方式大體就是分化、合流和回歸……。」〔註41〕近代北方音系顎化作用的發生就是一種語音的分化，〔i〕介音可以說是控制語音變化的一種非常關鍵的內在機制。而寧忌浮曾經就《古今韻會舉要》等相關韻書探討舌面音產生的時間〔註42〕，認為舌根音舌面化的現象產生於宋、金、元年間，也推論現代漢語舌面化的形成，大抵是舌根音先於舌尖音，舌根擦音先於舌根塞音，即〔x〕母先於〔k〕母。其「舌根擦音先於舌根塞音」的論點似乎與明代語料中的顎化情形有些吻合。

在明代《青郊雜著》、《重訂司馬溫公等韻圖經》與《元韻譜》中均有曉母與心母相混的情況，其中又以《重訂司馬溫公等韻圖經》中的曉、心母相混比例最高，似乎也呼應了《重訂司馬溫公等韻圖經》所反映的北京時音，語音速度演變最快的論點。而產生顎化的韻部，就語料看來則是以山攝的比例最高。

目前以書面材料討論顎化的產生，僅能就見、精系相混不分來判斷，例如：清代的《圓音正考》正因當時尖團字的混淆，故教人辨別尖團。然而，語音的改變是漸進的，在此之前，見、精組的細音字往舌面音前進的改變應當已經悄然展開。明代北方書面語料顯示一小部分曉、心母有相混的情形，因此筆者認為其舌面音產生的時間大致可以斷定在《青郊雜著》到《元韻譜》之間，並且以反映北京方音的《重訂司馬溫公等韻圖經》演變最為成熟。

## 第二節　由細變洪：知章莊系聲母的洪細轉變

現代國語的捲舌聲母字，多是中古三等韻知、章系字演變而來。中古三等韻本來有一個硬顎介音〔j〕〔註43〕，在與捲舌聲母相拼後，因兩者的發音性質不相容，致使在發音過程中，細音受到影響而失落。王力認為受捲舌聲母排斥之影響，使有介音〔i〕的失落了〔i〕；全韻為〔i〕的字，則受到捲舌聲母影響，把韻母〔i〕帶到同一個發音部位上，變為〔ʅ〕〔註44〕。李新魁則

〔註41〕參見徐通鏘：《語言論——語義型語言的結構原理和研究方法》（長春：東北師範大學出版社，2006年），頁160。

〔註42〕參見寧忌浮：《古今韻會舉要及相關韻書》（北京：中華書局，1997年），頁27、35。

〔註43〕中古三等硬顎介音〔j〕在近代與四等純元音〔i〕歸併，使兩者的區別消失，不再有音位上的對立。

〔註44〕詳見王力：《漢語史稿》（北京：中華書局，2006年），頁193。

認為〔tʂ〕與〔i〕介音不相容，故在〔tʂ〕聲母與〔i〕介音中間會產生一個中隔流音〔ɻ〕作為調合，並一直保持至明代，於十七世紀時產生變化，即〔i〕被前面的流音〔ɻ〕同化。〔註45〕

　　以下將觀察明代語料中的三等知、章系字的洪細編排情形，藉此探討明代知、章系聲母的洪細變化，探求捲舌聲母與〔i〕介音演變的關係。並試著從聲母與細音的語音演變角度，討論知、莊、章系字捲舌化與洪細演變的關係。

## 一、明代語料中的演變

　　以下根據本文選取材料為範圍，就知、莊、章三組字的洪細編排以表格方式呈現，祈藉此觀察明代知莊章與〔i〕介音的關系〔註46〕。而《中原音韻》為近代北音之祖，亦為北方地區音變之濫觴，故表格納入《中原音韻》參照之，以求更詳細地明辨音變之源流發展。材料依時代先後排列，各表以韻攝為首，從各韻部中列舉代表字，觀察知、莊、章各組字洪細相配的情形。表格中的洪細判定是依據各材料內部對各組聲母的體例編排，如：《青郊雜著》、《重訂司馬溫公等韻圖經》與《元韻譜》皆於體例中注明開合洪細的框架。《青郊雜著》以「四科」：輕、極輕、重、次重，分別代表開、齊、合、撮；《元韻譜》以剛律、剛呂、柔律、柔呂分別代表開、齊、合、撮；《重訂司馬溫公等韻圖經》則將知莊章系字全置於二等洪音；《韻略易通》、《韻略匯通》則是以聲母為基準，聲母之下的韻字依介音的不同而分組。《交泰韻》雖未有明確的框架為開合洪細做歸類，但仍有一般性的原則：其每字之下註明反切，反切上字兼表被切字的聲母與開合洪細。本文即根據以上原則，歸納出知、莊、章系字在各材料中的洪細情形。而其他章節之開合洪細依據如上述所言，故在其後的論述中不再贅述。

---

〔註45〕詳見李新魁：〈近代漢語介音的發展〉收於《音韻學研究》第一輯（北京：中國音韻學研究會編，1984 年），頁 477。

〔註46〕本文不列舉日母字，因為日母字的演變有其特殊性。而各材料對入聲字的存廢不一，因此各表僅以平上去編排，不收入聲字。

## （一）語料內部的洪細處置〔註47〕

### 1. 通攝（ʧ母）

〔表 3-2-1〕通攝與知章莊系聲母洪細演變表（合口）〔註48〕

| 例字 | 中古音韻地位 | 《中原音韻》 | 《易通》1442 年 | 《青郊》1543～1581 年 | 《圖經》1602 年 | 《交泰韻》1603 年 | 《元韻譜》1611 年 | 《匯通》1642 年 | 洪音筆數 |
|---|---|---|---|---|---|---|---|---|---|
| 中終鍾 | 知三 章三 章三 | 細音 | 洪音 | 洪音 | 洪音 | 洪音 鍾 / 細音 中 | 洪音 中 / 細音 終鍾 | 洪音 | 6 |
| 冢腫 | 知三 章三 | 細音 | 洪音 | 洪音 | 洪音 | 洪音 尰 / 細音 腫 | 洪音 冢 / 細音 腫 | 洪音 | 6 |
| 重仲中眾種 | 知三 知三 知三 章三 章三 | 細音 | 洪音 | 洪音 中眾 / 細音 仲 | 洪音 | 洪音 重 / 細音 眾 | 洪音 仲中眾 / 細音 重種 | 洪音 | 6 |

　　明代《韻略易通》、《青郊雜著》與《韻略匯通》將知、章三等字歸於洪音；《交泰韻》與《元韻譜》對知、章字的洪細歸屬不定，《交泰韻》與《元韻譜》的知系三等字與章系三等字呈現洪細相反分布的情況。《交泰韻》的平聲章系「鍾」組字歸在洪音，顯示章三字細音消失，平聲知三字保存細音，但是在上、去聲的歸屬反倒是章組字歸在細音。《元韻譜》的知、章系字洪細的分布較為一致，知系字歸洪音，章系字歸在細音。

### 1.2 通攝（ʧʻ母）

---

〔註47〕通攝有一些章系字歸入洪音，分布參差不齊，故於此將〔tʂ〕、〔tʂʻ〕、〔ʂ〕各聲母列出，其他呈現一致性的韻攝，則僅列出一組說明。

〔註48〕表格依照語料成書年代先後排列，並在明代語料下方註明成書年份，礙於表格篇幅，而將《韻略易通》、《青郊雜著》、《重訂司馬溫公等韻圖經》及《韻略匯通》簡稱為《易通》、《青郊》、《圖經》及《匯通》，下列各表比照此例。

〔表 3-2-2〕通攝與知章莊系聲母洪細演變表（合口）

| 例字 | 中古音韻地位 | 《中原音韻》 | 《易通》1442 年 | 《青郊》1543～1581 年 | 《圖經》1602 年 | 《交泰韻》1603 年 | 《元韻譜》1611 年 | 《匯通》1642 年 | 洪音筆數 |
|---|---|---|---|---|---|---|---|---|---|
| 崇蟲忡衝充 | 知三<br>知三<br>知三<br>章三<br>章三 | 細音 | 細音 | 洪音<br>崇蟲充<br><br>細音<br>忡衝 | 洪音 | 洪音<br>崇<br><br>細音<br>蟲 | 洪音<br>崇充蟲忡<br><br>細音<br>衝 | 細音 | 4 |
| 寵 | 知三 | 細音 | 細音 | 洪音 | 洪音 | 洪音 | 洪音 | 細音 | 4 |
| 憃銃 | 知三<br>章三 | 細音 | 細音 | 洪音<br>憃銃<br><br>細音<br>憃 | 洪音 | 洪音<br>銃 | 洪音<br>銃<br><br>細音<br>憃 | 細音 | 4 |

從《青郊雜著》開始，章系與知系字有一些洪細變化，一部分的知、章系字置於洪音，例如：《青郊雜著》的「崇、蟲、充、寵」等字，《交泰韻》的「崇、寵」等字，以及《元韻譜》的「崇、蟲、充、忡、寵」等字，表示知、章系部分字的細音呈現消失的走向。而《重訂司馬溫公等韻圖經》將所有知、章系字全部歸置在洪音，顯示其知、章系字洪音的發展已然完成。此外，去聲字組中，《青郊雜著》的知系三等「憃」字，有洪細兩見的情形，考察中古來源發現「憃」字雖有三等與二等的音讀，然三等屬東鐘韻，二等屬於江陽韻，因此洪細兩見可能係東鐘三等的「憃」字有了洪音變化的跡象。

### 1.3 通攝（ʃ母）

〔表 3-2-3〕通攝與知章莊系聲母洪細演變表（合口）

| 例字 | 中古音韻地位 | 《中原音韻》 | 《易通》1442 年 | 《青郊》1543～1581 年 | 《圖經》1602 年 | 《交泰韻》1603 年 | 《元韻譜》1611 年 | 《匯通》1642 年 | 洪音筆數 |
|---|---|---|---|---|---|---|---|---|---|
| 舂 | 章三 | 細音 | 細音 | 洪音舂<br>細音舂 | 洪音 | 洪音 | 細音 | 細音 | 3 |
| 無字 | | | | | | | | | |
| 無字 | | | | | | | | | |

　　表格可見明代《重訂司馬溫公等韻圖經》及《交泰韻》的章系三等「唇」組之洪音演變已經完成。《青郊雜著》將「唇」字置於洪細兩處，然而，兩字在中古時期無同韻部的又音字，若非當時《青郊雜著》同時有兩種讀音，或許則可推論是語音洪細轉變的過渡期。

　　以上可見通攝的知、莊、章系字三組洪細分布參差不齊。明代除了《重訂司馬溫公等韻圖經》全置於洪音；章母三等字在《青郊雜著》、《交泰韻》及《元韻譜》之時，皆逐漸轉為洪音，但是卻無整齊的規律。或許因為各材料所代表的方言演變步調有所不同，知、章系字細音失落的進程快慢各異，而使各組字呈現洪細參差的現象。

## 2. 宕攝

〔表 3-2-4〕宕攝與知章莊系聲母洪細演變表

| 例字 | 中古音韻地位 | 《中原音韻》 | 《易通》1442 年 | 《青郊》1543～1581 年 | 《圖經》1602 年 | 《交泰韻》1603 年 | 《元韻譜》1611 年 | 《匯通》1642 年 | 洪音筆數 |
|---|---|---|---|---|---|---|---|---|---|
| 莊 | 莊三 | 合洪 | 洪音 | 合洪 | 合洪 | 合洪 | 洪音 | 洪音 | 7 |
| 張章 | 知三章三 | 細音 | 細音 | 細音 | 洪音 | 細音 | 細音 | 細音 | 1 |
| 獎 | 精一 | 無字 | 洪音 | 無字 | 合洪 | 合洪 | 洪音 | 洪音 | |
| 長掌 | 知三章三 | 細音 | 細音 | 細音 | 洪音 | 細音 | 細音 | 細音 | 1 |
| 狀壯 | 知三莊三 | 合洪 | 洪音 | 合洪 | 合洪 | 合洪 | 洪音 | 洪音 | 7 |
| 漲障 | 知三章三 | 細音 | 細音 | 細音 | 洪音 | 細音 | 細音 | 細音 | 1 |

　　各組語料的莊系字均為洪音，例如：平聲「莊」組字、去聲「壯」組字。此外，去聲知系「狀」組字則在元代時與莊系合併，因此明代承之，亦歸在洪音。《重訂司馬溫公等韻圖經》則是知、莊、章系字組全屬洪音。而其他明代的語料狀況如同元代，三等知、章系字的〔i〕介音尚未消失，各時期仍保持細音。

### 3. 止攝

〔表 3-2-5〕止攝與知章莊系聲母洪細演變表

| 例字 | 中古音韻地位 | 《中原音韻》 | 《易通》1442 年 | 《青郊》1543～1581 年 | 《圖經》1602 年 | 《交泰韻》1603 年 | 《元韻譜》1611 年 | 《匯通》1642 年 | 洪音筆數 |
|---|---|---|---|---|---|---|---|---|---|
| 胝<br>支<br>淄 | 知三<br>章三<br>莊三 | 洪音<br>tʃï 支胝<br>洪音<br>tsï 淄 | 洪音 | 洪音<br>淄<br>細音<br>支胝 | 洪音 | 洪音<br>支 | 洪音<br>支胝淄<br>細音<br>胝 | 洪音 | 7 |
| 徵<br>止 | 知三<br>章三 | 洪音 | 洪音 | 洪音<br>莊組三等字<br>細音<br>止徵 | 洪音 | 洪音 | 洪音<br>止<br>細音<br>徵 | 洪音 | 7 |
| 疐<br>志<br>胔 | 知三<br>章三<br>莊三 | 洪音 | 洪音 | 洪音<br>胔<br>細音<br>志疐 | 洪音 | 洪音 | 洪音<br>志胔<br>細音<br>疐 | 洪音 | 7 |

從《中原音韻》開始到明代的《韻略易通》、《重訂司馬溫公等韻圖經》、《交泰韻》及《韻略匯通》，其止攝知、莊、章系字全置於洪音，表示細音消失。僅《青郊雜著》與《元韻譜》仍是洪細對立，一部分三等知、章系字的細音尚未消失仍配細音，例如：「支、胝、止、徵、志、疐」等字，拿這些字再對照《元韻譜》的歸屬，發現有一些知章三等字開始歸在洪音，例如：「支、胝、止、志」等字，顯示其細音消失的跡象。表格中也發現莊組三等字大量歸於洪音，表示莊組三等字細音的脫落比章組字來得早。

### 4. 遇攝

〔表 3-2-6〕遇攝合口與知章莊系聲母洪細演變表

| 例字 | 中古音韻地位 | 《中原音韻》 | 《易通》1442 年 | 《青郊》1543～1581 年 | 《圖經》1602 年 | 《交泰韻》1603 年 | 《元韻譜》1611 年 | 《匯通》1642 年 | 洪音筆數 |
|---|---|---|---|---|---|---|---|---|---|
| 株<br>豬<br>朱 | 知三<br>知三<br>章三 | 細音 | 細音 | 細音 | 洪音 | 細音 | 細音 | 細音 | 1 |
| 拄<br>主 | 知三<br>章三 | 細音 | 細音 | 細音 | 洪音 | 細音 | 細音 | 細音 | 1 |

| 例字 | 中古音韻地位 | 《中原音韻》 | 《易通》 | 《青郊》 | 《圖經》 | 《交泰韻》 | 《元韻譜》 | 《匯通》 | 洪音筆數 |
|---|---|---|---|---|---|---|---|---|---|
| 住箸注 | 知三知三章三 | 細音 | 細音 | 細音 | 洪音 | 細音 | 細音 | 細音 | 1 |

遇攝屬合口韻，《中原音韻》及明代大部分材料仍顯示：遇攝的知、章系三等字的細音尚未消失。僅明代《重訂司馬溫公等韻圖經》的知、章三等字細音脫落的演變以臻成熟。

### 5. 臻攝

〔表 3-2-7〕臻攝與知章莊系聲母洪細演變表

| 例字 | 中古音韻地位 | 《中原音韻》 | 《易通》1442年 | 《青郊》1543～1581年 | 《圖經》1602年 | 《交泰韻》1603年 | 《元韻譜》1611年 | 《匯通》1642年 | 洪音筆數 |
|---|---|---|---|---|---|---|---|---|---|
| 臻 | 莊三 | 洪音 | 洪音 | 洪音 | 洪音 | 洪音（眞韻） | 洪音 | 洪音 | 7 |
| 珍眞 | 知三章三 | 細音 | 細音 | 細音 | | 細音（眞韻） | 細音 | 細音 | 1 |
| 屯諄 | 知三章三 | 合洪 | 合細 | 合細 | 合洪 | 合洪（文韻） | 合細 | 合細 | 3 |
| 縺 | 莊二 | 無字 | 洪音 | 洪音 | 洪音 | 洪音（眞韻） | 洪音 | 無 | 1 |
| 軫 | 章三 | 細音 | 細音 | 細音 | | 細音（眞韻） | 細音 | 細音 | 1 |
| 準 | 章三 | 合細 | 合細 | 合細 | 合洪 | 合洪（文韻） | 合細 | 合細 | 2 |
| 無字 | | | | | 洪音 | | | | |
| 鎭陣震 | 知三知三章三 | 細音 | 細音 | 細音 | | 細音（眞韻） | 細音 | 細音 | 1 |
| 稕 | 章三 | 無字 | 合細 | 合細 | 合洪 | 合洪（文韻） | 合細 | 合細 | 2 |

元、明兩代的莊組字全歸在洪音，其中可見莊組字的細音消失早於章組。另外，臻攝在《重訂司馬溫公等韻圖經》中的知、莊、章字全演變爲洪音，而《交泰韻》上聲章系「準」組字及去聲章系「稕」組字也開始有了洪音轉變。其他大部分的明代材料仍顯示知、章字爲細音。

## 6. 山攝

〔表 3-2-8〕山攝與知章莊系聲母洪細演變表

| 例字 | 中古音韻地位 | 《中原音韻》 | 《易通》1442年 | 《青郊》1543～1581年 | 《圖經》1602年 | 《交泰韻》1603年 | 《元韻譜》1611年 | 《匯通》1642年 | 洪音筆數 |
|---|---|---|---|---|---|---|---|---|---|
| 邅 | 知二 | 洪音 | 洪音 | 洪音 | 洪音 | 洪音（刪韻） | 洪音 | 洪音 | 1 |
| 沾占 | 知三章三 | 細音 廉纖 | 細音 | 細音 | | 細音（先韻） | 細音 | 細音 | 1 |
| 跥 | 莊二 | 無字 | 合洪 | 合洪 | 合洪 | 合洪 | 合洪 | 合洪 | 1 |
| 盞 | 莊二 | 洪音 | 洪音 | 洪音 | 洪音 | 洪音（刪韻） | 洪音 | 洪音 | 1 |
| 颭 | 章三 | 細音 廉纖 | 細音 | 細音 | | 細音（先韻） | 細音 | 細音 | 1 |
| 無字 | | | | | | | | | |
| 綻棧 | 知二莊二 | 洪音 | 洪音 | 洪音 | 洪音 | 洪音（刪韻） | 洪音 | 洪音 | 1 |
| 占 | 章三 | 細音 廉纖 | 細音 | 細音 | | 細音（先韻） | 細音 | 細音 | 1 |
| 饌 | 莊三 | 合洪 | 合洪 | 合洪 | 合洪 | 合洪 | 合洪 | 無字 | 6 |

　　山攝莊組字在元、明兩代的語料中全歸在洪音。山攝中，《中原音韻》、《韻略易通》、《韻略匯通》與《交泰韻》的寒韻與先韻未合併，因此洪細各依韻而分。而明代的《青郊雜著》、《重訂司馬溫公等韻圖經》及《元韻譜》的韻部之間雖合併，但是除了《重訂司馬溫公等韻圖經》之外，《青郊雜著》及《元韻譜》的知、章三等字的細音仍未消失，全屬細音。

## 7. 效攝

〔表 3-2-9〕效攝與知章莊系聲母洪細演變表

| 例字 | 中古音韻地位 | 《中原音韻》 | 《易通》1442年 | 《青郊》1543～1581年 | 《圖經》1602年 | 《交泰韻》1603年 | 《元韻譜》1611年 | 《匯通》1642年 | 洪音筆數 |
|---|---|---|---|---|---|---|---|---|---|
| 嘲抓 | 知二莊二 | 洪音 | 洪音 | 洪音 | 洪音 | 洪音（豪部） | 洪音 | 洪音 | 1 |

| 朝昭 | 知三章三 | 細音 | 細音 | 細音 | | 細<br>(蕭部) | 細音 | 細音 | 1 |
|---|---|---|---|---|---|---|---|---|---|
| 爪 | 莊二 | 洪音 | 洪音 | 洪音 | 洪音 | 洪音<br>(豪部) | 洪音 | 洪音 | 1 |
| 沼 | 章三 | 細音 | 細音 | 細音 | | 細音<br>(蕭部) | 細音 | 細音 | 1 |
| 罩抓 | 知二莊二 | 洪音 | 洪音 | 洪音 | 洪音 | 洪音<br>(豪部) | 洪音 | 洪音 | 1 |
| 趙照 | 知三章三 | 細音 | 細音 | 細音 | | 細音<br>(蕭部) | 細音 | 細音 | 1 |

　　《中原音韻》的蕭豪韻仍分知、莊二等與知、章三等字。明代材料僅《交泰韻》的蕭韻與豪韻分立，知莊二等字與知章三等字依韻而分洪細。《韻略易通》、《青郊雜著》、《元韻譜》及《韻略匯通》的蕭豪韻雖已合併，但洪細仍依知、莊二等與知、章三等二分，例如：平聲知、莊二等「嘲」字組歸洪音，平聲知、章三等「朝」字組歸細音，由此顯示效攝知、章系字的細音尚未消失。

### 8. 假攝

〔表 3-2-10〕假攝與知章莊系聲母洪細演變表

| 例字 | 中古音韻地位 | 《中原音韻》 | 《易通》1442 年 | 《青郊》1543～1581 年 | 《圖經》1602 年 | 《交泰韻》1603 年 | 《元韻譜》1611 年 | 《匯通》1642 年 | 洪音筆數 |
|---|---|---|---|---|---|---|---|---|---|
| 車 | 章三 | 細音 車遮 | 細音 | 細音 | 洪音 | 細音 | 細音 | 細音 | 1 |
| 撦 | 章三 | 細音 車遮 | 細音 | 細音 | 洪音 | 細音 | 細音 | 細音 | 1 |
| 厙 | 章三 | 細音 車遮 | 細音 | 細音 | 洪音 | 細音 | 細音 | 細音 | 1 |

　　假攝全屬章系三等字，明代除了《重訂司馬溫公等韻圖經》歸洪音，表示細音脫落。其餘各組語料的章系字與〔i〕介音的關係仍十分密切。

### 9. 梗攝

〔表 3-2-11〕梗攝與知章莊系聲母洪細演變表

| 例字 | 中古音韻地位 | 《中原音韻》 | 《易通》1442 年 | 《青郊》1543～1581 年 | 《圖經》1602 年 | 《交泰韻》1603 年 | 《元韻譜》1611 年 | 《匯通》1642 年 | 洪音筆數 |
|---|---|---|---|---|---|---|---|---|---|
| 橙鎗 | 知二莊二 | 洪音 | 洪音 | 洪音 | 洪音 | 洪音<br>(庚韻) | 洪音 | 洪音 | |

| 例字 | 中古音韻地位 | 《中原音韻》 | 《易通》 | 《青郊》 | 《圖經》 | 《交泰韻》 | 《元韻譜》 | 《匯通》 | 洪音筆數 |
|---|---|---|---|---|---|---|---|---|---|
| 呈 | 知三 | 細音 | 細音 | 細音 | | 細音（青韻） | 細音 | 細音 | 1 |
| 稱 | 章三 | | | | | | | | |
| 溳 | 莊二 | 細音 | 無字 | 洪音 | 洪音 | 無字 | 洪音 | 無 | |
| 逞 | 知三 | 細音 | 細音 | 細音 | | 細音（青韻） | 細音 | 細音 | 1 |
| 掌 | 知二 | 洪音 | 洪音 | 洪音 | 洪音 | 洪音（庚韻） | 洪音 | 洪音 | |
| 秤 | 章三 | 細音 | 細音 | 細音 | | 細音（青韻） | 細音 | 細音 | 1 |

　　梗攝呈現整齊的分界，知、莊二等字歸洪音與知、章三等字的細音兩兩對立。《交泰韻》則是庚青韻分立，知、莊二等與知、章三等字依韻部分洪細，例如：二等洪音「橕」字組為庚韻，三等細音「稱」字組為青韻。梗攝亦僅有《重訂司馬溫公等韻圖經》的知、章、莊各組字已全面發展為洪音。

## 10. 流攝

〔表 3-2-12〕流攝與知章莊系聲母洪細演變表

| 例字 | 中古音韻地位 | 《中原音韻》 | 《易通》1442 年 | 《青郊》1543～1581 年 | 《圖經》1602 年 | 《交泰韻》1603 年 | 《元韻譜》1611 年 | 《匯通》1642 年 | 洪音筆數 |
|---|---|---|---|---|---|---|---|---|---|
| 謅 | 莊三 | 洪音 | 洪音 | 洪音 | 洪音 | 洪音 | 洪音 | 洪音 | 7 |
| 輈周 | 知三章三 | 細音 | 細音 | 細音 | | 細音 | 細音 | 細音 | 1 |
| 搊 | 莊三 | 無字 | 無字 | 洪音 | 洪音 | 洪音 | 洪音 | 洪音 | 5 |
| 肘帚 | 知三章三 | 細音 | 細音 | 細音 | | 細音 | 細音 | 細音 | 1 |
| 傷 | 莊三 | 洪音 | 洪音 | 洪音 | 洪音 | 洪音 | 洪音 | 洪音 | 7 |
| 晝呪 | 知三章三 | 細音 | 細音 | 細音 | | 細音 | 細音 | 細音 | 1 |

　　從元代《中原音韻》及明代大部分語料均顯示流攝的莊系字與知、章組字呈現洪細對立的情況，例如：莊系「謅」組字為洪音，章系「周」組字為細音，顯示流攝的知、章系三等字的細音尚未消失。莊系三字全歸洪音，亦表示莊組三等字細音消失早於知、章三等字。

## （二）語料中的綜合歸納

　　從以上各表可見，元代《中原音韻》與明代北方音系各組語料的知、章、

莊系聲母均已合流。除《重訂司馬溫公等韻圖經》的知、章、莊系字的細音全部脫落以外，其他如《韻略易通》、《青郊雜著》、《元韻譜》及《韻略匯通》的知、章三等字組仍多數保持著細音〔註49〕。全歸細音的韻攝有：假攝與遇攝；而洪細保持兩兩對立的韻攝有：臻攝、山攝、效攝、梗攝、流攝。其中，莊組歸洪音，章系字仍保持細音，知系字則各併入莊組或章組，由此可知，莊組細音的消失年限應早於章組字。另外，通攝有一部分的章組字被歸入洪音，雖然分布並不整齊，但仍然可看出章組細音消失的痕跡。而止攝的知、章、莊系字多被置於洪音，如同《中原音韻》的支思韻，顯然其細音消失的腳步快於其他韻攝。《青郊雜著》與《元韻譜》的止攝則是洪細對立的情況，一部分的章組細音字仍未消失。綜合以上觀察，大抵歸納幾點如下：

1. 各攝知、章、莊系合流，並且仍多保持洪細對立。
2. 莊組三等字細音脫落的時間早於章組字。
3. 通攝章組字開始有細音消失的跡象。
4. 止攝知、章、莊系字細音脫落的速度快於其他韻攝。
5. 明代《重訂司馬溫公等韻圖經》的知、章、莊系字，細音全數脫落。
6. 明代章組字與〔i〕介音的關係仍然密切。

我們無法從知、章、莊的合併得知捲舌化是否發生，根據上述對明代知、章、莊系字的洪細歸納，可以得出：章系三等字仍為細音，僅少數字有細音脫落的現象，因此，各家對其音值的擬定多以「章組仍配〔i〕介音」與「捲舌聲母與〔i〕介音不相容」的情況為基準，認定當時的知、章、莊系字為舌面音。於此，將在下個部分討論其論點對於詮釋知、章、莊系字捲舌化與洪細轉變之

〔註49〕在歸納知、章、莊系字的洪細問題時，我們發現語音的轉變，並不依材料的年代先後做有順序的推移，即材料的著作年代無法代表音變的確切年代，或許因為方言的演變步調有不一致的可能。但是，礙於對音韻知識的未備，我們又不可避免的以材料的時間先後分期。鄭再發先生〈漢語音韻史的分期問題〉一文，或許可以給我們一點發想。本文認為，研究一個語音現象的演變時，不免要先以材料年代先後做排序，但又不必太拘泥於材料的時代順序，因為沒有一種音變現象能完美無缺的按照材料的時代先後呈現相同的推移。因此，如同鄭文所言，在衡量材料的某個音變程度時，以「音變的椎頂」作考察即足以。相關論點見鄭再發：〈漢語音韻史的分期問題〉收於《史語所集刊》第三十六本，下集，1966 年，頁 635～648。

可行性。

## 二、明代知章莊系字洪細轉變之詮釋

論述明代北方知、章、莊音系與洪細的關係，不免要涉及其音值的探討。從《中原音韻》開始，各家對於知、章、莊字的音值均各有不同看法。因此本節探討知、章、莊聲母與細音消失的演變脈絡，依各家所持論點，以及對近代知、章、莊擬音的標準，主要有兩條不同的道路，如下所示：

$$\text{ʧi} \quad > \quad \text{tʂ̩ ̩}\quad（異化作用）$$

$$\text{tʂ̩ ̩i} > \quad \text{tʂ̩ ̩}\quad（同化作用）$$

「ʧi>tʂ̩ ̩」的演變，主要根據王力的論點，認為知、章、莊系字〔i〕介音的消失，是受了捲舌化聲母的排斥。「tʂ̩ ̩i>tʂ̩ ̩」的演變，則是依據李新魁的看法，認為〔i〕介音是被〔tʂ〕與〔i〕之間的中隔流音〔ɻ〕同化。以下以「異化」與「同化」的角度，討論兩種論點對於捲舌聲母洪細演變脈絡之詮釋。

### （一）異化作用

知莊照系字的合流可追溯至《中原音韻》時代。從元代及明代各本材料看來，知章莊各組字呈現合流，但是我們無法從知、章、莊的合流來判定其音值為何。各家認為〔tʂ〕與〔i〕的發音性質不相合，因此，均以〔i〕介音失落與否作為判斷聲母捲舌化的準則，多數將仍配細音的章系字擬為舌葉音。據此，從舌面音到捲舌聲母的細音消失之演變規律即如下所示：

$$\text{ʧi} \quad > \quad \text{tʂ̩ ̩}$$

表示〔i〕介音的消失是受了〔tʂ〕輔音的排擠。然而，這樣的演變過程並無法明確表達〔i〕介音的失落是受了捲舌化聲母的排擠，在〔ʧi〕到〔tʂ̩ ̩〕之間顯然產生了無法詮釋的演變斷層。依其論點，「捲舌聲母與〔i〕介音的音值不相合」，故認定仍配細音的知、章三等字為舌面音。那麼我們不禁要疑問：既然〔i〕介音的消失是受了捲舌化後的聲母所排擠，而捲舌聲母與〔i〕介音在何時相遇？難道在同一時間裡，語音同時發生了兩個改變的現象嗎？捲舌化的發生即時排斥了〔i〕介音？筆者認為從這條演變路線看來，僅能表示〔i〕介音的消失是聲母已經捲舌化的指標，而無法合理詮釋捲舌聲母與〔i〕介音消失的關聯。

## （二）同化作用

同化作用的論點以捲舌音可配細音爲前提，李新魁曾舉客家方言以及京劇的「上口字」中的捲舌音配細音之情況，認爲捲舌聲母與〔i〕介音的拼合其來有自〔註50〕。李新魁也不否認捲舌聲母與〔i〕介音在發音上的困難，因此解釋了捲舌聲母與〔i〕介音拼合不順的問題，指出捲舌音與細音之間有中隔流音〔ʅ〕作爲調節。依其演變脈絡如下所示：

$$\text{b. } tʂʅi > tʂʅ$$

捲舌聲母的出現是〔i〕介音消失的原因，而實質上眞正影響〔i〕介音並使其消失者是調合兩者間的中隔流音〔ʅ〕。〔tʂ〕與〔ʅ〕都是舌尖的音，或許可以運用語音學的想像：舌面的〔i〕被兩個同是舌尖的音往前拉攏了，又或者多少也受了主要元音的影響〔註51〕。

## （三）其他論點之補充

既然近代知、章、莊組呈現合流，在各配洪細的情況下，或許是介音的不同而非聲母。而上述知、章、莊組字與細音「同化作用」的詮釋似乎得以解決「異化作用」論點的局限，但對於實際方言中的例證少之又少，無法全然使人信服。據此再參考徐通鏘先生對於捲舌聲母與細音演變關係的相關論述，如下：

> 舌面前高元音 i、y 在演變過程中如果舌略爲翹起而成爲捲舌音 ʅ、ʮ，那麼 tɕ、tɕ´、ɕ 就會轉化爲 tʂ、tʂ´、ʂ。〔註52〕

其從方言之間的演變歸納中，得出了聲母轉化的原理，認爲顎化聲母與細音或是撮口呼的拼合時，會使〔i〕、〔y〕元音轉變成略帶捲舌性質的〔ʅ〕、〔ʮ〕。由此，筆者再進一步補充上述兩點之說。就徐先生〔tɕ〕組聲母轉化爲〔tʂ〕組之論，我們發現大部分學者認定的三等知章聲母〔ʧ〕與〔tɕ〕的音值大抵都是顎

---

〔註50〕 詳見詳見李新魁：〈論近代漢語照系聲母的音值〉收錄於《李新魁自選集》（河南：河南教育出版社，1993 年），頁 179〜180。

〔註51〕 關於主要元音對〔i〕介音的影響，非本文討論範圍，故不再贅述。詳文可見李新魁：〈近代漢語介音的發展〉收於《音韻學研究》第一輯（北京：中國音韻學研究會編，1984 年），頁 477〜478。

〔註52〕 參見徐通鏘：《語言論——語義型語言的結構原理和研究方法》（長春：東北師範大學出版社，2006 年）頁 150〜159。

化音，只是在發音部位上稍有前後的差異，而細音的性質則轉化成一種流音，
演變模式如下：

$$c. \, t\varphi i \, (t\!\int\! i) \, > \, t\varphi \gamma \, (t\!\int\! \gamma) \, > t\!\mathrm{s}\gamma$$

〔tɕ〕音值爲舌面前音，〔tʃ〕屬舌葉音，兩者分別屬於漢語及英語的顎化音，
有其相似處，因此本文以徐先生〔tɕ〕音值比擬爲〔tʃ〕，此演變模式似乎亦可
補異化作用之不足。筆者認爲第三點與第二點均有一個相同的理論，即：與捲
舌聲母拼合的細音，不論是在捲舌聲母演變之前或是可以與捲舌聲母拼合的情
況，皆已非原來的〔i〕、〔y〕元音，而是帶有流音性質的〔ʅ〕、〔ʮ〕。

## 三、小　結

　　從上述的洪細歸納得知：明代北方語音中的知、章組字與〔i〕介音的關係
雖然密切，但是少部分的韻攝已發生〔i〕介音消失的跡象，例如：通、止、臻
攝。而從明代《重訂司馬溫公等韻圖經》的歸字與作者的觀念，知悉知、章、
莊系字合併且細音已經全然脫落，因其將知、章系字全置於洪音，使得「生升」、
「森深」、「詩師」等字在當時已無分別。就各材料的年代看來，語音演變雖無
規律地依時推移，然而，從《重訂司馬溫公等韻圖經》知、章、莊組字全數歸
洪音的情況，可以確知當時的知、章、莊組字已經全面演變爲捲舌聲母。

　　就現代的發音習慣看來，〔tʂ〕與〔i〕的拼合的確拗口。儘管可依據的現實
方言例數較少，但仍可以發現〔tʂʅi〕音的蹤跡，例如：廣東大埔方言，然其方
言的記音牽涉到記音者對於語音接收後的主觀聽覺認定，並且其記錄下的音
值，寬式或嚴式各異，因此各家仍對於捲舌聲母與細音的拼合情況有所存疑。
我們僅能從語料將知、章、莊系字全歸在洪音的情況下明確地判斷當時的音值
爲捲舌聲母，如明代的《重訂司馬溫公等韻圖經》，但無法從語料仍分洪細的情
況下斷言捲舌聲母的出現。

　　近代的知、章、莊系字的實際音值不論是〔tʃ〕或是〔tʂ〕，均可以想見細
音扮演著促使捲舌聲母發展的重要角色，並且受到聲母的影響，細音的音值定
非原來的〔i〕、〔y〕元音，而是帶有流音性質的〔ʅ〕或〔ʮ〕舌尖元音。本文
並不討論知、章、莊捲舌化的起源，僅能從明代語料中的情況闡述明代的知、
章、莊組聲母與洪細的關係。從明代語料中可知在西元 1442 年至 1642 年之間，
知、章系三等字與細音的關係仍是密切，但是在少處開始有細音消失的情況。

往後的幾百年中，知、章、莊系字的細音是呈現大舉消失的走勢。而從《重訂司馬溫公等韻圖經》知、章、莊系聲母的細音全數脫落的現象，得以明確知悉捲舌聲母在西元 1602 年中已經出現。

## 第三節　由合變開：唇音字的開合相變

　　現代國語中有一些唇音聲母不與合口介音或主要元音相拼的字，如：「蓬蒙夢風馮」、「杯妹配梅妹」、「奔本噴盆門分粉」等，然而這些字在中古時代本爲合口字。除了「夫扶府付拂佛」等合口三等唇音聲母，在中古後期演變爲輕唇音之外，其他字均發展成了開口。此外，另有部分來母、泥母字，如：「雷類內壘戀」也由合口變成開口。對於唇音字的演變，歷來研究多以輕重唇的分化爲焦點，本文則以介音的角度討論介音與唇音拼合的關係。

　　以下將聚焦於四種韻母類型的唇音字：〔uŋ＞əŋ〕「蓬蒙夢風馮」；〔uei＞ei〕「杯妹配梅妹」；〔uən＞ən〕「奔本噴盆門分粉」；〔uan＞an〕「般潘半滿慢」，[註53] 以四個方向論述明代唇音字開、合口之轉變。合口介音的失落普遍發生於各地的方言，如王力所云：「現代北京話裡，保存著中古合口呼最多；只有在兩種情況下失落了韻頭〔u〕：（一）在唇音後面，（二）灰韻的泥來兩母字和魂韻的泥母字。」[註54]

　　討論明代唇音字的變化之前，首要釐清來源及發展的大致方向。從中古的來源及現代國語的歷史音變作爲已知的論述依據，進而從已知探求明代唇音開、合口的未知狀況，以下歸納的唇音字演變範圍亦爲本文欲論述的重點，可歸納四種韻母類型的唇音字有開口化的現象，如下所示：

　　一、〔əŋ〕韻：現代國語唇音〔əŋ〕韻字來自：中古東韻（合口）幫組字及東、鍾（合口細音）非組字。

　　二、〔ei〕韻：現代國語唇音〔ei〕韻字來自：中古微、廢韻（合口細音）非組字及灰韻（合口）幫組字、泥組字及脂韻（合口）來母。

　　三、〔ən〕韻：現代國語唇音〔ən〕韻字來自：中古魂韻（合口）幫組字及文韻（合口細音）非、敷、奉母。

---

[註53] 方框內指大方向的中古到現代國語語音的演變。

[註54] 詳見王力：《漢語史稿》（北京：中華書局，2006 年），頁 163。

四、〔an〕韻：現代國語唇音〔an〕韻字來自：中古桓韻（合口）幫組字及
元韻（合口細音）。

此外，中古月韻的非、敷、奉三母演變至現代國語亦由合口演變為開口。
從上述的歸納可見中古唇音字與合口介音的關係十分密切，然而演變到國語不
論洪細，卻是丟失了合口介音。本節將依據中古到現代語音的已知脈絡，以明
代北方音系的書面語料為研究對象，試釐清唇音字開合口演變之脈絡。

## 一、明代語料中的演變

本節首先將歸納唇音聲母在明代語料開合框架中的措置，再以唇音聲母
所搭配的四種韻母演變大方向：〔uŋ＞əŋ〕、〔uei＞ei〕、〔uən＞ən〕及〔uan＞
an〕論述唇音字的開、合口轉變，祈以得出唇音聲母在明代北方官話地區的開、
合口演變情形。

近代各本韻書、韻圖體例各殊，唇音字合口介音的脫落有其語音歷史的演
變軌跡，首先整理六本語料中各韻攝的唇音開合處置，歸納成表，依成書先後
論述之。語料作者對於唇音的開合處置多少有些主觀認定，因此除了依照各家
韻圖的編排，亦配合語音古今演變常理稍做說明。本文表格依時間先後列舉各
材料唇音字的開合〔註 55〕，使用粗體字標示韻攝即代表本文論述的四個焦點；
反白標記表示中古屬於開口的唇音字在明代當時被置於合口。另外，本屬合口
的唇音字被列在開口，表示合口介音脫落的語音轉變，則以方框誌之。

### （一）《韻略易通》（1442 年）〔註 56〕

〔表 3-3-1〕《韻略易通》韻攝唇音開合歸納表

| 開合<br>韻攝〔註 57〕 | 開　口 | 合　口 |
|---|---|---|
| 東鍾 | × | 琫蓬風蒙 |

---

〔註 55〕本文純粹探討唇音字合口至開口的轉變，中古的三等合口唇音字約莫在宋代時已
經輕唇化，故不再贅述其細音的開合歸納。

〔註 56〕《韻略易通》有二十個韻，其中五個韻沒有唇音字，即：侵尋、緘咸、廉纖、居
魚、遮蛇韻。

〔註 57〕明代各語料的韻部名稱各殊，為顧及文章論述的整體性，表格中的韻攝名採用《中
原音韻》的韻部名稱為標目。

| 江陽 | 滂胖邦忙茫方莫漠寞 | × |
| 齊微 | 悲盃背裴陪配非飛肥梅眉 | × |
| 魚模 | × | 逋補布步部簿鋪普夫敷模母慕 |
| 皆來 | 擺拜敗排牌派埋買賣邁 | × |
| 眞文 | 奔本歕盆分門悶沒勃 | × |
| 寒山 | 山寒：班頒般攀盼凡蠻慢 番藩 | 端桓：般半潘盤番漫瞞潑撥末 |
| 蕭豪 | 包胞寶報拋泡毛貓茅卯冒貌 | × |
| 歌戈 | 波皤播坡頗破磨摩 | × |
| 家麻 | 巴吧芭笆把葩琶爬怕麻馬 | × |
| 庚青 | 崩絣烹朋萌猛孟 | × |
| 尤侯 | 抔裒剖某謀浮苵 | × |

（方框表示合口介音脫落）

　　本文認爲端桓韻全屬於合口韻，各聲母無別，聲母依韻的開合口二分，因此將端桓韻的唇音字歸於合口。從《韻略易通》整體觀之，除了東鍾、魚模、寒山韻的唇音字爲合口外，其餘韻部的唇音字皆歸於開口。而本文聚焦的四種韻母類型的唇音開合情況：合口介音脫落的轉變依方框所示，則是齊微、眞文韻變爲開口，東鍾、山寒（端桓）仍維持合口。另外，中古屬於合口呼的「番」、「藩」字與開口字同列，顯示其由合轉開之跡象。

### （二）《青郊雜著》（1543～1581 年）〔註58〕

〔表 3-3-2〕《青郊雜著》韻攝唇音開合歸納表

| 開合<br>韻攝 | 開　口 | 合　口 |
|---|---|---|
| 東鍾 | × | 琫蓬風蒙 |
| 江陽 | × | 江韻：幫邦膀〔註59〕 |

〔註58〕《青郊雜著》併舊韻爲十八部，其中江陽韻、魚模韻二分，覃部也未併入元部，因此，較表格所依《中原音韻》之韻部多出三部。本文亦將依《青郊雜著》韻部另分列江陽韻與元覃韻之唇音字。

〔註59〕字體顏色加深標記代表中古屬於開口的唇音字在明代當時被置於合口。

| | | 陽韻：搒滂茫忙茫方。 |
|---|---|---|
| 齊微 | × | 悲盃背裴陪配非飛肥〔註60〕梅眉妹 |
| 魚模 | × | 逋補布步部簿鋪普夫敷模母慕 |
| 皆來 | × | 擺拜敗排牌派埋買賣邁 |
| 眞文 | × | 奔本歕盆分門悶 |
| 寒山 | × | 元部：般攀班頒半潘盼瞞蠻漫慢番藩。覃部：凡 |
| 蕭豪 | × | 包胞寶報抛泡毛貓茅卯冒貌 |
| 歌戈 | × | 波皤播坡頗破磨摩 |
| 家麻 | × | 巴吧芭笆把葩琶爬怕麻馬 |
| 庚青 | × | 崩絣烹朋萌猛孟 |
| 尤侯 | × | 抔裒剖某謀浮芣 |

（字體顏色加深標誌表示中古開口唇音被置於合口。）

　　《青郊雜著》整體對唇音字的處置不論中古開、合口，全歸於合口。對照《中原音韻》唇音字與韻部的開合：齊微、眞文、歌戈韻的唇音聲母帶有合口介音，江陽、皆來、寒山、家麻、車遮韻的唇音聲母不帶合口介音，《青郊雜著》將中古屬於開口韻部的唇音字全置於合口，本文以反白標示之，如：江陽韻的「幫」、家麻韻的「巴」、皆來韻的「擺」、蕭豪韻的「包」⋯⋯等。觀察現代南北方言〔註61〕，這些韻部的唇音字也沒有開口轉合口的現象。自古聲韻學家對於唇音字開合的認定往往混用，因爲在發音時，唇音聲母之後常常夾帶一個類似〔w〕的音值，使得唇音聲母本身總被認爲帶有一點合口的成分，這或許就是桑紹良分辨不清唇音開合口介音的主因。因此，這樣的編排方式應是屬於作者對唇音字主觀的認定，並不代表當時的實際語音。

## （三）《重訂司馬溫公等韻圖經》（1602 年）〔註62〕

---

〔註60〕《青郊雜著》齊微韻中的非母無字僅有入聲。飛肥字歸在支部見，詳見頁 608。

〔註61〕家麻、蕭豪、尤侯各韻的唇音字在南北各地方言皆爲開口呼，江陽、皆來韻僅有少數例外字有合口介音，如：「胖」字在南方方言有合口現象，廣州方言念爲〔puŋ〕，福州方言念〔puaŋ〕。「派」字僅福州方言有合口介音，念爲〔pʻuai〕。參見北京大學中國語言文學系語言學教研室編：《漢語方音字匯》（北京：語文出版社，2003年），頁 305。

〔註62〕《重訂司馬溫公等韻圖經》僅有十二個韻攝，庚青韻已併入東鍾韻。

〔表 3-3-3〕《重訂司馬溫公等韻圖經》韻攝唇音開合歸納表

| 開合<br>韻攝 | 開　口 | 合　口 |
|---|---|---|
| **東鍾** | × | 琫蓬風蒙 |
| 江陽 | × | 幫滂胖邦忙茫方莫漠寞 |
| **齊微** | 悲盃背裴陪配非飛肥梅眉妹 | × |
| 魚模 | × | 逋補布步部簿鋪普夫敷模母慕 |
| 皆來 | × | 擺拜敗排牌派埋買賣邁 |
| **眞文** | × | 奔本歕盆分門悶 |
| 寒山 | × | 班般潘盤盼番藩凡蠻慢半漫瞞 |
| 蕭豪 | × | 包胞寶報拋泡毛貓茅卯冒貌 |
| **歌戈** | × | 波皤播坡頗破磨摩 |
| 家麻 | × | 巴吧芭笆把葩琶爬怕麻馬 |
| ~~庚青~~ | 庚青與東鍾合併 | |
| 尤侯 | × | 抔裒剖某謀浮芣 |

（方框表示合口介音脫落。字體顏色加深標誌表示中古開口唇音被置於合口。）

　　《重訂司馬溫公等韻圖經》的庚青韻與東鍾韻合併，多將唇音字歸爲合口。本文欲討論的四種唇音韻母類型中，除了齊微韻的唇音字歸在開口，如方框所示，表示齊微韻的合口介音失落，其餘各韻部的唇音字仍置於合口。徐孝也將本屬中古開口的江陽、皆來、蕭豪、家麻及尤侯韻之唇音字歸在合口，即表格反白處，如同《青郊雜著》及《元韻譜》對唇音的處置。

（四）《交泰韻》（1603 年）〔註63〕

〔表 3-3-5〕《交泰譜》韻攝唇音開合歸納表

| 開合<br>韻攝 | 開　口 | 合　口 |
|---|---|---|
| **東鍾** | × | 琫蓬蒙風 |
| 江陽 | × | 幫鎊茫 |
| **齊微** | × | 灰：杯坏眉 |
| 魚模 | × | 逋鋪模 |
| 皆來 | 擺排埋 | × |

〔註63〕《交泰韻》共有二十一個韻部，其寒山韻分爲寒、刪兩韻，齊微韻分爲齊、灰兩韻。庚青韻也尚未與東鍾韻合併。

| 眞文 | × | 奔盆門焚（文韻） |
|---|---|---|
| 寒山 | 刪韻：班蠻 | 寒韻：般潘瞞 |
| 蕭豪 | 包拋茅 | × |
| 歌戈 | × | 波坡磨 |
| 家麻 | × | 杷葩麻 |
| 庚青 | 絣烹 | × |
| 尤侯 | 呸謀 | × |

（字體顏色加深標誌表示合口介音脫落。反白表示中古開口唇音被置於合口。）

　　《交泰韻》收錄的字較少，其東鍾韻與庚青韻分立。整體而言，皆來、蕭豪、庚青、尤侯韻的唇音字皆歸爲開口，寒山韻的唇音字則分爲開、合口兩部分，而本屬中古開口的江陽韻則歸在合口，如反白處。本文討論的四種韻母類型的唇音開合情況，則是除了庚青韻尚未與東鍾韻合併而歸在開口，如方框所示，其餘全維持合口狀態。

## （五）《元韻譜》（1611年）[註64]

〔表3-3-4〕《元韻譜》韻攝唇音開合歸納表

| 韻攝＼開合 | 開　口 | 合　口 |
|---|---|---|
| 東鍾 | × | 迸烹蓬蒙等字 |
| 江陽 | × | 幫榜滂旁芒 |
| 齊微 | × | 悲盃背裴陪配非飛肥梅眉妹 |
| 魚模 | × | 逋補布步部簿鋪普夫敷模母慕 |
| 皆來 | × | 擺拜敗排牌派埋買賣邁? |
| 眞文 | × | 奔本歕盆分門悶 |
| 寒山 | × | 般板潘判瞞滿 |
| 蕭豪 | × | 褒寶拋毛卯帽 |
| 歌戈 | × | 波坡博婆摩莫 |
| 家麻 | × | 巴把霸葩爬麻馬 |
| 庚青 | 庚青與東鍾合併 | |
| 尤侯 | × | 抔裒剖某謀浮芣 |
| 孛佸 | | 僅有入聲孛脖没等字 |

（字體顏色加深標誌表示中古開口唇音，被置於合口。）

---

[註64] 《元韻譜》的庚青韻亦併入東鍾韻，多出一個孛佸收入聲字，如：没、孛等字。

《元韻譜》的庚青韻併入東鍾韻，歸在合口。《元韻譜》實際的框架是將唇音字全置於合口，如同《青郊雜著》對唇音字的處置。然而，有一些韻部的唇音字在中古的歸屬以及演變的脈絡看來，並非屬於合口，見表格反白處，例如：皆來韻、蕭豪韻、家麻韻。顯然，喬中和對唇音字開合口的處置除了音感上的主觀認定之外，還有一些是刻意的安排。

中古的蕭豪韻只有開口字而無合口字，喬中和將本屬於開口的唇音字放在合口的位置，並在褒佸上平聲末處註明：「按：看柔律；蕭柔呂也；豪剛律也；宵剛呂也。自蕭宵合而柔剛之判迷矣……。」〔註65〕可見當時蕭宵合併，三、四等界限泯滅，豪、看韻亦當如此，既然兩韻歸併性質相符，看韻自不可能突增一個〔u〕介音。另從韻圖中發現：柔律收「嘲、罩、桃」字與剛律所收的「聯、抓、巢」字皆屬同聲、同韻。喬氏為求韻圖排列的整齊，而刻意做了一些不符合實際語音的編排，因此，筆者認定蕭豪韻中只有開口唇音應無異議。另外，喬氏將皆來韻及家麻韻的開口唇音字與中古合口舌根音同列於合口，或許也是對唇音字合口性質音感上的主觀認定所致。

（六）《韻略匯通》（1642年）〔註66〕

〔表 3-3-6〕《韻略匯通》韻攝唇音開合歸納表

| 開合\韻攝 | 開　口 | 合　口 |
|---|---|---|
| **東鍾** | × | 琫蓬風蒙沒勃 |
| 江陽 | 滂胖邦忙茫方莫漠寞 | × |
| **齊微** | 悲盃背裴陪配非飛肥梅眉妹 | × |
| 魚模 | × | 逋補布步部簿鋪普夫敷模母慕 |
| 皆來 | 擺拜敗排牌派埋買賣邁 | × |
| **眞文** | 奔本歕盆分門悶 | × |
| **寒山** | 山寒：班頒般攀盼凡蠻慢番藩 | 端桓：般半潘盤番漫瞞潑撥末 |
| 蕭豪 | 包胞寶報拋泡毛貓茅卯冒貌 | × |

〔註65〕參見（明）喬中和：《元韻譜》收於《四庫全書存目叢書》影北京圖書館分館藏清康熙三十年梅墅石渠閣刻本（臺南：莊嚴文化，1997年）214冊，頁83。

〔註66〕《韻略匯通》唇音字開、合口之韻部大致與《韻略易通》相同。

| 歌戈 | 波皤播坡頗破磨摩 | ✕ |
| 家麻 | 巴吧芭笆把葩琶爬怕麻馬 | ✕ |
| **庚青** | 崩絣烹朋萌猛孟 | ✕ |
| 尤侯 | 抔裒剖某謀浮茣 | ✕ |

（方框：表示合口介音脫落。）

《韻略匯通》東鍾與庚青分立。各韻唇音字的開合口情況如同《韻略易通》，寒山韻的唇音字仍分出端桓韻，兩者各分開合。東鍾、魚模韻的唇音字為合口，其他皆為開口。四種韻母的唇音開口化之演變，則是齊微、真文韻演變為開口，一部分寒山韻的字，如：「番」、「藩」字，也被歸為開口，東鍾韻與端桓韻則仍維持合口。

## 二、明代語料中的演變詮釋

關於唇音聲母合口介音脫落之演變，首先將論述造成音變的原因，進而探討明代唇音字合口介音脫落的情況，並試著從音變原因及泥、來母合口介音脫落的情形，輔以論證明代唇音合口脫落的演變及年限。

### （一）唇音開口化之成因

介音開合洪細的轉化，通常具有普遍性的規律。王力就曾提到「凡是轉化，都是有條件的，主要是受了聲母的影響。」〔註67〕其亦曾歸納現代國語中保存許多中古的合口呼，僅在兩個情況下會失落合口介音：一則在唇音後面，二則在灰韻的泥、來兩母及魂韻的泥母。

合口介音的消失，最先發生在唇音聲母，其後是泥、來兩母，舌根聲母的合口介音則是最不會消失。就語音的生理層面探討唇音字由合口變為開口的音變原因，一般認為：唇音聲母（或是泥、來二母）的發音性質較為展唇，與圓唇〔u〕的發音性質具有相排斥的作用，〔p〕與〔u〕的拼合是兩個唇音在短時間內做兩次發音調節。同一個發音器官、不同發音性質的拼合，往往不符合發音簡便的原則，因此存在於唇音後面的合口成分因聲母的影響被弱化，使得合口性質不明顯了〔註68〕。就演變的現象而言，即為兩種語音性質的不相容使得

---

〔註67〕參見王力：《漢語史稿》（北京：中華書局，2006年），頁160。

〔註68〕這樣的「異化作用」如同國語無〔uau〕韻母的發音，因為兩者發音不相協調，不符合發音的輕鬆原則，因此往往會造成其中一個唇音音素丟失。

發音不符合簡便好唸的生理原則，進而發生了某一音素的改變或失落。

　　張光宇〈漢語方言合口介音消失的階段性〉〔註69〕一文中分別以各方言的聲母、韻母觀察合口介音消失的次序。並且對於合口介音消失的幾個關鍵原因，交代得十分詳細。單從發音部位解釋並無法滿足同屬舌尖音的〔t〕、〔t´〕、〔n〕、〔l〕何以有開合不同的現象。因此，張光宇從發音的「舌位高低」、「成阻部位」及發音時的「舌體活動」解釋聲母與合口介音的關係。

　　從聲母的觀點而言，聲母發音時的舌體隆起度是合口介音去留的關鍵，隆起越高，如舌根、捲舌這類的音越是能保留合口介音，因而唇音、邊音、鼻音聲母這類的平舌音則較不利保留合口介音。另從端系字內部而言，成阻部位的前後成了合口介音去留的關鍵，成阻的部位越前，距離舌根越遠，越是不利保留合口介音，因此同屬端系，泥、來兩母的成阻部位較前於端母，亦就不利保留合口介音。而唇音的發音主體在於雙唇，舌頭在發唇音時是呈現平放狀態，不進行任何發音協調，亦不利於進行發音的前後來回活動，其靈活度自然低於舌尖音，是故唇音合口介音的消失早於舌尖音。從韻母的觀點，則是可以從主要元音與韻尾的發音部位前後來解釋合口介音消失的先後。從四種韻母談起，凡是主要元音或是韻尾的發音舌位越偏前，合口介音越容易消失，因此〔uei〕、〔uən〕兩韻比〔uan〕、〔uŋ〕更不利保存合口介音。

　　綜合上述，我們發現從聲母、主要元音及韻尾觀察合口介音的去留皆有相同的關鍵，即發音部位、發音舌位及成阻的部位越偏前者，越容易脫落〔u〕介音。因此，唇音字比舌根音更容易脫落合口介音，唇音字中的〔uei〕、〔uən〕韻亦比〔uan〕、〔uŋ〕韻更不利保存合口介音。

### （二）明代語料的綜合歸納

　　在明代語料歸納中，我們發現六種材料對唇音聲母開合的措置各有不同，且四種韻母類型的開口化演變各異。本屬合口的唇音字放在開口，表示當時合口介音消失；然而中古《廣韻》至元代《中原音韻》有一些本屬開口的唇音字歸在合口的現象，應當是各家特殊的處理，與實際的開合語音演變無涉。

　　值得一提的是尤侯韻的開合口轉變，在我們考察《中原音韻》後發現中古

---

〔註69〕詳見張光宇：〈漢語方言合口介音消失的階段性〉一文收於《中國語文》第四期，
　　　2006年，頁346～384。

流攝的唇音字分列在魚模及尤侯兩韻，如：「哀」字列在尤侯韻的開口陽聲，「浮」字列在魚模韻的合口陽聲，而本屬尤侯韻的「母、牡、畝、復、富、婦」等字全歸在合口魚模韻。明代語料，如：《青郊雜著》、《重訂司馬溫公等韻圖經》及《元韻譜》的尤侯韻唇音字之開合編排，大致上是「抔、哀、剖、某、謀、浮、茅」等字全歸在尤侯韻合口，「母、牡、畝」等字則多被歸在魚模韻〔註70〕合口。筆者發現明代語料不同於《中原音韻》之處，即在於這些唇音字不論是歸尤侯韻或是魚模韻，均全部被置於合口的框架中。

經由考察現代方言後，也發現尤侯韻的合口三等唇音字，如：「浮」、「婦」等字，在各地方言大多數均呈現合口。開口一等唇音字，如：「母」、「畝」等字，在北方呈現合口，武漢以南則多保持開口的情況。「哀」、「剖」、「某」等字屬於同一性質，中古至明代皆屬尤侯韻，北京、濟南、西安等地區帶有合口介音，武漢以南則保持開口。

從現代方言的考察對照明代語料的措置，可知中古尤侯韻的唇音字在《中原音韻》之後，不論是歸尤侯韻或是歸魚模韻，凡偏北方地區者，多呈現合口念法。

除了尤侯韻外，其他韻部如：蕭豪、家麻、皆來韻等，在現代各地方言中則未見開口唇音字產生合口介音的情況。明代音韻學家將中古開口唇音字歸在合口處，顯然是有志一同。上述表格歸納，可見《青郊雜著》、《重訂司馬溫公等韻圖經》及《元韻譜》皆為如此。現代音韻學對合口呼的定義是單就介音而言，並不包含聲母本身所帶的合口圓唇性質。然而唇音字的開合牽涉到音位的問題，因為唇音聲母所帶的合口成分，使得無法單純就合口介音的有無逕自劃分開合，因此各家才會將中古屬於開口的唇音聲母歸納在合口處。明代語料對於唇音字開合口的安排有著主觀的局限，故此以下輔以明代泥、來母的開、合口演變，試論證唇音開口化的年限。

### 1. 唇音與泥、來聲母的開、合口演變關係

從前述表格歸納得知：《韻略易通》與《韻略匯通》的齊微、真文韻的唇音字合口介音消失。《重訂司馬溫公等韻圖經》將齊微韻列於開口，表示齊微韻的合口介音消失。《交泰韻》則是呈現未發生變化的情況。《青郊雜著》與《元韻

---

〔註70〕《重訂司馬溫公等韻圖經》中的祝攝等同於模韻合口。

譜》則是因為作者對唇音字開、合口的特別處理，使得我們無法得知其實際情況。按照目前所知的演變規律，可知唇音字合口介音的消失早於泥、來兩母，因此進一步再參照泥、來母的開合，或許可做為唇音字開、合口演變的分界。以下列出唇音及泥、來母演變的幾種關係：

　　一則是唇音字與泥、來母字皆維持合口；

　　二則唇音字轉開口，而泥、來母字仍維持合口；

　　三則唇音字與泥、來母字皆變為開口。

　　從上述三條演變來推知《青郊雜著》、《元韻譜》及《重訂司馬溫公等韻圖經》這些經過作者特別處理的唇音字的實際語音，依照唇音字合口介音的消失早於泥、來兩母的前提之下，我們即可推論：若某語料中的泥、來母為開口，則其唇音字亦應是開口。

　　然而，屬山攝及梗攝（通攝）的泥、來母字，如：「藍、欄、南、難、巒、彎，冷、楞、能」等字，其中古至國語的開合口保持一致並無轉變。中古臻攝來母合口字在國語中亦保持合口，如：「輪、論」等字。而屬中古泥母合口的「嫩」字則漸趨向開口。唯獨齊微韻的泥、來兩母字開合口演變如同唇音字，多傾向丟失合口介音，因此本文依齊微韻的泥、來兩母及真文韻的泥母參照唇音的演變，如下表所示：

〔表3-3-7〕齊微韻唇音與泥、來母開、合口演變關係表 〔註71〕

| 韻部 | 聲母 | 例字 | 《廣韻》 | 《中原音韻》 | 《易通》 1442年 | 《青郊雜著》 1543～1581年 | 《圖經》 1602年 | 《交泰韻》 1603年 | 《元韻譜》 1611年 | 《匯通》 1642年 | 開口統計 |
|---|---|---|---|---|---|---|---|---|---|---|---|
| 齊微 | p | 杯 | 合口 | 開口 | 開口 | 合口 | 開口 | 合口 | 合口 | 開口 | 4 |
| | n | 內 | 合口 | 合口 | 合口 | 合口 | 開口 | 合口 | 合口 | 合口 | 1 |
| | l | 壘 | 合口 | 合口 | 合口 | 合口 | 開口 | 合口 | 合口 | 合口 | 1 |
| 開口統計 | | | | 1 | 1 | 0 | 3 | 0 | 0 | 1 | |

　　表格顯示：《青郊雜著》、《交泰韻》、《元韻譜》齊微韻中的唇音與泥、來母之關係屬於第一條規律，三者皆維持合口。《韻略易通》、《韻略會通》齊微韻的唇音字合口介音消失轉為開口呼，泥、來兩母字的合口介音則尚未消失，此屬第二條規律。而齊微韻的唇音與泥、來母字在《重訂司馬溫公等韻圖經》中皆

〔註71〕礙於表格篇幅，而將《韻略易通》、《重訂司馬溫公等韻圖經》及《韻略匯通》簡稱為《易通》、《圖經》及《匯通》，下列各表比照此例。

變為開口，演變最完全屬於第三條規律。

〔表 3-3-8〕真文韻唇音與泥、來母開、合口演變關係表

| 韻部 | 聲母 | 例字 | 《廣韻》 | 《中原音韻》 | 《易通》1442年 | 《青郊雜著》1543～1581年 | 《圖經》1602年 | 《交泰韻》1603年 | 《元韻譜》1611年 | 《匯通》1642年 | 開口統計 |
|---|---|---|---|---|---|---|---|---|---|---|---|
| 真文 | p | 奔 | 合口 | 開口 | 開口 | 合口 | 合口 | 合口 | 合口 | 開口 | 3 |
| | n | 嫩 | 合口 | 開口 | 合口 | 合口 | 合口 | 合口 | 合口 | 合口 | 1 |
| | l | 論 | 合口 | 合口 | 合口 | 合口 | 合口 | 合口 | 合口 | 合口 | 0 |
| 開口統計 | | | | 2 | 1 | 0 | 0 | 0 | 0 | 1 | |

　　表格顯示：《青郊雜著》、《重訂司馬溫公等韻圖經》、《交泰韻》、《元韻譜》真文韻中的唇音與泥、來母之關係屬於第一條規律，三者皆維持合口。《韻略易通》、《韻略匯通》真文韻的唇音字合口介音消失轉為開口呼，泥母字的合口介音尚未消失，屬於第二條規律。

　　《青郊雜著》、《交泰韻》、《元韻譜》中的齊微、真文兩韻，其唇音及泥、來兩母均呈現合口，或許符合上述第一條規律。但是從《韻略易通》與《韻略匯通》唇音已轉變為開口的情況判斷，亦有可能為第二條規律。顯然泥、來兩母的發展也無法確實反映出這三本語料的唇音字開、合口真實的情況。

## 2. 唇音字內部的演變詮釋

　　各韻唇音字之開合口演變，各語料的東鍾韻均呈現合口。因為《青郊雜著》、《重訂司馬溫公等韻圖經》與《元韻譜》帶有作者視唇音字為合口的主觀意識，因此從材料的開、合口整理中難以窺見實際的語音演變。《重訂司馬溫公等韻圖經》僅將齊微韻歸在開口，表示齊微韻唇音字的合口介音確實失落了。而《韻略易通》及《韻略匯通》的齊微、真文、山寒韻的唇音字呈現開口，亦表示合口介音消失。在此暫且擱置三本語料無法確實反映實際情況的局限，將唇音四種韻母類型的開合演變統整如下：

〔表 3-3-9〕唇音字開、合口演變統整表

| 韻部 | 例字 | 《廣韻》 | 《中原音韻》 | 《易通》1442年 | 《青郊雜著》1543～1581年 | 《圖經》1602年 | 《交泰韻》1603年 | 《元韻譜》1611年 | 《匯通》1642年 | 開口統計 |
|---|---|---|---|---|---|---|---|---|---|---|
| 東鍾（庚晴） | 蓬 | 合口 | 合口 | 合口 | 合口 | 合口 | 合口 | 合口 | 合口 | 0 |

| 齊微 | 杯 | 合口 | 開口 | 開口 | 合口 | 開口 | 合口 | 合口 | 開口 | 4 |
|------|-----|-----|-----|-----|-----|-----|-----|-----|-----|---|
| 眞文 | 奔 | 合口 | 開口 | 開口 | 合口 | 合口 | 合口 | 合口 | 開口 | 3 |
| 山寒（端桓） | 般 | 合口 | 開口（番藩）合口 | 開口（番藩）合口 | 合口 | 合口 | 合口 | 合口 | 開口（番藩）合口 | 3 |
| 開口統計 | | | 3 | 3 | ？〔註72〕 | 1 | ？ | ？ | 3 | |

《中原音韻》齊微韻與眞文韻中的脣音字合口介音消失，「般」字則是各見於山寒韻及桓歡韻。以材料而言，《韻略易通》與《韻略匯通》中的脣音字合口介音消失的演變較廣，齊微、眞文韻的脣音字均爲開口。其次是《重訂司馬溫公等韻圖經》齊微韻的脣音字變成開口。以韻部而言，齊微韻脣音字合口介音消失的速度比其他韻部快一些，在《韻略易通》、《重訂司馬溫公等韻圖經》及《韻略匯通》中皆呈現開口。

　　從明代脣音字開合口的演變，即可映證：聲母、主要元音及韻尾是合口介音的去留的關鍵。如張光宇所言，凡是發音部位、發音舌位、成阻部位越偏前者的音值，越容易丟失合口介音，即脣音的〔uei〕、〔uən〕韻亦比〔uan〕、〔uŋ〕韻更容易由合口轉爲開口。另外，以齊微韻而言，在脣音合口介音消失之前，尚需經歷〔puɒi〕到〔puei〕的轉化，演變模式大抵如示：

$$puɒi（puɛi）>puɛi > pei$$

中古蟹攝〔ɒ〕元音首先受到韻尾的影響，漸漸變成舌面前元音〔e〕，大抵是在十四世紀左右完成，其後才是合口介音的消失。依本文所歸納的北方明代語料即可發現脣音在明代仍多呈現合口，可見脣音字合口介音全面消失的年份應在清代，並且不早於明末。

## 三、小　結

　　根據耿振生研究，發現明代及清代中葉之前的韻書、韻圖多數將脣音字歸在合口，他認爲這樣的現象或許是反映當時眞正的合口介音，或是聲母本身的合口性質影響了後面的主要元音，而產生了類似合口的念法〔註73〕。筆者則認

〔註72〕表格問號部分，係因爲《青郊雜著》、《交泰韻》及《元韻譜》的作者對於脣音字的開合有主觀認定，將所有脣音字均歸在合口，因此無法客觀判斷當時脣音字開、合口的實際情形，對於此局限本文以「？」標示之。

〔註73〕相關討論參見耿振生：《明清等韻學通論》（北京：語文出版社，1998年），頁150～151。

為近代語料對唇音聲母開合口的處置，往往帶有作者主觀的認定。

　　時間與空間為語音的改變要素，從唇音字開合口的轉變中，我們也發現空間的因素比時間的推移更具影響力。根據現代方言調查研究顯示越偏北方的地區，其唇音字越不容易保存合口介音〔註74〕，本文所選定的語料大抵是反映北方地區的語音，其中每個方言點所反映出的語音現象仍有一些不同。《重訂司馬溫公等韻圖經》所反映的語言位置最偏北，屬於北京時音，雖然其對唇音字的開、合口歸納已經過作者主觀處理，但是從當時齊微韻唇音及泥。來母合口介音均消失的情況，稍可推斷其唇音的開、合口演變應是與《中原音韻》有所承襲。而較偏南，主以反映河南方言的《青郊雜著》與《交泰韻》顯然保守性較強。

　　近代語料多元，數量及形式廣泛豐富，有審時亦有考古，有創新也有因襲，各家所據的方言點開放或保守不一，地區方音及中古舊音影響了作者對實際語音演變的詮釋。作者主觀歸納為語音客觀演變詮釋的局限，西方客觀的語音學知識尚未傳入，使得古代學者考證語音只能依據古漢語知識及自身的審音、理音，對於介音與聲母的牽扯無法詳細釐清，當然唇音聲母本身的圓唇性質也是造成了歷來開合口之迷的原因。

　　由《重訂司馬溫公等韻圖經》的唇音及泥、來兩母的合口介音消失的情況，可推知齊微韻合口介音消失的演變在明代最為徹底。雖然唇音字的開、合口在明代各時期的演變脈絡無明顯承襲，我們仍可以依據語音演變的現有知識去對照當時語音的現象，進而尋出演變的椎頂。從各本語料的歸納知悉明代北方語音系統中，東鍾韻及山寒韻的唇音字合口介音大部分尚存，年代較晚的《韻略匯通》呈現開口的趨勢，其性質乃依照《韻略易通》而來。因此若要更詳細考究整個唇音開、合口的演變脈絡，仍需留待清代語料的研究。

---

〔註74〕北京大學中國語言文學系語言學教研室編：《漢語方音字匯》（北京：語文出版出版社，2003年）。

# 第四章　明代介音與主要元音關係

　　介音除了影響聲母或受聲母排斥之外，亦對主要元音產生影響，例如：細音或合口介音的產生改變了整個漢語的音韻結構。本章就「介音的得失對主要元音的影響」及「介音自身的演變」兩個概念，以下分列「韻母的對立與合流」、「〔uo〕韻母之類化」、「齊微韻由合變開」、「東鍾韻由細變洪」以及「複合介音的發展」五點闡述之。

## 第一節　細音增生：韻母的對立與合流

　　二等見系字在產生〔i〕介音後，除了使牙喉音聲母產生顎化現象外，亦使韻母發生對立與合流。例如：細音對皆、佳、洽、狎、麻等韻造成影響，改變韻母結構，使得國語的歷史音變形成了〔ia〕與〔ie〕兩兩對立的局面。而〔iɛu〕與〔iau〕的合流，主要是來自中古二等肴韻，產生〔i〕介音後，變成〔iau〕韻母，在元代時與三、四等宵蕭韻〔iɛu〕韻母對立。大約在元末明初時，〔iau〕與〔iɛu〕合併成〔iau〕，其歸併的結果使得現代國語只有〔iau〕韻母。另外，〔ian〕與〔iɛn〕的對立與合流，則是中古二等山、刪韻產生〔i〕介音之後所形成的〔ian〕韻，在元代仍與三、四等先仙韻〔iɛn〕對立〔註1〕。李新魁認為，

---

〔註 1〕關於〔ian〕與〔iɛn〕的對立現象，可見《中原音韻》，例：諫，歸寒山韻〔kian〕、建，歸先天韻〔kiɛn〕。參周德清著、許世瑛校定：《音注中原音韻》（臺北：廣文

此對立於《中原音韻》時，甚至是至明代的《洪武正韻》之時仍屬分立，直到十七世紀初兩者才合流〔註2〕。據此，本節將從明代北方書面語料內部觀察上述情形，以究其韻母變化發展之梗概。

本文第三章的第一節〔註3〕曾經提到中古二等牙喉音字產生細音的問題，綜合各家看法及對語音音值的判斷而得出：發音部位較後的牙喉音與舌位較低的元音相遇，兩相拉鋸之後造成元音的高化，逐漸發展出〔i〕介音。而語音高化的原因在於發音的輕鬆、便利原則，使得〔k〕與〔a〕之間產生了一個〔i〕介音做為「一前一後」、「一高一低」的調劑。相關論述在此不再贅述，前文所討論的主題為細音產生後對聲母所造成的影響，然而二等增生細音造成新韻母的演化流行，使得韻母也因此有所變動。

探討明代韻母對立與合流之前，在此亦舉出語音的演變來源及發展，從中古與現代國語的已知為開端，探求明代的未知，以了解本節欲討論的音系問題。二等牙喉聲母在細音的增生之後，牽涉到韻母的對立與合流的語音結構改變，主要為：中古的山、刪韻，咸、銜韻與洽、狎韻，肴、蕭韻及麻韻。而與對立、合流的演變有所相關者，則是在中古時已為細音的韻部，如：先、添、宵、薛、月、屑等韻。大抵本文探討的範圍可以分為對立與合流兩部分：一為屬於韻母的對立者即〔ia〕與〔ie〕的分別，包括：皆、佳、洽、狎、假韻。二為韻母合併的範疇則是〔ian〕與〔ien〕的合併及〔iau〕與〔ieu〕的合流，包括：山攝、咸攝的陽聲韻部及效攝的肴、宵、蕭韻。以上即為本文依據明代語料將探討的語音範圍。

## 一、明代語料中的演變情形

介音除了影響聲母或受聲母排斥外，亦會對主要元音產生影響。細音的產生往往形成相近的韻母，產生分化或使之合併，皆足以改變整個漢語的音韻結構。以下以細音產生的韻母為研究範疇，並列出其對立面，如：〔ia〕與〔ie〕的對立、〔iau〕與〔ieu〕對立及〔ian〕與〔ien〕對立，藉此觀察明代語料中的

書局，1986 年 9 月），頁 27、31。

〔註 2〕詳見李新魁：〈近代漢語介音的發展〉，收錄於《音韻學研究》第一輯（北京：中國音韻學研究會編，1984 年），頁 479～480。

〔註 3〕參本文第三章第一節，頁 36～38。

韻母分合，最後論述明代其對立及合流的情形。關於二等開口牙喉音產生細音的年代，大抵在宋、元時期。本文以北音之祖《中原音韻》爲起始點，其爲北方地區音變之濫觴，表格納入參照，可更詳細地明音變之源流發展。從《中原音韻》韻部的編排可知：二等牙喉音細音的產生，除蕭豪韻的交組字外，其餘均產生細音。表格依序以〔ia〕與〔ie〕、〔iau〕與〔ieu〕及〔ian〕與〔ien〕爲範圍，分述之如下。

## （一）〔ia〕與〔ie〕在語料的情況

### 〔表4-1-1〕〔ia〕與〔ie〕韻的對立演變表〔註4〕

| 例字 | 中古音韻地位 | 《中原音韻》 | 《易通》1442年 | 《青郊》1543～1581年 | 《圖經》1602年 | 《交泰韻》1603年 | 《元韻譜》1611年 | 《匯通》1642年 |
|---|---|---|---|---|---|---|---|---|
| 皆 | 見皆開二 ɐi | 皆來 iai | 皆來 iai | 皆部 iai | 蟹攝 iai | 皆韻 iai | 百佸 iai | 皆來 iai |
| 街 | 見佳開二 ai | | | | | | | |
| 加 | 見麻開二 a | 家麻 ia | 家麻 ia | 麻部 ia | 假攝 ia | 麻韻 ia | 八佸 ia | 家麻 ia |
| 夾 | 見洽開二入 ɐp | 家麻入作平 ia | 緘咸入 iap | 覃部 ia? | | 刪韻 ia? | 八佸 ia? | 山寒入 ia? |
| 甲 | 見狎開二入 ap | | | | | | | |

從表格中可見：《中原音韻》中的皆、佳韻合併爲皆來韻，明代各語料的皆來韻則延續《中原音韻》的情況。洽、狎韻從《中原音韻》開始即合併爲家麻韻，入聲派入平上去三聲，而明代各語料的入聲字則多是弱化的喉塞音。《韻略易通》及《韻略匯通》的演變明顯更慢一些，仍處在陽聲韻的歸類之下。成書於1602年的《重訂司馬溫公等韻圖經》演變最快，不僅入聲韻尾消失，入聲洽、狎韻也與麻韻「加」組字合併成假攝。

## （二）〔iau〕與〔ieu〕在語料的情況

---

〔註4〕　表格依照語料成書年代先後排列，並在明代語料下方註明成書年份，礙於表格篇幅，而將《韻略易通》、《青郊雜著》、《重訂司馬溫公等韻圖經》及《韻略匯通》簡稱爲《易通》、《青郊》、《圖經》及《匯通》，下列各表比照此例。

〔表 4-1-2〕〔iau〕與〔ieu〕韻的合流演變表

| 例字 | 中古音韻地位 | 《中原音韻》 | 《易通》1442年 | 《青郊》1543~1581年 | 《圖經》1602年 | 《交泰韻》1603年 | 《元韻譜》1611年 | 《匯通》1642年 |
|---|---|---|---|---|---|---|---|---|
| 交 | 見肴開二 au | 蕭豪 au | 蕭豪 iau | 蕭部 iau | 效攝 iau | 豪韻 iau | 襃佸 iau | 蕭豪 iau |
| 驕 | 見宵開三 ieu | 蕭豪 iau | | | | 蕭韻 iεu | | |

在元代《中原音韻》的「正語作詞起例」中，可知其韻目內小字間的不同在於韻頭〔註5〕。因此，交組字與驕組字各自依小圈分列於蕭豪韻的平聲之中，分列的原因在於介音的不同〔註6〕。但是從明代《韻略易通》開始，交組與驕組混同，《青郊雜著》、《重訂司馬溫公等韻圖經》、《元韻譜》以及《韻略匯通》中的交組與驕組合併，由此可見明代肴韻交組字的細音已經產生。僅《交泰韻》仍是豪、蕭韻分立，但是其分立的差異應是主要元音的不同所致。

### （三）〔ian〕與〔ien〕在語料的情況

〔表 4-1-3〕〔ian〕與〔ien〕韻的合流演變表

| 例字 | 中古音韻地位 | 《中原音韻》 | 《易通》1442年 | 《青郊》1543~1581年 | 《圖經》1602年 | 《交泰韻》1603年 | 《元韻譜》1611年 | 《匯通》1642年 |
|---|---|---|---|---|---|---|---|---|
| 姦 | 見刪開二 an | 寒山 ian | 山寒 ian | 元部 ian | 山攝 ian | 山韻 ian | 般佸 ian | 先全 ien |
| 堅 | 見先開四 ien | 先天 ien | 先全 ien | | | 先韻 iεn | | |
| 監 | 見銜開二 iam | 監咸 iam〔註7〕 | 緘咸 iam | 覃部 iam | | 山韻 iam | | |
| 兼 | 見添開四 iem | 廉纖 iem | 廉纖 iem | | | 先韻 iεn | | |

---

〔註5〕 參見：（元）周德清：《中原音韻》收於《景印文淵閣四庫全書》（臺北：臺灣商務印書館，1986年）1496 冊，頁 681～686。

〔註6〕 然而，王力曾指出宋代的豪褒和蕭豪韻，到元代已經合併為蕭豪韻。認為《中原音韻》的「交驕」不同音應該是存古。詳見王力：《漢語語音史》（北京：商務印書館，2008年），頁 430。

〔註7〕 王力認為宋代的覃咸韻在元代不變，只有凡范梵韻等輕唇音字轉入了寒山韻。參見王力：《漢語語音史》（北京：商務印書館，2008年），頁 431。

　　元代《中原音韻》與明代《韻略易通》、《青郊雜著》及《交泰韻》均呈現〔ian〕與〔ien〕的對立。而在《青郊雜著》與《重訂司馬溫公等韻圖經》中，〔ian〕與〔ien〕開始合流。明代《韻略易通》及《青郊雜著》尚保存唇音韻尾，從《重訂司馬溫公等韻圖經》開始，舌尖與唇音韻尾合併，〔ian〕與〔ien〕亦合流成一個山攝，《元韻譜》及《韻略匯通》均承其面貌。值得一提的是《韻略匯通》的情況與相承襲的《韻略易通》截然不同，表示〔ian〕與〔ien〕的合併演變更臻成熟，如同《重訂司馬溫公等韻圖經》的情況。而《韻略匯通》將〔ian〕與〔ien〕的合併音類歸爲先全韻，在主要元音的認定上，有別於其他明代語料的作者。

## 二、各韻母對立與合流的演變詮釋

　　細音化後所形成的三組情況，演變至現代國語變成兩種不同的結果，一爲對立，另一則爲合流。〔ia〕與〔ie〕的演變結果是對立，而〔iau〕與〔ieu〕組及〔ian〕與〔ien〕組則形成合流，以下就三組的情況，分別論述之。

### （一）〔ia〕與〔ie〕的對立

　　現代〔ia〕韻母與〔ie〕韻母的中古來源很多，本文討論的範圍止於中古見系二等開口變成齊齒呼的一類。大抵是蟹攝的皆韻、佳韻；咸攝的洽韻、狎韻；假攝的麻韻。觀察明代語料後發現見系二等皆韻、佳韻這類字，如「皆」組及「街」組的演變，在明代僅停留在〔iai〕的階段，顯然〔iai〕轉變爲〔ie〕應遲至清代。其演變的模式正好可以套用於「異化作用」的語音演變規則。竺師家寧曾有詳細的論述：

> 漢語裡的異化作用，常把另一個音排擠而失落掉。例如國語沒有〔-uau〕和〔-iai〕形式的韻母，正是介音和韻尾相同，而互相異化的結果，使得其中一個音失落。古代這樣形式的韻母是存在的。[註8]

〔iai〕轉變至〔ie〕的成因在於主要元音〔a〕被拉到一個與〔i〕介音差不多的位置（韻尾多少也產生一些影響），其後又在兩個〔i〕元音的互相排斥之下，使得〔i〕韻尾消失。此則形成了介音與韻尾不出現相同元音的局面，如同現代國語拼音的規則。

---

〔註8〕詳見竺家寧：《聲韻學》（臺北：五南圖書出版公司，2004年），頁54。

　　另外，關於洽韻、狎韻的演變牽涉到入聲韻尾的變化，大抵是兩組產生細音後才合併爲〔iaʔ〕（〔iap〕），待入聲韻尾弱化消失，最後併入麻韻〔ia〕。根據上述明代材料的歸納，發現皆來韻〔iai〕轉變至〔ie〕的情況在明代北方語料中尚未發生，而可推知〔ia〕與〔ie〕韻母的對立，應遲至清代。

## （二）〔iau〕與〔ieu〕的合併

　　王力曾云：「兩個以上的聲母、韻部、聲調合流。實際上是甲聲母併入乙聲母。甲韻部併入乙韻部，甲聲調併入乙聲調。」〔註9〕現代〔iau〕韻的來源，主要來自中古的豪、肴、宵、蕭四韻。其韻值及分合情形大抵如下表所示：

〔表4-1-4〕豪、肴、宵、蕭四韻韻值及分合表

| 中古音韻值〔註10〕 | | 近代音韻值 | | 現代音韻值 |
|---|---|---|---|---|
| 《廣韻》時期 | 《中原音韻》時期 | 明代北方語料 | | 國語 |
| 豪韻 一等　ɑu | ɑu | au | | au |
| 肴韻 二等　au | au | au | | au |
| | | iau（牙喉聲母） | | iau（牙喉聲母） |
| 宵韻 三等　iɛu | iau | iau〔註11〕 | | au（捲舌聲母） |
| | | | | iau |
| 蕭韻 四等　ieu | iau | iau | | iau |

　　中古《廣韻》時代，效攝四等分列整齊，至近代開始有了變化。元代《中原音韻》時期，中古三、四等已經合併爲〔iau〕，而其「高」組字（一等）與「交」組字（二等）及「驕」組字（三、四等）分屬不同列，此則顯示二等肴韻的見組字尚未產生細音，當時的效攝分爲〔ɑu〕、〔au〕、〔iau〕三類。然而，中古二等牙喉字的細音在宋元時期已經產生，因此王力認爲《中原音韻》將兩字分列是屬於存古作法〔註12〕。又或如薛鳳生所言，《中原音韻》蕭豪韻中的三類，是有別於官話方言的另一種次方言的紀錄〔註13〕。

---

〔註9〕　王力：《漢語語音史》（北京：中國社會科學出版社，1985年），頁595～596。

〔註10〕　《廣韻》音值參考（宋）陳彭年編：《新校宋本廣韻》影澤存堂翻刻宋本廣韻（臺北：洪葉文化，2001年）。

〔註11〕　二等與三等的合併僅《元韻譜》例外，《元韻譜》爲〔iau〕與〔iɛu〕的音值。

〔註12〕　參見王力：《漢語語音史》（北京：商務印書館，2008年），頁430。

〔註13〕　詳見（美）薛鳳生著，魯國堯、侍建國譯：《中原音韻音位系統》（北京：北京語

從明代北方語料的歸納中，發現中古二等見系字與三、四等字已經完全合併成蕭豪韻，音值爲〔iau〕；而一等豪韻也與二等肴韻合併成一個〔a〕類的元音，音值爲〔au〕。依據王力所擬之演變模式爲：「〔au〕＞〔eau〕＞〔iau〕」。唯一不同的是《交泰韻》將「交」組字列在豪韻細音，可擬爲〔iau〕；「驕」組字則在蕭韻細音，擬爲〔iɛu〕，其元音音值較豪韻高一些。其他的明代語料均將中古肴韻二等見系字與三、四等宵蕭字同列，表示在明代約莫西元 1442 到 1642 年間，〔iau〕與〔iɛu〕的合併大致完成，並且音值與現代國語語音大致相同。

兩者合併的情形主要是〔iɛu〕向〔iau〕靠攏。〔u〕與〔e〕的性質差異度大於〔i〕與〔e〕，兩者發音性質差異度越大者，越容易造成影響。因此，主要元音〔e〕在韻尾〔u〕的影響下，使得發音的舌位稍稍後移了些，〔iɛu〕類自然就形同〔iau〕類，並與之合併。

### （三）〔ian〕與〔ien〕的合流

中古二等見系字產生〔i〕介音的範圍，主要是收舌尖韻尾〔n〕的山、刪韻及收雙唇韻尾〔m〕的咸、銜韻。元代《中原音韻》時，二等山、刪韻已經合併爲〔an〕，咸銜韻也合併爲〔am〕。二等牙喉音產生細音的年代大約在宋元時代，王力認爲：

> 在《中原音韻》時代……開口二等喉音也還沒有變齊齒，所以《中原音韻》裡的「間」「顏」等字沒有歸入先天，而歸入寒山；「鹹」「嚴」等字不歸入廉纖、而歸入堅咸。[註14]

王力認爲當時中古二等「間」字歸在寒山，而不歸先天韻，是二等牙喉音尚未有〔i〕介音的表現，看法似乎與《漢語音韻史》將元代二等寒山韻擬定爲細音的作法相悖[註15]。從《中原音韻》寒山韻裡的小韻字排列，可見二等「間」組字與中古一等的「干」組字分列，其平上去三聲的見系字均分作兩列。依據筆者的認知，《中原音韻》韻部之間的差異在於主要元音，而同一韻部內的小字分列，在於介音的不同，因此見組二等細音產生的確立時間，大抵在宋

言學院，1990 年），頁 67。

〔註14〕 參見王力：《漢語史稿》（北京：中華書局，2006 年），頁 217。

〔註15〕 參王力：《漢語語音史》（北京：商務印書館，2008 年），頁 391。

元時期。

〔ian〕與〔ien〕的合流，還牽涉到唇音韻尾與舌尖韻尾的合併。從明代的語料可以發現《重訂司馬溫公等韻圖經》、《元韻譜》及《韻略匯通》的唇音韻尾已經併入舌尖韻尾，並且二等字與三、四等字已經合併完成。演變情形如下表所示：

〔表 4-1-4〕〔ian〕與〔ien〕合流演變表

| 中古音韻值〔註16〕 | 元代音韻值 | 明代音韻值 | | | 現代音韻值 |
|---|---|---|---|---|---|
| 《廣韻》 | 《中原音韻》 | 《易通》 | 《青郊》、《交泰韻》 | 《圖經》、《元韻譜》、《匯通》 | 國語 |
| 刪二等 an | ian | ian | ian | ian（ien） | ian（ien） |
| 先四等 ien | ien | ien | | | |
| 咸二等 æm | iam | iam | iam | | |
| 添四等 iem | iem | iem | | | |

明代的演變形成三組，一則如同《中原音韻》，韻尾及韻部均對立；二則舌尖與唇音韻尾仍對立；三則是演變快速，韻尾及韻部均合併。究其差異的原因，可能是作者的存古觀念，或是各家所據的方言點不同，造成演變速度各有不同。可以確定的是：唇音韻尾與舌尖韻尾合併後，才是〔ian〕與〔ien〕合併的開始，如遠藤光曉所言：

> 山攝開口牙喉音二等首先變成-ian，然後在明代合併到山攝三四等的-ien。這個變化也是 i 介音拉高主要元音的過程，但這裡也含有韻尾-n 的作用在內。〔註17〕

元代的〔ian〕與〔ien〕仍呈現對立狀態。明代開始，兩者逐漸合流，其演變的原因在於發音時，〔a〕元音受到〔i〕介音與〔n〕韻尾的帶領，逐漸被拉高成〔e〕類的位置，因而合併到〔ien〕。現代國語的拼音，主要是從音位的觀點把「一ㄢ」的音記成〔ian〕，實際上的發音狀況比較接近〔ien〕音值。

---

〔註16〕《廣韻》音值參考（宋）陳彭年編：《新校宋本廣韻》影澤存堂翻刻宋本廣韻（臺北：洪葉文化，2001 年）。

〔註17〕詳見（日）遠藤光曉：〈介音與其他語音成分之間的配合關係〉收於《聲韻論叢》第十一輯（臺北：臺灣學生書局，2001 年），頁 61。

## 三、小　結

二等見系字在〔i〕介音產生的影響下，開始形成異於中古的面貌。就韻母的分合而言，二等細音的產生造成韻母的對立及合併。〔i〕介音使見系二等開口呼變成齊齒呼，又在介音成分的影響催化下，造成韻母一分為二的對立。另外，細音的產生亦使得山攝及效攝的二等與三、四等之對立面消失。就語音的演變而言，主要是高化或低化作用造成演變結果。首先是受到〔i〕介音的影響而形成元音的高化，如：〔iai〕轉變至〔ie〕及〔ian〕與〔ien〕在明代合流，亦是因為〔i〕介音的影響，使得元音高化。另一種情形則是韻尾的影響大於介音使得〔ieu〕向〔iau〕靠攏，致使元音低化。大抵〔ieu〕與〔iau〕的合併始於元代，明代大部分語料承襲之，〔ian〕與〔ien〕的合流則有階段性，首先是唇音韻尾與舌尖韻尾的合併之後，才是〔ian〕與〔ien〕合併的開始，合併的狀況在明代《重訂司馬溫公等韻圖經》時已臻成熟。

此外，關於〔ie〕與〔ia〕韻母的中古來源十分繁複，本文僅就主題論及中古二等見系字的部分，詳細的演變始末，仍需參考其他論著。再者是皆來韻的演變，明代北方語料多承襲《中原音韻》，本文在此未有新的發現。

如上述所言，皆來韻的演變尚待清代相關研究的補充。而入聲洽、狎韻併入麻韻的部分，明代語料所見尚未完全。而刪、先、銜、添的合併情況見於明代《重訂司馬溫公等韻圖經》、《元韻譜》及《韻略匯通》三部語料，其各組全然的演變情形仍有待清代語料的分析，才能窺知全豹。

## 第二節　由開變合：〔uo〕韻母的類化現象

本節試從明代語料釐清〔uo〕韻母〔註18〕字與各聲母相配的情形及其開合演變在明代發展的情況。〔uo〕韻母主要來自於中古的歌、戈、覺、沒、末、薛、鐸、藥、陌、麥、德韻。其中的歌、覺、鐸、藥韻在中古屬於開口韻，其舌尖音與捲舌音演變至國語皆產生了合口介音。中古屬於合口韻的戈、沒、末韻，在國語的歷史音變中，舌尖音與舌根音仍保留合口介音，而唇音字因為牽涉到實際運用層面的問題，因此在注音上不配合口介音〔註19〕。本文據此將中古的

---

〔註18〕〔uo〕韻母指國語音系而言，主要是中古的歌、戈、覺、沒、末等韻，不論開合口性質皆形成〔uo〕韻的現象。

〔註19〕關於〔uo〕韻的唇音開合口問題，牽涉到實際層面的運用，詳細論述請參照下文

合口戈韻、末韻與開口覺、鐸韻的演變依聲母的性質稍以開合兩分。不論中古的來源或開合性質如何，依照目前國語注音的模式，可見唇音字一律呈現開口，而舌齒音則保持合口介音或是演變成合口，其脈絡如下所示：

$$ak > a \quad \begin{array}{l} o \quad /唇音 \text{[註20]} \\ uo \quad /舌音、齒音 \end{array}$$

依據〔uo〕韻中古的來源及現代語音的已知端，探求明代未知的語音演變狀況。可知〔uo〕韻的來源有開口有合口，其開、合口轉化的情況大致是：中古開口演變為合口〔a 類＞uo 韻〕以及中古合口演變為開口〔ua 類＞o 韻〕，如下所示：

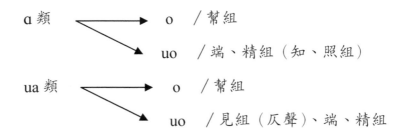

此外，〔uo〕韻開合口轉變為現代國語音系可分為三種演變模式：一則開口變成現代合口〔uo〕韻者，如：歌、覺、鐸韻。二則合口變成開口〔o〕韻的國語注音，此條演變規律僅限於唇音聲母，如中古的戈、沒、末韻。三則不論開口或合口，而依照聲母之不同皆形成開口與合口二分，如戈、末韻屬於中古的合口變成開、合二分；覺、鐸韻屬於中古開口演變至現代國語也形成開、合二分。

## 一、明代語料中的開合情形

北方語音的演變快速，近代音的語音演變發展卻與北方音系有著密切的關係。因此，本文選取反映北方音系的韻書、韻圖作為研究材料，主要針對歌、戈、鐸、覺、末、沒韻等幾個韻部及其相配的唇音聲母與舌、齒音聲母作為範圍。以下列舉各韻部與聲母在明代語料中開、合口的情形，試釐清其演變的時、

「〔uo〕韻母的演變詮釋」，頁114～115。

[註20] 如同前注，現代國語注音將幫組聲母搭配〔o〕韻母，是屬於應用層面。本文暫且依照注音的拼合為分別的依據。

空變化情況及語音變化的條件。表格依發音部位先後排列，明代語料依時間先後排列，其呈現的開、合口演變現象四聲皆同，爲節省篇幅僅舉平聲字爲例，若平聲無字則改舉仄聲字。中古音韻地位以平聲韻目爲代表，若某韻部、聲母無相配的例字，則以「無字」註明之。

## （一）唇　音

〔表 4-2-1〕〔uo〕韻母與唇音聲母開、合口演變表〔註21〕

| 例字 | 中古音韻地位 | 《中原音韻》 | 《易通》1442年 | 《青郊》1543～1581年 | 《圖經》1602年 | 《交泰韻》1603年 | 《元韻譜》1611年 | 《匯通》1642年 | 合口筆數 |
|---|---|---|---|---|---|---|---|---|---|
| 無字 | 歌韻開口 | 無字 | 無字 | 無字 | 無字 | 無字 | 無字 | 無字 | |
| 博薄莫 | 鐸韻開口 | 歌戈開蕭豪開入 | 江陽開入 | 模部合入 | 果攝合 | 陽韻合入模韻合入麻韻合入 | 博佁合入 | 江陽開入 | 4 |
| 剝駁 | 覺韻開口 | 蕭豪開入 | 江陽開入 | 江部合入 | 果攝合 | 無字 | 博佁合入 | 江陽開入 | 3 |
| 波 | 戈韻合口 | 歌戈合 | 戈何開 | 歌部合 | 果攝合 | 歌韻合 | 博佁齊入 | 戈何開 | u |
| 撥末 | 末韻合口 | 撥歌戈合末歌戈開蕭豪開入 | 端桓合入 | 潑皆部合末元部合 | 果攝合 | 寒韻合入麻韻合入 | 八佁齊入 | 江陽開入 | u |
| 沒勃 | 沒韻合口 | 歌戈開 | 眞文開入 | 勃歌部合入沒眞部開入 | 果攝合 | 文韻合入歌韻合入 | 孛佁合入 | 東洪合入 | u |

　　《中原音韻》將「末」、「莫」兩字同列，「薄」、「勃」字同列，均併入歌戈韻，顯示其將中古合口末、沒韻併入開口。由此看來，除了「撥」字外，其他唇音聲母在元代均列爲開口。明代《韻略易通》及《韻略匯通》大部分的唇音字歸在開口，《青郊雜著》與《交泰韻》的唇音各字全歸在合口，《重訂司馬溫公等韻圖經》的演變最爲完全，中古的開口各韻不僅全歸在合口又同併爲果攝。

---

〔註21〕 表格依照語料成書年代先後排列，並在明代語料下方註明成書年份，礙於表格篇幅，而將《韻略易通》、《青郊雜著》、《重訂司馬溫公等韻圖經》及《韻略匯通》簡稱爲《易通》、《青郊》、《圖經》及《匯通》，下列各表比照此例。

## （二）舌尖音

以下表格分類依舌尖的發音位置，依序分為端組、精組及泥、來母字組。

### 1. 端組字

〔表 4-2-2〕〔uo〕韻母與端組聲母開、合口演變表

| 例字 | 中古音韻地位 | 《中原音韻》 | 《易通》1442 年 | 《青郊》1543～1581 年 | 《圖經》1602 年 | 《交泰韻》1603 年 | 《元韻譜》1611 年 | 《匯通》1642 年 | 合口筆數 |
|---|---|---|---|---|---|---|---|---|---|
| 多拖 | 歌韻開口 | 歌戈合 | 戈何合 | 歌部開 | 果攝合 | 歌韻合 | 博佸開 | 戈何合 | 5 |
| 託鐸 | 鐸韻開口 | 鐸歌戈開託鐸蕭豪開入 | 江陽韻開入 | 鐸陽部開入託模部合入 | 果攝合 | 陽韻開入 | 博佸開入 | 江陽開 | 2 |
| 無字 | 覺韻開口 | 無字 | 無字 | 無字 | 無字 | 無字 | 無字 | 無字 | |
| 朵妥 | 戈韻合口 | 歌戈合 | 戈何合 | 歌部合 | 果攝合 | 歌韻合 | 博佸合 | 戈何合 | u |
| 無字 | 末韻合口 | 無字 | 無字 | 無字 | 無字 | 無字 | 無字 | 無字 | |
| 無字 | 沒韻合口 | 無字 | 無字 | 無字 | 無字 | 無字 | 無字 | 無字 | |

中古歌、鐸韻開口端系字至現代國語演變為合口，本屬合口的戈韻端系字則是保持合口不變。歌韻端系字從元代《中原音韻》開始已轉變成合口，鐸韻字轉為合口的速度較慢，因為當時屬於入聲韻尾的變化階段，待入聲韻尾消失，主要元音才展開合併或是產生開合口轉變。因此，鐸韻端系字直到明代《重訂司馬溫公等韻圖經》時期才全部演變為合口。

### 2. 精組字

〔表 4-2-3〕〔uo〕韻母與精組聲母開、合口演變表

| 例字 | 中古音韻地位 | 《中原音韻》 | 《易通》1442 年 | 《青郊》1543～1581 年 | 《圖經》1602 年 | 《交泰韻》1603 年 | 《元韻譜》1611 年 | 《匯通》1642 年 | 合口筆數 |
|---|---|---|---|---|---|---|---|---|---|
| 左 | 歌韻開口 | 歌戈合 | 戈何合 | 歌部開合兩見 | 果攝合 | 歌韻合 | 博佸開 | 戈何合 | 6 |
| 作錯 | 鐸韻開口 | 蕭豪開入 | 江陽開入 | 模部合入 | 果攝合 | 陽韻合入模韻合入 | 博佸開 | 江陽開 | 3 |

| 無字 | 覺韻開口 | 無字 | 無字 | 無字 | 無字 | 無字 | 無字 | 無字 |  |
|---|---|---|---|---|---|---|---|---|---|
| 坐鎖 | 戈韻合口 | 歌戈合 | 戈何合 | 歌部合 | 果攝合 | 歌韻合 | 博佸合 | 戈何合 | u |
| 無字 | 末韻合口 | 無字 | 無字 | 無字 | 無字 | 無字 | 無字 | 無字 |  |
| 無字 | 沒韻合口 | 無字 | 無字 | 無字 | 無字 | 無字 | 無字 | 無字 |  |

　　精組字的開、合口發展大抵與端組字相同，精組歌韻字在《中原音韻》時期已產生合口介音，以「左」字為例，各語料多歸為合口，表示開口歌韻的精組字發展為合口介音的情況已經相當穩定。鐸韻則仍屬於入聲演變階段，因此直到《重訂司馬溫公等韻圖經》才被歸入果攝合口，而合口戈韻「坐」組字則是始終保持合口。

### 3. 泥、來組字

〔表 4-2-4〕〔uo〕韻母與泥、來組聲母開、合口演變表

| 例字 | 中古音韻地位 | 《中原音韻》 | 《易通》1442年 | 《青郊》1543～1581年 | 《圖經》1602年 | 《交泰韻》1603年 | 《元韻譜》1611年 | 《匯通》1642年 | 合口筆數 |
|---|---|---|---|---|---|---|---|---|---|
| 挪 | 歌韻開口 | 歌戈合 | 戈何合 | 歌部開 | 果攝合 | 歌韻合 | 博佸開 | 戈何合 | 5 |
| 羅 | 歌韻開口 | 歌戈合 | 戈何合 | 歌部開 | 果攝合 | 歌韻合 | 博佸開 | 戈何合 | 5 |
| 諾 | 鐸韻開口 | 歌戈開蕭豪開入 | 江陽開入 | 模部合 | 果攝開 | 寒韻合入陽韻合入模韻合入 | 博佸開入 | 江陽開入 | 2 |
| 落 | 鐸韻開口 | 歌戈開蕭豪開入 | 江陽開入 | 模部合 | 果攝開 | 陽韻開入 | 博佸開入 | 江陽開入 | 1 |
| 無字 | 覺韻合口 | 無字 | 無字 | 無字 | 無字 | 無字 | 無字 | 無字 |  |
| 捼 | 戈韻合口 | 歌戈合 | 戈何合 | 歌部合 | 果攝合 | 歌韻合 | 博佸合 | 戈何合 | u |
| 騾 | 戈韻合口 | 歌戈合 | 戈何合 | 歌部合 | 果攝合 | 歌韻合 | 博佸合 | 戈何合 | u |
| 無字 | 末韻合口 | 無字 | 無字 | 無字 | 無字 | 無字 | 無字 | 無字 |  |
| 無字 | 沒韻合口 | 無字 | 無字 | 無字 | 無字 | 無字 | 無字 | 無字 |  |

元代《中原音韻》時期已將「羅」與「騾」字同列，「挪」與「捼」字同列，表示開口歌韻的泥、來母字，在元代已經產生合口介音，並且與合口戈韻合併。明代各語料亦大多將歌韻字歸入合口。鐸韻的泥、來母字則如同其他各聲母，仍需經過入聲韻尾消失的階段，才開始產生合口介音。此外，從歸納中可見鐸韻泥、來母「諾」、「落」組字，各方面演變都較爲迅速的《重訂司馬溫公等韻圖經》中被歸在開口，反倒是在《青郊雜著》中被歸在模部合口。

## （三）捲舌音

本文將知、章、莊系字依照現代國語演變的情形通稱爲捲舌聲母，表格如下。

### 1. 知、章、莊組字

〔表 4-2-5〕〔uo〕韻母與知、章、莊組聲母開、合口演變表

| 例字 | 中古音韻地位 | 《中原音韻》 | 《易通》1442 年 | 《青郊》1543～1581 年 | 《圖經》1602 年 | 《交泰韻》1603 年 | 《元韻譜》1611 年 | 《匯通》1642 年 | 合口筆數 |
|---|---|---|---|---|---|---|---|---|---|
| 無字 | 歌韻開口 | 無字 | 無字 | 無字 | 無字 | 無字 | 無字 | 無字 | |
| 無字 | 鐸韻開口 | 無字 | 無字 | 無字 | 無字 | 無字 | 無字 | 無字 | |
| 桌啄捉 | 覺韻開口 | 蕭豪開入 | 江陽合入 | 蕭部合入 | 果攝合下平與去聲 | 麻韻合入捉陽韻合入 | 博佸合細 | 江陽合入 | 6 |
| 酌著 | 藥韻三等細音 | 蕭豪齊入 | 江陽開入 | 蕭部齊入 | 果攝開口下平與去聲 | 陽韻齊入 | 酌博佸開著博佸齊 | 江陽開入 | 0 |
| 無字 | 戈韻合口 | 無字 | 無字 | 無字 | 無字 | 無字 | 無字 | 無字 | |
| 無字 | 末韻合口 | 無字 | 無字 | 無字 | 無字 | 無字 | 無字 | 無字 | |
| 無字 | 沒韻合口 | 無字 | 無字 | 無字 | 無字 | 無字 | 無字 | 無字 | |

不論是知、章、莊哪一組聲母對於〔uo〕韻的演變並無明顯的個別差異，故在此將知、章、莊系字一併觀之，並簡單統稱爲捲舌聲母。《中原音韻》將「桌」、「酌」等字歸在蕭豪韻並且開齊二分，從明代《重訂司馬溫公等韻圖經》開始歸入果攝，表示入聲的影子完全消失。從表格看來，「桌」組字與「酌」組字形

成兩條不同的演變路線，「桌」組字從《韻略易通》開始產生合口介音，而中古屬於開口細音的「酌」組字在明代的《韻略易通》、《重訂司馬溫公等韻圖經》及《韻略匯通》的音系中細音消失演變為開口。由此顯示藥韻三等的知、章、莊系聲母經過捲舌化並與細音產生排斥作用，使得細音消失併入了〔o〕韻後才產生合口介音。因此，「酌」組字尚先經過細音脫落的過程，故其產生合口介音的年代可能要晚至清代。

## （四）舌根音

〔表 4-2-6〕〔uo〕韻母與舌根聲母開、合口演變表

| 例字 | 中古音韻地位 | 《中原音韻》 | 《易通》1442 年 | 《青郊》1543～1581 年 | 《圖經》1602 年 | 《交泰韻》1603 年 | 《元韻譜》1611 年 | 《匯通》1642 年 | 合口筆數 |
|---|---|---|---|---|---|---|---|---|---|
| 歌哥 | 歌韻開口 | 歌戈開 | 戈何開 | 歌部開 | 果攝開收戈字 | 歌韻開 | 博佸開 | 戈何開 | 開 |
| 無字 | 鐸韻開口 | 無字 | 無字 | 無字 | 無字 | 無字 | 無字 | 無字 | |
| 無字 | 覺韻開口 | 無字 | 無字 | 無字 | 無字 | 無字 | 無字 | 無字 | |
| 戈果貨 | 戈韻合口 | 歌戈合 | 戈何合 | 歌部合 | 果攝合戈字開合兩見 | 歌韻合 | 博佸合 | 戈何合 | 0 |
| 括闊豁 | 末韻合口 | 歌戈合入 | 端桓合入 | 闊元部合入豁皆部合入 | 果攝合 | 麻韻合 | 八佸合入 | 江陽合入 | u |
| 無字 | 沒韻合口 | 無字 | 無字 | 無字 | 無字 | 無字 | 無字 | 無字 | |

從上表知悉，與喉音字相配的歌韻與戈韻，仍呈現開、合口對立的情況。由此可見在漢語發展的歷程中，開口或合口的舌根音有很大的穩固性，除了少部分例外字，如：「戈」字在明代《重訂司馬溫公等韻圖經》有開合口兩見的情形，表示「戈」字開始轉為開口的跡象。但是大部分的舌根音仍是跟隨著中古的開口或合口未曾變動。本屬開口歌韻的舌根音，在明代依然保持開口，如：「歌哥個可河何」等字；本屬合口戈韻的舌根音在明代亦繼續保持合口，如：「過鍋果火夥貨」等字。

## 二、明代語料中的演變詮釋

中古的歌、鐸兩韻原屬於開口的字變成合口，依王力所言，歌、鐸兩韻開口呼各字在演變爲〔uo〕韻母之前，曾經歷過一個〔o〕的階段〔註22〕。〔o〕音的性質是舌面後圓唇中高元音，發音部位高，因此容易轉化成〔uo〕音。而與唇音聲母相拼的合口〔u〕介音較難辨別，因此在注音標音上才標成〔po〕、〔p'o〕、〔mo〕、〔fo〕，若是在舌齒音聲母之後的〔u〕介音就較好辨認，如：〔tuo〕、〔luo〕、〔nuo〕等。

本文討論的範圍在歌、戈、鐸韻與其相配的聲母在明代北方音系中的開、合口情況，其演變的發展略可分爲：開口歌韻與合口戈韻，中古合口戈韻的唇音字發展到現代國語，實際的音值爲合口，但在注音的應用上寫成開口，其他與戈韻相配的聲母則均爲合口。中古開口歌韻則是端系、精系、來母字發展成合口。而與中古合口戈韻相配的各組聲母均保持合口，舌根聲母「戈」字等除外。其他如：見系聲母的仄聲字保持合口，平聲字大多變成開口。

中古歌、鐸兩韻屬於〔ɑ〕類元音，〔ɑ〕元音性質爲舌面後展唇最低元音，而〔o〕元音的性質爲舌面後圓唇中高圓音，語音從〔ɑ〕發展成〔o〕表示元音高化了。此外，則是開口鐸韻，在中古原屬於開口入聲，在入聲韻尾〔k〕消失後，其演變的情況就如同歌韻，形成元音高化，與之相配的舌齒音聲母最後併入戈韻合口。我們亦從明代語料中發現：中古開口韻發展出〔u〕介音者多爲舌齒音聲母；而舌根音聲母的仄聲字大部分保持合口，惟平聲字變成開口，與開口字合流。以下依明代語料歸納的聲母順序論述明代〔uo〕韻類化之情形及探討演變的成因。

### （一）唇音聲母與〔uo〕韻的演變

從元代到明代語料一連串的歸納中，發現開口鐸、覺韻的唇音字在明代《青郊雜著》與《重訂司馬溫公等韻圖經》開始有合口的跡象。然明代語料對唇音字的開合口歸屬向來有些主觀性，故在詮釋明代演變脈絡之前，首先必須釐清〔uo〕韻與唇音聲母在中古及現代音系的關係。以國語音系而言，注音「ㄛ」母音係專門用來注中古「歌哿箇」及「覺曷藥」等諸韻。中古開口歌、鐸等韻的唇音字演變至今產生了〔u〕介音，其實與其他聲母一樣皆與合口戈、末韻合

---

〔註22〕參見王力：《漢語史稿》（北京：中華書局，2006年），頁172～175。

併。本文在演變的脈絡上，特別將唇音聲母歸在開口〔o〕韻，則是考慮到現代注音符號的使用規範。在黎錦熙所著的《國語運動史綱》曾言：「ㄅㄆㄇㄈ下的ㄨㄛ可省ㄨ。」〔註23〕另外，黎錦熙在〈漢語規範化的基本工具〉一文中有更詳細的論述：

> 北京向來把韻母ㄛ念成ㄨㄛ，因爲它是只能拼這個「合口呼」的（ㄅㄛ、ㄆㄛ、ㄇㄛ、ㄈㄛ也是合口呼，但中間省去ㄨ，因爲這四個聲母屬「雙唇」，而「ㄛ」又是圓唇，所以拼法從簡。）……。〔註24〕

王力亦認爲：「uo 韻部的唇音字一向屬於合口呼……今漢語拼音方案寫做 bo、po、mo，只是爲了簡便，其實際的讀音應是 puo、pʻuo、muo。」〔註25〕在明代語料中，尤其是《重訂司馬溫公等韻圖經》將中古開口歌、鐸韻與中古合口戈、末韻合併，並且同歸在合口的現象，應當是符合當時的客觀情況。現代國語注音符號對於唇音聲母與〔uo〕韻的標音方式不標合口介音，是因爲唇音聲母與〔o〕韻均具有圓唇成分，唇音聲母的圓唇成分與〔uo〕韻相拼時有不易辨認的可能，因此在符號的標記上從簡。故〔uo〕韻的唇音字在標記上雖無合口介音，但實際上仍歸在合口呼。顯然，明代語料將中古開口鐸、覺韻的唇音字歸在合口的處理方式，是符合語音的演變情況。

### （二）舌音聲母與〔uo〕韻的演變

　　舌音聲母包含端組、精組與泥來組，舌音聲母僅歌、戈、鐸韻有字。從元代開始，端、精組與泥來組的開口歌韻字已演變爲合口，明代多承襲之。然而《青郊雜著》僅將精組的「左」字列在歌部開口與合口兩處，端組與泥、來組聲母字仍歸在開口，顯示精組聲母產生合口的演變範圍可能較廣。而《重訂司馬溫公等韻圖經》的入聲字消失，派入平上去三聲，因此中古鐸韻字全歸入果攝。其端組與精組字歸在果攝合口，唯獨泥、來組字歸在果攝開口，由此顯示精組與端組產生合口介音的時間應當早於泥、來組聲母。王力認爲：

> 韻部的分化，往往是受聲母的影響。在對韻部分化產生影響的觀點

---

〔註23〕黎錦熙：《國語運動史綱》（上海：商務印書館，1934 年），頁 172。

〔註24〕參見黎錦熙：〈漢語規範化的基本工具〉收於《黎錦熙語言文字學論著選集》（北京：師範大學出版社，2002 年），頁 50。

〔註25〕王力：《漢語史稿》（北京：中華書局，2006 年），頁 163。

上看，聲母可以分爲兩大類：舌齒唇爲一類，喉牙爲一類。它們對
韻部有不同的影響，造成韻部分化的條件。〔註26〕

王力提到聲母對韻母發展的影響，歌戈韻的舌齒唇聲母演變成合口呼，牙喉音
聲母則多維持本來的開、合口。藉由明代材料的開合口歸納，也發現舌齒唇聲
母之中，又各有不同時間的演變發展。如明代的《元韻譜》將鐸韻唇音字歸在
博佸合口入聲，而將舌音聲母字歸在開口入聲，我們推斷唇音產生合口呼的時
間可能早於舌齒音〔註27〕。而《重訂司馬溫公等韻圖經》將鐸韻的端、精組聲
母字與泥、來組聲母字分別歸在果攝的開合兩處，因此可見在舌齒音之中，端、
精組產生合口呼的時間可能又快於泥、來組聲母。《青郊雜著》將「左」字歸在
歌部的開合兩處，也透露出一些語音正在改變的訊息，顯示精組產生合口介音
的演變範圍可能又廣於端組聲母。

### （三）捲舌聲母與〔uo〕韻的演變

從語料中可以發現國語〔uo〕韻對照中古韻部來源的演變時間各有不同，
歌韻演變成合口的時間快於入聲韻，開口韻母的演變速度又早於有〔i〕介音的
韻母。從明代《重訂司馬溫公等韻圖經》開始，入聲覺韻的唇音聲母與捲舌音
聲母開始歸入果攝合口。王力對於捲舌聲母與〔uo〕韻的演變的看法是：

（藥）的齊齒呼（ĭak）在捲舌聲母後面轉化爲合口呼，同時，主
要元音 a 受韻頭 u 的影響變爲 o，和鐸韻合流。……中古覺韻舌齒
音曾經過一個齊齒的階段，於是它的條件就和藥韻完全相同……。

〔註28〕

王力認爲捲舌聲母的藥韻與覺韻的演變條件相同，依其演變模式可擬爲：「ţɔk
＞tɕĭak＞tʂak＞tʂa＞tʂo＞tʂuo」然而，本文在歸納中卻發現明代各時期的演變
與王力的擬定系統不太相同。藥、覺二韻在《中原音韻》各屬於開口與細音的
階段；明代《韻略易通》時期演變爲合口與開口的階段，仍屬於江陽韻入聲；

〔註26〕王力：《漢語語音史》（北京：商務印書館，2008 年），頁 643。

〔註27〕其中仍須注意《元韻譜》將各韻的唇音字全歸在合口處。然而，關於其對於博佸
唇音字開合口的處理，尚無可異議之處，故本文暫且依作者的開合口歸屬做語音
演變的推論。

〔註28〕王力：《漢語史稿》（北京：中華書局，2006 年），頁 174。

在《重訂司馬溫公等韻圖經》時，覺韻被歸在果攝合口，藥韻則是歸在果攝開口，其中顯示覺韻合口介音的產生，而藥韻的細音消失。〔uo〕韻捲舌聲母的演變似乎與其他各聲母大致相近，在明代《重訂司馬溫公等韻圖經》時期，聲、韻各方面的演變皆有一定的成熟。齊齒發展爲開口呼牽涉到捲舌聲母的演變，然而從語料的歸納中卻發現覺韻變成〔uo〕韻的時間快於藥韻，並且似乎不曾有過齊齒呼的階段。

### （四）舌根聲母與〔uo〕韻的演變

關於舌根聲母開、合口的演變，王力曾云：「喉音合口呼平聲字大部分變了開口呼，因此，也和原來的開口呼合流了……。」〔註 29〕除了王力所指的平聲喉音合口字變成開口，如：「戈、和」這類字與「歌、何」合流之外，基本上，舌根音的性質仍是十分穩固的，開、合口的情況大抵始終保持如一。中古合口喉音字經過明代的語音源流，發展爲現代國語的開口字「ㄜ」韻字，這又不免牽涉到「ㄛ」韻與「ㄜ」韻音值的問題。原本初制訂的注音符號爲三十九母，在民國九年，考量到音值的差異，故從「ㄛ」韻中另析出「ㄜ」韻。關於兩者音值的異同，王力有詳細的看法：

> 現代北京話裡的 o 實際是個複合元音，即〔ɤʌ〕。這個〔ɤʌ〕可以認爲 o 的變體，因爲 ɤ 是不圓唇的 o，ʌ 是不圓唇的 ɔ，只是原來的 o 變爲不圓唇而且複雜化了。〔註 30〕

「ㄛ」韻的性質與合口相近，皆屬於舌位後圓唇元音，因此在現代注音符號的運用中，使得「ㄛ」韻母只配合口及齊齒，「ㄜ」韻所代表的則是開口呼諸字。因爲音值的離析使得現代「歌、個、戈」等開口舌根聲母字念爲「ㄜ」韻母。其演變模式則爲：舌根聲母平聲字爲開口「ㄜ」韻，仄聲字則爲合口「ㄛ」韻。以上爲音值差異的問題，大抵從元代到明代的語料中發現舌根音具有相當大的穩固性，除了少部分的例外字，如：「戈」字在明代《重訂司馬溫公等韻圖經》中有開合口兩見的情況，顯示其合口的轉變之外，其他大部分的舌根音仍舊是跟隨中古的開口或合口的情況未曾變動。

---

〔註 29〕王力：《漢語史稿》（北京：中華書局，2006 年），頁 173。

〔註 30〕王力：《漢語史稿》（北京：中華書局，2006 年），頁 184。

## 三、小　結

　　在漢語發展史上，〔o〕與〔uo〕本屬於同一個韻類，可以視爲同一個音位的兩種變體。因此，現代國語標注的唇音聲母與其他聲母的分別，是一種應用的方法，而非開合口語音的演變。現代〔uo〕韻母的演變可視爲語音的一種類化現象，中古的〔a〕類演變成〔o〕類是屬於元音的高化，當聲母與〔o〕這類的高元音拼合時，發音的過程勢必會逐漸產生一種調和的滑音，這個滑音可以視爲一種語音發音的潤滑，使人們在發音的時候不會顯得太過生硬拗口。語音的演變當然也不會平白無故的就產生一種新的組合，往往先從既有的成分開始靠攏聚合，對照同屬〔a〕類還有另一種合口介音〔ua〕類的組合，因此使得〔a〕類也漸漸的往〔ua〕類合併，而形成一種〔uo〕韻滾雪球式的語音演變。

　　以語料中的韻部而言：開口歌韻首先併入合口戈韻，其次才是入聲韻的合併。在《中原音韻》的時代已有歌韻併入戈韻的情況，然而在明代北方語料中，因爲各家所據的方言音系各異，因此各有不同的情況。其中以《青郊雜著》與《元韻譜》的演變較慢，其歌韻仍多屬於開口。而《重訂司馬溫公等韻圖經》爲反映北京時音，因此演變速度最快，除了中古泥、來組的入聲韻及捲舌聲母的藥韻之外，其他各組各韻字均演變爲果攝合口呼。以聲母的演變而言：由鐸韻各組聲母觀其演變概況，如表格所示：

〔表 4-2-7〕鐸韻各聲母演變歸納表

| 聲母 | 例字 | 中古音韻地位 | 《中原音韻》 | 《易通》1442 年 | 《青郊》1543～1581 年 | 《圖經》1602 年 | 《交泰韻》1603 年 | 《元韻譜》1611 年 | 《匯通》1642 年 | 合口筆數 |
|---|---|---|---|---|---|---|---|---|---|---|
| 唇音 | 博薄莫 | 鐸韻開口 | 歌戈開蕭豪開入 | 江陽開入 | 模部合入 | 果攝合 | 陽韻合入模韻合入麻韻合入 | 博佸合入 | 江陽開入 | 4 |
| 端系 | 託鐸 | 鐸韻開口 | 鐸歌戈開託鐸蕭豪開入 | 江陽韻開入 | 鐸陽部開入託模部合入 | 果攝合 | 陽韻開入 | 博佸開入 | 江陽開 | 1.5 |
| 精系 | 作錯 | 鐸韻開口 | 蕭豪開入 | 江陽開入 | 模部合入 | 果攝合 | 陽韻合入模韻合入 | 博佸開 | 江陽開 | 3 |
| 泥母 | 諾 | 鐸韻開口 | 歌戈開蕭豪開入 | 江陽開入 | 模部合 | 果攝開 | 寒韻合入陽韻合入模韻合入 | 博佸開入 | 江陽開入 | 2 |

| 來母 | 落 | 鐸韻開口 蕭豪開入 | 歌戈開 | 江陽開入 | 模部合 | 果攝開 | 陽韻開入 | 博佸開入 | 江陽開入 | 1 |
|---|---|---|---|---|---|---|---|---|---|---|
| 知章 | 桌啄捉 | 覺韻開口 | 蕭豪開入 | 江陽合入 | 蕭部合入 | 果攝合 下平與去 聲 | 麻韻合入 捉陽韻合 入 | 博佸合細 | 江陽合入 | 6 |

　　由以上歸納表中，筆者發現《元韻譜》將脣音及知、章系字歸在合口，其他聲母歸於開口，而《重訂司馬溫公等韻圖經》則將端、精組及知、章系聲母字歸在合口，泥、來組聲母字歸在開口，《青郊雜著》將精組字歸在歌部的開合口二處，顯示語音正在改變。顯然，知、章系字的演變速度快一些，而精組的演變則可能快於端組及泥、來聲母。此外，在脣音字的演變一節中，曾提到各家對語料的主觀性，產生脣音聲母歸屬的問題，本節所提到的脣音聲母部分，亦不免有所牽涉。大抵本節主題「〔uo〕韻母的演變」在各語料的相關韻部中，對於脣音字開合口歸納尚無可議之處，因此本節僅以所見做語音演變的推論。

　　〔uo〕韻母在發展過程中，如同滾雪球般的收羅了不同開合及不同韻母的許多字，例如：「多、我、羅」、「波、過、火」、「剝、捉、濁」、「莫、作、錯」、「陌、伯」……。從《中原音韻》開始，歌韻率先發展，其後是其他入聲各韻字。然而，入聲韻各組聲母在明代語料中大致上仍呈現開口，因此仍需配合清代語料等相關研究，才能更全面的釐清〔uo〕韻的發展。

## 第三節　由合變開：齊微韻 [註31] 由合變開之現象

　　三等合口〔u〕元音的失落就如同複合元音簡化的方向，但此處的著眼點不同。《廣韻》的廢韻合口三等重脣音字、微韻合口三等輕脣音字、脂韻合口三等來母字及灰韻一等脣音及泥、來聲母字，皆是在發展的過程中失落了合口介音，而〔uei〕韻的脣音字最先失去〔u〕介音，（合口轉開口現象以脣音聲母為多，因為脣音聲母往往有排斥圓脣元音的作用）。以上我們可以歸納出中古廢、微、脂、灰韻之合口三等的流音字及脣音字，有合口轉變為開口的

[註31] 本文齊微韻的指稱為《中原音韻》中齊微韻的一部分字，相當於中古《廣韻》的齊、微、祭、廢、支、脂合口三、四等字及灰韻一等字，這些字在元代仍讀為〔uei〕，在此為敘述之便，統稱齊微韻。

現象。依李新魁研究認為〔ei〕韻母的出現約在十七世紀初，在明代徐孝《重訂司馬溫公等韻圖經》之中，已分化出「疊韻」，喬中和《元韻譜》中亦分化出「北韻」﹝註32﹞。本文試著依據同屬北方音系的明代語料，觀察齊微韻開、合口的發展，以明音變之遞嬗。

相關〔ei〕韻母開合口的演變方向，依王力所云：「大部分開口呼的〔ei〕都來自中古的合口（合口一等和合口三等）……。」﹝註33﹞演變模式大抵如下所示：

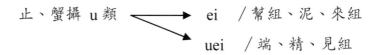

止、蟹攝〔u〕類韻母演變至國語，形成兩種不同的情況，幫組及泥來組聲母的合口介音消失，端、精、見組聲母則仍配合口介音。國語〔ei〕韻主要來自於止攝的支、脂、微三韻及蟹攝的灰、廢韻之唇音及泥、來組聲母，其他各組聲母則可與合口〔uei〕韻母相拼。中古泰韻及齊韻則依照中古本屬的開、合口未做改變。以上歸納為：中古的支、脂、微、灰、廢合口各韻，演變至國語形成開、合口兩分，本節即從上述中古來源與現代國語齊微韻開、合口演變之已知範圍，作為音系討論的依據，探求明代北方音系之概況。

## 一、明代語料中的開合演變

根據上述所列，本文討論的範疇為：中古支、脂、微、灰、廢各韻的合口字，針對其唇音聲母及泥、來組聲母合口介音消失的情況做為觀察主題。表格依聲母排列，各舉例字並以語料的時間先後，依序列出開合口的措置，以明其演變之梗概。

### （一）唇　音

---

﹝註32﹞ 參見李新魁：〈近代漢語介音的發展〉，收錄於《音韻學研究》第一輯（北京：中國音韻學研究會編，1984年），頁480～481。

﹝註33﹞ 王力：《漢語史稿》（北京：中華書局，2006年），頁187。

〔表 4-3-1〕齊微韻與唇音聲母開、合口演變表〔註34〕

| 例字 | 中古音韻地位 | 《中原音韻》 | 《易通》1442年 | 《青郊》1543～1581年 | 《圖經》1602年 | 《交泰韻》1603年 | 《元韻譜》1611年 | 《匯通》1642年 | 開口筆數 |
|---|---|---|---|---|---|---|---|---|---|
| 飛肥費 | 微韻合口 | 齊微開口 | 西微開口 | 灰部合口〔註35〕 | 壘攝合細 | 齊韻細音 | 北佸合細 | 灰微開口 | 3 |
| 杯背梅 | 灰韻合口 | 齊微開口 | 西微開口 | 灰部合口 | 壘攝開口 | 灰韻合口 | 北佸合口 | 灰微開口 | 4 |
| 廢肺 | 廢韻合口 | 齊微開口 | 西微開口 | 灰部合口 | 壘攝合細 | 齊韻細音 | 北佸合細 | 灰微開口 | 3 |

　　在上一節，我們曾提到明代語料對於唇音字，有特別置於合口位置的現象
〔註36〕。在此，我們亦暫且擱置其局限，僅就語料所見論析。從《中原音韻》
開始，齊微韻的唇音字合口介音消失，轉為開口。明代的《韻略易通》、《韻略
匯通》皆是如此，《青郊雜著》則是將所有唇音字歸在合口，而《重訂司馬溫公
等韻圖經》、《交泰韻》及《元韻譜》均依輕重唇音字分列，輕唇音歸在細音，
重唇字歸在洪音；此外僅《重訂司馬溫公等韻圖經》將「杯」組字歸在開口。
從語料中可見《韻略易通》、《韻略匯通》承襲元代，在明代中亦顯示其合口介
音消失速度最快。

## （二）泥　母

〔表 4-3-2〕齊微韻與泥母開合演變表

| 例字 | 中古音韻地位 | 《中原音韻》 | 《易通》1442年 | 《青郊》1543～1581年 | 《圖經》1602年 | 《交泰韻》1603年 | 《元韻譜》1611年 | 《匯通》1642年 | 開口筆數 |
|---|---|---|---|---|---|---|---|---|---|
| 內餒 | 灰韻合口 | 齊微合口 | 西微合口 | 灰部合口 | 壘攝開口 | 灰韻合口 | 北佸合口 | 灰微合口 | 1 |

　　泥母字在《中原音韻》時期，仍是合口的情況，明代語料也大致如此。惟

---

〔註34〕表格依照語料成書年代先後排列，並在明代語料下方註明成書年份，礙於表格篇
　　　　幅，而將《韻略易通》、《青郊雜著》、《重訂司馬溫公等韻圖經》及《韻略匯通》
　　　　簡稱為《易通》、《青郊》、《圖經》及《匯通》，下列各表比照此例。

〔註35〕《青郊雜著》將「詖」與「杯」字同列，「皮」與「培」字同列，「麋」與「梅」
　　　　字同列。

〔註36〕參見本文頁 92～95。

獨《重訂司馬溫公等韻圖經》將泥母字歸在開口，表示當時齊微韻泥母字的合口介音消失了。

### （三）來　母

〔表 4-3-3〕齊微韻與來母開合演變表

| 例字 | 中古音韻地位 | 《中原音韻》 | 《易通》1442 年 | 《青郊》1543～1581 年 | 《圖經》1602 年 | 《交泰韻》1603 年 | 《元韻譜》1611 年 | 《匯通》1642 年 | 開口筆數 |
|---|---|---|---|---|---|---|---|---|---|
| 累 | 支韻合口 | 齊微合口 | 西微合口 | 灰部合口 | 壘攝開口 | 灰韻合口 | 北佁合口 | 灰微合口 | 1 |
| 壘 類 淚 | 脂韻合口 | 齊微合口 | 西微合口 | 灰部合口 | 壘攝開口 | 灰韻合口 | 北佁合細 | 灰微合口 | 1 |
| 雷 儡 | 灰韻合口 | 齊微合口 | 西微合口 | 灰部合口 | 壘攝開口 | 灰韻合口 | 北佁合口 | 灰微合口 | 1 |

《中原音韻》及明代多數語料將來母字歸在合口，表示來母字在當時仍多保持合口呼的狀態。唯一不同的是《重訂司馬溫公等韻圖經》的措置，將來母字歸在開口，表示來母字的合口介音消失。

## 二、明代齊微韻的開口演變詮釋

綜合上述歸納，唇音方面，《韻略易通》及《韻略匯通》因襲元代開口的轉變，輕重唇音字皆變成開口；《重訂司馬溫公等韻圖經》在此則僅有重唇音字歸為開口。就泥、來母方面，反倒是《重訂司馬溫公等韻圖經》的演變最快，將齊微韻的泥母字歸在開口。依據聲母合口消失的次序，大抵是唇音聲母先於泥來母，然而明代語料，如：《青郊雜著》、《重訂司馬溫公等韻圖經》及《元韻譜》受到作者對唇音開合口的主觀意識，因此唇音開合口的歸納未必符合當時的客觀語音，亦使得在開合口的演變詮釋上產生了誤差。而《重訂司馬溫公等韻圖經》將輕唇音字歸在合口細音處，或許是為了區別輕重唇，而無關當時語音。大抵明代語料，仍以反映北京時音之《重訂司馬溫公等韻圖經》的音變發展較為快速。

關於合口介音消失的成因，本文在前一章引用了張光宇的論點〔註 37〕，已有詳細的論述，即：「發音部位、發音舌位及成阻的部位越偏前者，越容易丟失

〔註37〕詳見本文頁 92～93。

合口介音。」就發音的狀況而言，唇音與泥、來母的發音皆是平唇的發音狀態，異於元音〔u〕的圓唇發音，兩音性質的差異，使得相違背的發音產生排斥。然而，何以與〔u〕韻母相拼卻得以保持呢？根據遠藤光曉所言：

> 單元音韻母，與介音相比，分配在該元音的時間長，足夠形成 u 元
> 音必備的發音動作，因此唇音聲母與元音 u 能相拼。〔註38〕

介音〔u〕與單元音韻母〔u〕，在音節裡發音的時間長短各有不同，而〔u〕的圓唇性質又與唇音、邊音的平唇性質相牴觸。因此，我們可以理解合口發音的留置時間是決定能否與幫組或泥、來組這類的平唇音和諧相拼的因素。發介音〔u〕所停留在音節裡的時間較短，因此在發音的過程中自然就容易脫落。

　　國語音系只在唇音聲母及泥、來聲母後面失落合口介音。從明代語料的歸納中，可以發現唇音字合口介音消失的時間，應當早於泥、來兩母，甚至可追溯至元代。至於泥、來兩組聲母字轉變成開口的時間，從明代的各語料中看來僅有《重訂司馬溫公等韻圖經》產生變化，其他仍舊保持合口介音。

## 三、小　結

　　語料所據的方言點各自不同，因而形成語言演變快慢的殊性。就唇音字而言，早在《中原音韻》之時，已經產生開口的轉變；明代具有河南或河北方言色彩的《青郊雜著》、《交泰韻》、《元韻譜》反而保持中古合口的樣貌。就泥、來組聲母而言，《中原音韻》及明代各語料大致保持合口介音，惟獨反映明末北京語音的《重訂司馬溫公等韻圖經》已然轉變為開口。從韻部的分合看來，《重訂司馬溫公等韻圖經》和《元韻譜》分別析出「壘韻」及「北韻」，即表示當時齊微韻開口的轉變，亦顯示〔ei〕類的韻部正式獨立出來。

## 第四節　由細變洪：一三等的合流

　　由《中原音韻》中可見中古的東鍾韻一、三等一部分字已有合流現象，其將「工功攻公弓躬宮供」〔註39〕這些在中古原屬不同等第的字，同列在一個小

---

〔註38〕（日）遠藤光曉：〈介音與其他語音成分之間的配合關係〉收於《聲韻論叢》第十一輯（台北：臺灣學生書局），頁49。

〔註39〕詳見《中原音韻》東鍾韻、陰平聲。「工功攻公」（原屬中古東韻一等）、「弓躬宮」

韻中，可知這些字已由細音轉變爲洪音。其中精系、見系、泥、來聲母字則仍是維持洪細對立的狀況，此後除了見系聲母字之外，其他聲母字都丟失了〔i〕介音。

李新魁認爲，東鍾韻一、三等的合流在《西儒耳目資》之前便已完成〔註40〕。《西儒耳目資》成書於西元 1626 年左右，而本文所據之明代語料年限在西元 1442 年至 1642 年之間，於此將觀察明代北方音系的東鍾韻一、三等字在這兩百年之中的洪細轉變，並試圖從與之相配的聲母關係，找尋音變的規律。

東鍾韻一、三等的合流，在於三等細音消失之後，併入一等開口或是合口。依據現代國語的演變結果，其併入開口或合口的條件爲聲母，唇音聲母變成開口洪音〔註41〕，唇音之外的各組聲母，精系、泥、來母、知、章系及見系聲母則是變成合口洪音〔註42〕。大抵本文討論的範圍爲東、鍾韻三等各組聲母字，如：東韻非系字「風、馮、夢」及「隆、中、宮」；鍾韻非系字「封、逢」及「龍、濃、共」，另有部分見系字的細音保留下來並發展爲撮口呼，如：「窮、雄、胸」等字。本文即以中古一、三等字之來源與現代國語音系發展作爲已知端，從兩端已知探求未知的明代北方音系之洪細轉變。

## 一、明代語料中的洪細演變

以下討論亦以表格呈現明代語料所見，並論述東鍾韻一、三等各組聲母細音消失的情況，歸納明代語料所見，以明演變之梗概。表格列出東鍾韻一、三等例字，以東韻一等字爲基準，藉以觀察各組洪細的轉變，以及三等併入一等的演變情況。表格分別就聲母的發音部位唇音、舌尖音、捲舌音及舌根音依序排列之。

---

（原屬中古東韻三等）、供（原屬中古鍾韻三等），音值擬爲〔kuŋ〕。參周德清著、許世瑛校定：《音注中原音韻》（臺北：廣文書局，1986 年 9 月），頁 1。

〔註40〕詳見李新魁：〈近代漢語介音的發展〉，收錄於《音韻學研究》第一輯（北京：中國音韻學研究會編，1984 年），頁 480。

〔註41〕唇音與開合口的關係具有音位對補關係，本文爲了分類的方便性，暫且將唇音字歸於開口處，以作爲其他非唇音字的區分。

〔註42〕見系聲母組之演變唯獨曉母字除外，曉母及影母字皆演變成撮口呼。

## （一）唇　音

### 〔表 4-4-1〕東鍾韻與唇音聲母之洪細演變表〔註43〕

| 例字 | 中古音韻地位 | 《中原音韻》 | 《易通》1442年 | 《青郊》1543～1581年 | 《圖經》1602年 | 《交泰韻》1603年 | 《元韻譜》1611年 | 《匯通》1642年 | 開口筆數 |
|---|---|---|---|---|---|---|---|---|---|
| 蓬蒙 | 東韻合一等 | 東鍾合口 | 東洪合口 | 東部合口 | 通攝合口 | 東部合口 | 弁佸合口 | 東洪合口 | u |
| 風豐夢 | 東韻合三等 | 東鍾合口 | 東洪合口 | 東部合口 | 通攝合口 | 東部合口 | 弁佸合細 | 東洪合口 | 6 |
| 封蜂逢 | 鍾韻合三等 | 東鍾合口 | 東洪合口 | 東部合口 | 通攝合口 | 東部合口 | 弁佸合細 | 東洪合口 | 6 |

　　從表格中可知：東鍾韻唇音字，從《中原音韻》以及明代各時期的語料中，均多呈現洪音。表示東、鍾韻的唇音字三等細音消失了，僅《元韻譜》的東鍾唇音三等字，如：「風」組字與「封」組字仍屬於合口細音。

## （二）舌尖音

　　舌尖音又依照發音部位前後分為端組、精組、泥、來組等字，依序分述如下。

### 1. 端組字

### 〔表 4-4-2〕東鍾韻與端組聲母之洪細演變表

| 例字 | 中古音韻地位 | 《中原音韻》 | 《易通》1442年 | 《青郊》1543～1581年 | 《圖經》1602年 | 《交泰韻》1603年 | 《元韻譜》1611年 | 《匯通》1642年 | 洪音筆數 |
|---|---|---|---|---|---|---|---|---|---|
| 東通同 | 東韻合一等 | 東鍾合口 | 東洪合口 | 東部合口 | 通攝合口 | 東部合口 | 弁佸合口 | 東洪合口 | u |
| 無字 | 東韻合三等 | 無字 | 無字 | 無字 | 無字 | 無字 | 無字 | 無字 | |
| 無字 | 鍾韻合三等 | 無字 | 無字 | 無字 | 無字 | 無字 | 無字 | 無字 | |

　　端組僅東韻一等有字，我們知道端系聲母與合口介音的拼合相當穩固。因此，中古到近代及現代國語的演變，東韻的端系聲母仍舊保持合口介音。

---

〔註43〕表格依照語料成書年代先後排列，並在明代語料下方註明成書年份，礙於表格篇幅，而將《韻略易通》、《青郊雜著》、《重訂司馬溫公等韻圖經》及《韻略匯通》簡稱為《易通》、《青郊》、《圖經》及《匯通》，下列各表比照此例。

## 2. 精組字

〔表 4-4-3〕東鍾韻與精組聲母之洪細演變表

| 例字 | 中古音韻地位 | 《中原音韻》 | 《易通》1442年 | 《青郊》1543～1581年 | 《圖經》1602年 | 《交泰韻》1603年 | 《元韻譜》1611年 | 《匯通》1642年 | 洪音筆數 |
|---|---|---|---|---|---|---|---|---|---|
| 鬆聰叢 | 東韻合一等 | 東鍾合口 | 東洪合口 | 東部合口 | 通攝合口 | 東部合口 | 幷佸合口 | 東洪合口 | |
| 崧嵩 | 東韻合三等 | 東鍾合細 | 東洪合口 | 東部合口 | 通攝合口 | 無法確定 | 幷佸合口 | 東洪合口 | 5 |
| 蹤從松 | 鍾韻合三等 | 東鍾合細 | 東洪合口 | 東部合口 | 通攝合口 | 從東部合口 蹤松東部合細 | 幷佸合細 | 東洪合口 | 5 |

　　中古東鍾韻三等精組字在元代仍是合口細音，從《韻略易通》開始，細音消失且東鍾三等字併入東韻一等字組，明代各語料大致如此。唯獨《元韻譜》中的鍾韻三等字，如：「蹤」組字，仍是細音的情況，《交泰韻》則是「蹤」、「松」組字歸在細音，「從」組字歸在洪音，由此可見其洪細正發生轉變。

## 3. 泥、來組字

〔表 4-4-4〕東鍾韻與泥母之洪細演變表

| 例字 | 中古音韻地位 | 《中原音韻》 | 《易通》1442年 | 《青郊》1543～1581年 | 《圖經》1602年 | 《交泰韻》1603年 | 《元韻譜》1611年 | 《匯通》1642年 | 洪音筆數 |
|---|---|---|---|---|---|---|---|---|---|
| 無字 | 東韻合一等 | 無字 | 無字 | 無字 | 無字 | 無字 | 無字 | 無字 | |
| 無字 | 東韻合三等 | 無字 | 無字 | 無字 | 無字 | 無字 | 無字 | 無字 | |
| 濃穠 | 鍾韻合三等 | 東鍾合細 | 東洪合口 | 東部合細 | 通攝合口 | 東部合細 | 幷佸合細 | 東洪合口 | 3 |

　　泥母僅鍾韻三等有字，表格中可見：明代《韻略易通》、《重訂司馬溫公等韻圖經》及《韻略匯通》的演變較為快速，細音消失呈現合口洪音，三等鍾韻「濃」組字細音消失，與中古一等冬韻的「農」組字合併。《青郊雜著》、《交泰韻》與《元韻譜》的演變較慢，如同元代《中原音韻》的情況，仍舊保持細音的狀態。

〔表 4-4-5〕東鍾韻與來母之洪細演變表

| 例字 | 中古音韻地位 | 《中原音韻》 | 《易通》1442年 | 《青郊》1543~1581年 | 《圖經》1602年 | 《交泰韻》1603年 | 《元韻譜》1611年 | 《匯通》1642年 | 洪音筆數 |
|---|---|---|---|---|---|---|---|---|---|
| 籠聾 | 東韻合一等 | 東鍾合口 | 東洪合口 | 東部合口 | 通攝合口 | 無字 | 弇侈合口 | 東洪合口 | u |
| 隆癃 | 東韻合三等 | 東鍾合細 | 東洪合口 | 東部合細 | 通攝合口 | 東部合細 | 弇侈合細 | 東洪合口 | 3 |
| 龍 | 鍾韻合三等 | 東鍾合細 | 東洪合口 | 東部合細 | 通攝合口<br>通攝合細 | 東部合口 | 弇侈合細 | 東洪合口 | 4 |

　　東韻三等「隆」組字與鍾韻三等「龍」組字的演變大致相同，《韻略易通》、《重訂司馬溫公等韻圖經》與《韻略匯通》的演變速度較快，細音已經消失。另外，《交泰韻》的「龍」組字細音消失的情況快於「隆」組，反之《重訂司馬溫公等韻圖經》則是「隆」組字歸在洪音，「龍」組字洪細兩見。明代《重訂司馬溫公等韻圖經》所反映的音系為北京方言，從各組語料的演變看來，其音系發展的速度最快，元代時東、鍾三等韻開始合流，但仍舊保持細音，明代承東鍾韻之合流，因此「龍」、「隆」兩組字細音消失的情形應該為同步發生。而明代語料的「龍」組字見於洪細兩處，或許是作者主觀因素認為兩者該有所分別，又或者是方言疊置所造成。

### （三）捲舌音

　　本文將章系、知系字依照現代國語演變的情形通稱為捲舌聲母，分述如下。

### 1. 章　系

〔表 4-4-6〕東鍾韻與章系聲母之洪細演變表

| 例字 | 中古音韻地位 | 《中原音韻》 | 《易通》1442年 | 《青郊》1543~1581年 | 《圖經》1602年 | 《交泰韻》1603年 | 《元韻譜》1611年 | 《匯通》1642年 | 洪音筆數 |
|---|---|---|---|---|---|---|---|---|---|
| 無字 | 東韻合一等 | 無字 | 無字 | 無字 | 無字 | 無字 | 無字 | 無字 | |
| 終充 | 東韻合三等 | 東鍾合細 | 終東洪合口<br>充東洪合細 | 東部合口 | 通攝合口 | 東部合口 | 終弇侈合細<br>充弇侈合口 | 終東洪合口<br>充東洪合細 | 5 |
| 鍾衝 | 鍾韻合三等 | 東鍾合細 | 鍾東洪合口<br>衝東洪合細 | 東部合口 | 通攝合口 | 東部合口 | 弇侈合細 | 鍾東洪合口<br>衝東洪合細 | 5 |

從表格中得知《青郊雜著》、《重訂司馬溫公等韻圖經》及《交泰韻》的東、鍾韻章系字之細音均已消失。而《韻略易通》、《元韻譜》與《韻略匯通》的洪細則依章、昌聲母二分，昌母字爲洪音，章母字仍屬細音，《韻略易通》與《韻略匯通》則反之。知、章系字至近代多演變成捲舌音，致使與細音有互相排斥的情形。明代各組語料中的知、章系字細音大致呈現消失的情況，可見捲舌聲母比其他各組聲母影響細音消失的層面更爲深廣。

## 2. 知　系

〔表 4-4-7〕東鍾韻與知系聲母之洪細演變表

| 例字 | 中古音韻地位 | 《中原音韻》 | 《易通》1442年 | 《青郊》1543～1581年 | 《圖經》1602年 | 《交泰韻》1603年 | 《元韻譜》1611年 | 《匯通》1642年 | 洪音筆數 |
|---|---|---|---|---|---|---|---|---|---|
| 無字 | 東韻合一等 | 無字 | 無字 | 無字 | 無字 | 無字 | 無字 | 無字 | |
| 中忠沖 | 東韻合三等 | 東鍾合細 | 中東洪合口 / 沖東洪合細 | 東部合口 | 通攝合口 | 東部合細 | 弅佸合口 | 中東洪合口 / 沖東洪合細 | 5 |
| 無字 | 鍾韻合三等 | 無字 | 無字 | 無字 | 無字 | 無字 | 無字 | 無字 | |

知系聲母僅東韻三等有字，明代各組北方語料的細音消失情況大致如上表的章系字。東鍾韻受到捲舌聲母的影響，加快了細音消失的速度，只有《交泰韻》的演變稍慢。而《韻略易通》與《韻略匯通》亦如章系聲母，洪細依章、昌聲母二分，章母歸洪音，昌母仍屬細音。

## （四）舌根音

〔表 4-4-8〕東鍾韻與舌根聲母之洪細演變表

| 例字 | 中古音韻地位 | 《中原音韻》 | 《易通》1442年 | 《青郊》1543～1581年 | 《圖經》1602年 | 《交泰韻》1603年 | 《元韻譜》1611年 | 《匯通》1642年 | 洪音筆數 |
|---|---|---|---|---|---|---|---|---|---|
| 公工空紅 | 東韻合一等 | 東鍾合口 | 東洪合口 | 東部合口 | 通攝合口 | 東部合口 | 弅佸合口 | 東洪合口 | u |
| 弓宮窮雄 | 東韻合三等 | 弓宮東鍾合口 / 窮雄東鍾合細 | 東洪合細 | 東部合細 | 弓宮通攝合口 / 窮雄通攝合細 | 東部合細 | 弅佸合細 | 東洪合口 | 3 |

| 恭供<br>邛胸 | 韻<br>鍾<br>三<br>合<br>等 | 恭供<br>鍾合 東<br>口<br>邛胸 東<br>鍾合細 | 東洪<br>合細 | 東部<br>合細 | 恭供通攝合口<br>邛胸通攝合細 | 東部<br>合細 | 弁恬<br>合細 | 東洪<br>合口 | 3 |
|---|---|---|---|---|---|---|---|---|---|

　　表格爲東鍾韻三等舌根音字，從《中原音韻》開始，東鍾韻合併且有一部分字的細音消失，併入東韻一等之中。但是明代北方音系的語料，卻仍有一大部分歸在合口細音，只有《重訂司馬溫公等韻圖經》的演變情況與《中原音韻》相同。而《韻略易通》東洪韻將「公」組與「弓」、「恭」組分爲洪、細兩組，而在《韻略匯通》中這三組字均合併爲一組，顯示「弓」、「恭」組字的細音消失。此外，從歸納中可見細音的消失或存在之條件在於聲母及聲調，見、溪聲母的細音消失，形成合口洪音，如：「弓宮恭供」；曉母陽平聲字則是保留了細音，在國語音系中變成撮口呼，如：「窮雄邛胸」。

## 二、明代語料中的演變詮釋

　　經過明代語料之整理歸納，對於明代東鍾韻一、三等的合流有初步的輪廓。以下依照各組聲母情況，詳述明代的歸併情形以及聲母對東鍾韻一、三等歸併的影響，並論析東鍾韻一、三等字合流之成因。按前文表格聲母發音部位的順序，依次分述如下。

### （一）唇音聲母與東鍾韻洪細演變之情況

　　唇齒音不配〔i〕介音，故東鍾韻唇音字細音脫落的演變情況，不免要牽涉到唇音字輕唇化的問題。對於輕唇化產生的時間，王力提出他的看法：

> 雙唇音一部分字分化爲唇齒音，分化的條件是合口三等。……凡合口三等的雙唇字，到了後來一律變了唇齒音。……唇音分化的時期不能晚於第十二世紀……。〔註44〕

唇音字輕唇化的時間大約在唐末宋初時期，因此東鍾韻唇音字的細音亦隨著輕唇音產生的同時而脫落。《中原音韻》將東鍾韻的唇音字歸在合口洪音，而明代各組語料亦大致如此。時間上，比其他聲母細音消失的時間早了許多；廣泛度上，各語料也多將東鍾韻的唇音字措置在合口洪音，顯示其細音的脫落應已具有一定的廣度。因此推斷：東鍾韻唇音字細音脫落的演變，在明代基本上應該

---

〔註44〕王力：《漢語史稿》（北京：中華書局，2006年），頁134。

已經是十分成熟的情況了。

### （二）舌尖聲母與東鍾韻洪細演變之情況

關於舌尖音與細音的關係，就國語、閩語等音系而言，兩者不相斥，但在其他方言中則有排斥的情形，如：西北方言的聲母〔t〕與細音相配後即顎化為〔tɕi〕。從國語音系的四組舌尖聲母看來，僅精組聲母與〔i〕介音是相排斥的關係，其他各組聲母如：端系、泥、來母均可與〔i〕介音相拼，只是在東鍾韻有細音脫落的情況。從明代語料看來，東鍾韻歸合口洪音的比例，以精組聲母較泥、來聲母字多一些。例如：《交泰韻》與《元韻譜》將精組聲母字歸在合口洪音，而泥、來聲母字歸在合口細音。由此我們可以推論：東鍾韻中的精組聲母字細音脫落的演變廣度大於泥、來母字。

### （三）捲舌聲母與東鍾韻洪細演變之情況

知章系字捲舌化後，也造成細音的失落，其演化趨向大抵在明代捲舌聲母產生後。從明代語料中發現東鍾韻的知、章系聲母字的細音大部分脫落了，只有《交泰韻》的知系字有細音；而《韻略易通》、《元韻譜》及《韻略匯通》的知、章系聲母字則是依發音方法的不同分洪音或細音，不送氣聲母轉變為合口洪音，送氣聲母仍屬於合口細音。筆者再將東鍾韻的舌根聲母與捲舌聲母的洪細演變兩相比較後發現：元代《中原音韻》有一部分的見系三等字細音消失，這些字併入一等字組中。而捲舌聲母在元代如常與細音相配，細音消失的演變起點顯然是晚於舌根聲母，其後卻在明代兩百年間大舉消失細音，其細音消失的廣度與速度在明代儼然超越了舌根聲母，可見明代北方音系捲舌聲母的產生也是造成細音脫落的原因，因此十五世紀可謂是一、三等消長的分水嶺。在元代之前，知、章系聲母在東鍾韻僅三等有字；十五世紀之後，因為聲母性質的改變，造成細音大舉脫落，使得東鍾韻知、章系三等跑到一等的框架去了。

### （四）舌根聲母與東鍾韻洪細演變之情況

從《中原音韻》開始，東鍾韻三等舌根音字即有一部分併入一等。這些併入一等的舌根聲母大抵是見母，仍舊保持三等細音者則為曉母或是群母平聲字（這些濁音平聲字經過濁音清化後，形成平聲送氣陽聲字）然而，三等舌根聲母併入一等字的情形，在明代北方語料卻僅見於《重訂司馬溫公等韻圖經》。依演變的速度而言，如上述與捲舌聲母相比，東鍾三等舌根聲母字細音脫落的起

點早於知、章系聲母，但演變的速度卻在明代停滯，反而被知、章系聲母超越。筆者認為元代的知、章系聲母大致屬於〔ʧ〕、〔ʧʽ〕、〔ʃ〕舌尖面音，而見系聲母則始終保持〔k〕、〔kʽ〕、〔x〕舌根音值，與細音相拼的和諧度及穩定度而言，當屬舌尖面音的知、章系聲母勝出。直至明代開始，知、章系聲母逐漸捲舌化使得與之相配的細音脫落的情況加速；反觀〔k〕系音值具有相當的穩固性，與細音相配的和諧度更甚捲舌聲母，因此在明代形成緩步的演變。

## 三、小　結

　　明代各組語料中顯示：東鍾韻的唇音與精系聲母字細音脫落，多呈現合口洪音的情況，而見系與來母字在明代多維持合口細音。就語料的發展而言，書成於西元 1602 年的《重訂司馬溫公等韻圖經》發展速度較快，東韻三等來母字組的細音消失併入一等；鍾韻三等字則洪細兩見，見系字的歸屬則如同《中原音韻》洪細兩分為「弓恭」與「雄胸」兩組。就聲母的發展而言，東鍾一、三等唇音字及知、章系字因為本身的音值與細音具有排斥性，故早在明代即呈現穩定的配洪音不配細音。其他組聲母，例如：泥、來母字及見系聲母字大部分仍配細音，而見組字在元代產生一、三等合流的現象，至明代僅《重訂司馬溫公等韻圖經》承之。另外，東鍾韻泥母與知、章系聲母僅三等有字，因為知、章系聲母在明代捲舌化的演變，使得各韻的三等細音脫落。泥母的演變稍慢於知、章系字，其三等細音全面性的消失應晚至清代。

　　觀察一、三等的合流情況主要從字的歸併中探求，某些語料中有少數字的改變，例如：「龍」字在《重訂司馬溫公等韻圖經》中有洪細兩見的現象，這或許不能代表整體，因而在當時仍未是一個演變定律，但至少我們可以視少數例為語音演變的前奏。明代北方音系演變迅速，本文僅能試圖從各語料的編排框架中稍作釐清。從語料的時間先後而言，有幾組字於元代已產生改變，但明代卻仍維持中古的情況，如舌根音字組，亦如同前文論述近代韻書除了大方向的音系，亦受作者所據方言影響成書，造成了語音演變快慢的殊性。本文僅就語料所見歸納成表，一、三等字合流的現象雖然未依語料的時代先後如期推移，但是我們仍然可以從各別中去發現字組間的歸併與合流。

　　從上述歸納得出：一、三等的唇音字及知、章系字因為本身的音值與細音具有排斥性，故早在明代即呈現穩定的配洪音不配細音。其他組聲母如：泥、

來母及見系聲母大部分字仍配細音，而見組字在元代產生一、三等合流的現象，至明代僅《重訂司馬溫公等韻圖經》承之。因此，相關論題仍需要串連清代語料以求得更深入的探討。

## 第五節 〔iu〕複合介音的發展

一、二等及三、四等的合併始於宋代，如：《四聲等子》圖中注明「蕭併入宵」、「先併入仙」〔註45〕。其後，呼的內容也發生變化，其中做為中古三、四等複合介音的〔iu〕，在近代往兩個方向發展，一是簡化，分別失落了〔i〕或〔u〕，變成了合口呼或開口呼；另一則是單元音化，〔u〕脫落了，並發生了唇化作用，〔u〕元音將其圓唇性質殘留在〔i〕元音上，形成帶有圓唇性質的前高元音〔y〕。根據李新魁的研究，明末也許正處於〔iu〕韻母走向單元音化的中間階段，約十七世紀末〔iu〕才進一步單音化為〔y〕〔註46〕。其又依據作於西元 1674 年的《拙庵韻悟》所分的六獨韻，「居韻」與其他的元音姑〔u〕、格〔ɛ〕、基〔i〕、支〔ʅ〕、咨〔ɿ〕等並列，而認定當時的〔y〕介音應已出現。依李新魁之看法，認為明代〔iu〕韻母尚未單音化。〔iu〕韻母除了向單音化演變外，亦向簡化發展，故本節以複合介音的演化發展為研究焦點，綜合觀察明代北方音系複合介音的開、合、撮的變化現象，並據前人研究成果，提出驗證或補充。

複合介音發展至現代國語有三條演變路線：一演變為開口；二則演變成合口，〔iu〕的細音消失變成合口洪音；另一個演變方向則是撮口化，合口失落，但是其圓唇性質依附在〔i〕介音身上，形成撮口呼。依據聲母分類，唇音字多演變為開口、一部分見系聲母多依據聲母分類演變為撮口，演變為合口則有精系、知章系、來母及一部分見系字。據此歸納開口、合口及撮口的演變來源如下：

（1）〔iu〕演變為開口：支韻、脂韻合口三等來母字，如：「累」、「壘」。及廢韻、微韻、凡韻、元韻、文韻、陽韻、尾韻合口三等輕唇字，如：「廢」、

---

〔註45〕 詳見《四聲等子》效攝外轉及山攝外轉，收於《等韻五種》（臺北：藝文出版社，2005 年），頁 14、36。

〔註46〕 參見李新魁：〈近代漢語介音的發展〉，收錄於《音韻學研究》第一輯（北京：中國音韻學研究會編，1984 年），頁 482。

「非」、「凡」、「蕃」、「分」、「芳」、「沸」。

（2）〔iu〕演變合口〔u〕：支韻合口三等來母以外之字，如：「隨」、「爲」、「吹」、「揣」。廢韻、微韻、陽韻合口三等牙喉及喻母字，如：「喙」、「圍」、「韋」、「狂」、「王」。諄韻合口三等來母、精母、章系字，如：「倫」、「淪」、「遵」、「脣」、「純」。文韻、尾韻合口三等微母字，如：「紋」、「雯」、「聞」、「襪」、「尾」、「鬼」、「卉」、「味」。

（3）〔iu〕變撮口〔y〕：元韻、文韻、諄韻合口三等牙喉及喻母字，如：「元」、「暄」、「湲」、「鴛」、「猿」、「軍」、「君」、「勳」、「均」、「筠」、「勻」。另外，庚青合口三等字與東鍾合口三等合併後，其牙喉聲母及喻母字的合口三等亦演變爲撮口呼。以及遇攝的牙喉聲母、喻母、泥、來母等。

可見複合元音〔iu〕配脣音字、來母字、牙喉音字或微母字皆有不同的發展，推測與其相配的聲母可能是複合元音變化的條件，大抵支韻、脂韻合口三等來母字，與合口一等內、雷字同屬一種演變類型，在宋、元時代已經演變成合口，其後又失落合口變成開口。另一種則是某些韻類在合口三等重脣音字變成輕脣音時，複合介音亦失落了變成開口。而合口三等牙喉音及喻母字則有失落〔i〕元音變合口或發展成撮口呼之現象。

本文首先舉出中古所有與複合介音相關的韻部，筆者認爲複合介音爲撮口呼的源流，各韻部的複合介音搭配不同的聲母而有不同的演變結果，此部分資料雖然冗長，但仍需要詳細釐清，以見整體演變方向。何以聲母、介音相同，又或者韻母相同，卻有不同的演變結果？再者，從中古發展到近代以至於現代，能夠同時保存合口及細音需要配合什麼發音條件？以上各點，本文期望能在明代語料中得到解答。

## 一、明代語料的情況

以下以韻攝爲標目，依序列出中古屬於合口細音地位的韻母，再析出至國語的三種演變情形：開口呼、合口呼、撮口呼。本節的討論焦點以複合介音至現代撮口呼的演變情形爲主，然而論及複合介音的發展亦不免提及其細音或合口脫落的相關情況。因此，本文將所有中古屬於合口細音的部分全數羅列，舉列字爲代表，以求更完備的討論複合介音的各種演變情況。

### （一）材料內部的合口細音字的演變情形

### 1. 通攝（東韻）

〔表 4-5-1〕通攝東韻合口細音演變表 〔註47〕

| 例字 | 中古音韻地位 | 《中原音韻》 | 《易通》1442年 | 《青郊》1543〜1581年 | 《圖經》1602年 | 《交泰韻》1603年 | 《元韻譜》1611年 | 《匯通》1642年 | 合口筆數 |
|---|---|---|---|---|---|---|---|---|---|
| 隆 | 來東平三合 | 東韻合細 | 東洪合口 | 東韻合細 | 通攝合細 | 東韻合口 | 弆佁合細 | 東洪合口 | 2 |
| 中 | 知東平三合 | 東韻合細 | 東洪合口 | 東韻合口 | 通攝合口 | 東韻合細 | 弆佁合口 | 東洪合口 | 5 |
| 充 | 昌東平三合 | 東韻合細 | 東洪合細 | 東韻合口 | 通攝合口 | 東韻合口 | 弆佁合口 | 東洪合細 | 5 |
| 公 | 見東平一合 | 東韻合口 | 東洪合口 | 東韻合口 | 通攝合口 | 東韻合口 | 弆佁合口 | 東洪合口 | u |
| 宮 | 見東平三合 | 東韻合細 | 東洪合細 | 東韻合細 | 通攝合口 | 東韻合細 | 弆佁合細 | 東洪合口 | 2 |
| 紅洪 | 匣東平一合 | 東韻合口 | 東洪合口 | 東韻合口 | 通攝合口 | 東韻合口 | 弆佁合口 | 東洪合口 | u |
| 熊雄 | 云東平三合 | 東韻合細 | 東洪合細 | 東韻合細 | 通攝合細 | 東韻合細 | 弆佁合細 | 東洪合細 | y |

　　東韻的來母字大部分仍維持合口細音；知、章系聲母則因爲捲舌化的演變使得細音脫落得較早，明代半數以上的語料均發展爲合口洪音。中古屬於合口三等的「宮」組字，在《重訂司馬溫公等韻圖經》及《韻略匯通》時，已與洪音的「公」組字同列爲一類。而屬於喻三字的「熊」組字則是始終保持合口細音，爲現代國語撮口介音的來源之一。

### 1.2 通攝（鍾韻）

〔表 4-5-2〕通攝鍾韻合口細音演變表

| 例字 | 中古音韻地位 | 《中原音韻》 | 《易通》1442年 | 《青郊》1543〜1581年 | 《圖經》1602年 | 《交泰韻》1603年 | 《元韻譜》1611年 | 《匯通》1642年 | 合口筆數 |
|---|---|---|---|---|---|---|---|---|---|
| 濃 | 娘鍾平三合〔註48〕 | 東韻合細 | 東洪合口 | 東韻合細 / 東韻合口 | 通攝合口 | 東韻合口 | 弆佁合細 / 弆佁合口 | 東洪合口 | 6 |

〔註47〕 表格依照語料成書年代先後排列，並在明代語料下方註明成書年份，礙於篇幅，而將《韻略易通》、《青郊雜著》、《重訂司馬溫公等韻圖經》及《韻略匯通》簡稱爲《易通》、《青郊》、《圖經》及《匯通》，下列各表比照此例。

〔註48〕 三十六字母時的泥、娘母已爲一類，同屬於〔n〕母，因此本文通稱泥、娘兩母爲泥母。

· 134 ·

| | | | 〔註49〕 | | | | | | |
|---|---|---|---|---|---|---|---|---|---|
| 龍 | 來鍾平三合 | 東韻合細 | 東洪合口 | 東韻合細<br>東韻合口 | 通攝合細 | 東韻合口 | 弁佸合細 | 東洪合口 | 4 |
| 重 | 澄鍾平三合 | 東韻合細 | 東洪合口 | 東韻合細 | 通攝合口 | 東韻合口 | 弁佸合細 | 東洪合口 | 4 |
| 鍾種 | 章鍾平三合<br>章腫上三合 | 東韻合細 | 東洪合口 | 東韻合細<br>東韻合口 | 通攝合口 | 東韻合口 | 弁佸合細 | 東洪合口 | 5 |
| 從 | 從鍾平三合 | 東韻合細 | 東洪合口 | 東韻合細 | 通攝合口 | 東韻開口 | 弁佸合細 | 東洪合口 | 3 |
| 弓共 | 見東平三合<br>見鍾平三合 | 東韻合細 | 東洪合細 | 東韻合細 | 通攝合口 | 東韻合細 | 弁佸合細 | 東洪合口 | 2 |
| 胸 | 曉鍾平三合 | 東韻合細 | 東洪合細 | 東韻合細 | 通攝合細 | 東韻合細 | 弁佸合細 | 東洪合細 | y |
| 雍 | 影鍾平三合 | 東韻合細 | 東洪合細 | 東韻合細 | 通攝合細 | 東韻合細 | 弁佸合細 | 東洪合細 | y |

　　泥、來兩母字的演變大致相同，明代《青郊雜著》與《元韻譜》有洪細兩見的情形，「濃」組字與「龍」組字置於合口細音及合口洪音的位置，或許可視爲細音產生變化後所造成的語音疊置現象。此外，「龍」組字細音脫落的情況更勝於東韻的「隆」組。知章系聲母的演變情形一致，大抵是細音脫落僅留合口介音。鍾韻舌根聲母的演變情況亦如同東韻，在《重訂司馬溫公等韻圖經》及《韻略匯通》時發展成合口洪音，而精系字細音脫落的情形較見組字廣泛，明代《韻略易通》、《重訂司馬溫公等韻圖經》及《韻略匯通》的精組字均發展爲合口洪音。保持合口細音成爲現代撮口介音的來源，則爲曉母「胸」組字及影母「雍」組字。

## 1.3　通攝（屋韻）

---

〔註49〕《青郊雜著》「農」組字僅見於合口洪音，「濃」組字則是合口洪細兩見。「種」組字亦如是。

〔表 4-5-3〕通攝屋韻合口細音演變表〔註50〕

| 例字 | 中古音韻地位 | 《中原音韻》 | 《易通》1442年 | 《青郊》1543～1581年 | 《圖經》1602年 | 《交泰韻》1603年 | 《元韻譜》1611年 | 《匯通》1642年 | 合口筆數 |
|---|---|---|---|---|---|---|---|---|---|
| 陸 | 來屋入三合 | 魚模合細入作去 | 東洪合口 | 陸尤韻開口 陸六尤韻齊 | 祝攝合口 | 東韻合口 灰韻合口 歌韻合口〔註51〕 | 卜佸合細 | 東洪合口 | 4 |
| 竹 | 知屋入三合 | 尤侯齊入作上 魚模合細入作平〔註52〕 | 東洪合口 | 東韻合口 | 祝攝合口 | 東韻合口 灰韻合口 | 卜佸合細 | 東洪合口 | 5 |
| 祝 | 章屋入三合 | 魚模合細入〔註53〕 | 東洪合口 | 尤韻開口 尤韻齊 | 祝攝合口 | 東韻合口 灰韻合口〔註54〕 | 卜佸合口 | 東洪合口 | 5 |
| 目 | 明屋入三合 | 魚模合口入作去平 | 東洪合口 | 東韻合口 | 祝攝合口 | 東韻合口 灰韻合口〔註55〕 | 卜佸合細 | 東洪合口 | 5 |
| 福 | 幫屋入三合 | 魚模合口入作上 | 東洪合口 | 尤韻合口 | 祝攝合細 | 東韻合口 | 卜佸合細 | 東洪合口 | 4 |
| 菊 蓄 | 見屋入三合 曉屋入三合 | 魚模合細入作上 | 東洪合細 | 東韻合口 | 止攝合細 | 菊東韻合細 蓄東韻、遮韻合細〔註56〕 | 卜佸合細 | 東洪合細 | y |
| 育 郁 | 以屋入三合 影屋入三合 | 魚模合細入作去 | 東洪合細 | 郁尤韻開口 育眞部合細 | 止攝合細 | 東韻合細〔註57〕 | 卜佸合細 | 東洪合細 | y |

屋韻的來母字在明代語料《韻略易通》、《等韻圖經》、《交泰韻》及《韻略

〔註50〕《韻略易通》、《青郊雜著》、《交泰韻》、《元韻譜》及《韻略匯通》的通攝屋韻各組聲母字仍歸在入聲，明代入聲字承宋元時代，大抵已演變爲喉塞音。

〔註51〕《交泰韻》無「陸」字，因此根據「祿」字判斷。

〔註52〕《中原音韻》無「竹」字，此以「逐」字判斷。

〔註53〕《中原音韻》無「祝」字，此以「粥」字判斷。

〔註54〕《交泰韻》無「祝」字，因此根據「竹」字判斷。

〔註55〕《交泰韻》無「目」字，因此根據「木」字判斷。

〔註56〕《交泰韻》無「蓄」字，因此根據「旭」字判斷。

〔註57〕《交泰韻》無「郁」、「育」字，因此僅根據「欲」字判斷。

匯通》四處演變爲合口洪音；知章系聲母入聲字細音脫落的情況一如陽聲韻。
而從《中原音韻》將唇音字歸在合口洪音的編排中可知：唇音字細音消失的年
限早於知章系聲母字，大抵在宋代輕唇化後複合介音亦隨之消失。另外，唇音
字開、合口的爭議〔註58〕，本節編排僅依各韻書語料對唇音的歸屬，可知國語
的歷時音變中，唇音字不配〔i〕、〔y〕介音，因此唇音字與合口三等介音拼合，
往往是細音脫落而形成合口或開口。現代國語撮口呼來源之一則爲見系及喻、
影母字，在明代大抵保持合口細音的狀態。唯獨《青郊雜著》將見系字及影母
字置於洪音的位置。

### 1.4 通攝（燭韻）

〔表4-5-4〕通攝燭韻合口細音演變表〔註59〕

| 例字 | 中古音韻地位 | 《中原音韻》 | 《易通》1442年 | 《青郊》1543～1581年 | 《圖經》1602年 | 《交泰韻》1603年 | 《元韻譜》1611年 | 《匯通》1642年 | 合口筆數 |
|---|---|---|---|---|---|---|---|---|---|
| 錄 | 來燭入三合 | 魚模合細入作去 | 東洪合口 | 東韻合細<br>--------<br>東韻合口 | 祝攝合口 | 東韻合口<br>灰韻合口<br>歌韻合口 | 卜佸合口 | 東洪合口 | 6 |
| 觸 | 昌燭入三合 | 魚模合口入作上 | 東洪合細 | 東韻合細 | 祝攝合口 | 東韻合口<br>灰韻合口〔註60〕 | 卜佸細音 | 東洪合細 | 3 |
| 束 | 書燭入三合 | 魚模合口入作上 | 東洪合口 | 尤韻開口<br>尤韻齊 | 祝攝合口 | 東韻合口<br>灰韻合口 | 卜佸細音 | 東洪合細 | 4 |
| 俗 | 邪燭入三合 | 魚模合細入作平 | 東洪合口 | 東韻合細 | 祝攝合口 | 東韻合口<br>灰韻合口<br>歌韻合口〔註61〕 | 卜佸細音 | 東洪合口 | 4 |
| 曲局 | 溪燭入三合<br>群燭入三合 | 魚模合細入作平 | 東洪合細 | 東韻合口 | 止攝合細 | 東韻合細<br>遮韻合細〔註62〕 | 卜佸細音 | 東洪合細 | y |

〔註58〕 詳情可見本文頁86～92。

〔註59〕 《韻略易通》、《青郊雜著》、《交泰韻》、《元韻譜》及《韻略匯通》的通攝燭韻各組聲母字仍歸在入聲，明代入聲字承宋元時代，大抵已演變爲喉塞音。

〔註60〕 《交泰韻》無「觸」字，因此根據「畜」字判斷。

〔註61〕 《交泰韻》無「俗」字，因此根據「速」字判斷。

〔註62〕 《交泰韻》遮韻無〔k〕系字。〔k′〕系字僅有曲字。東韻則無「曲」、「局」兩字，因此根據「菊」、「麴」兩字判斷。

| 玉浴 | 疑燭入三合<br>以燭入三合 | 魚模合細<br>入作去 | 東洪合細 | 東韻合口 | 止攝合細 | 東韻合細〔註63〕 | 玉卜佮細音<br>浴卜佮細音 | 東洪合細 | y |
|---|---|---|---|---|---|---|---|---|---|

燭韻的來母字細音脫落的情況如同屋韻，綜觀東鍾韻的陽聲與入聲，我們發現東韻「隆」組字細音脫落的廣度最小，僅見於《韻略易通》及《韻略匯通》，入聲字細音脫落的廣度顯然大於陽聲字。燭韻的舌面音，在明代如：《韻略易通》、《青郊雜著》、《元韻譜》及《韻略匯通》多保持細音的狀態。而燭韻與其他通攝韻部的洪細演變稍有不同，東、鍾、屋韻的舌面音在元代仍屬合口細音，明代多歸為合口洪音；燭韻則是相反的情形，元代時演變為合口洪音，在明代大部分語料中仍保持合口細音。近代音的邪母已清化為心母，因此「俗」組字可視同精系字，明代除了《青郊雜著》、《元韻譜》之外，其細音均已脫落。見系字及喻、疑母字多保持合口細音，為現代國語撮口呼的來源之一。

## 2. 止攝（支韻）

〔表 4-5-5〕止攝支韻合口細音演變表

| 例字 | 中古音韻地位 | 《中原音韻》 | 《易通》<br>1442 年 | 《青郊》<br>1543～<br>1581 年 | 《圖經》<br>1602 年 | 《交泰韻》<br>1603 年 | 《元韻譜》<br>1611 年 | 《匯通》<br>1642 年 | 合口筆數 |
|---|---|---|---|---|---|---|---|---|---|
| 累 | 來紙上三合<br>來寘去三合 | 齊微合口 | 西微合口 | 灰部合口 | 疊攝開口 | 灰韻合口 | 北佸合細<br>北佸合口 | 灰微合口 | 6 |
| 吹垂 | 昌支平三合<br>常支平三合 | 齊微合口 | 西微合口 | 灰韻合口 | 疊攝合口 | 灰韻合口 | 北佸合細 | 灰微合口 | 6 |
| 隨 | 邪支平三合 | 齊微合口 | 西微合口 | 灰部合口 | 疊攝合口 | 灰韻合口 | 北佸合細 | 灰微合口 | 6 |
| 規 | 見支平三合 | 齊微合口 | 西微合口 | 灰部合口 | 疊攝合口 | 灰韻合口 | 北佸合口 | 灰微合口 | 7 |
| 為 | 云支平三合 | 齊微合口 | 西微合口 | 灰部合口 | 疊攝合口 | 灰韻合口 | 北佸合口 | 灰微合口 | 7 |
| 危 | 疑支平三合 | 齊微合口 | 西微合口 | 灰部合口 | 疊攝合口 | 灰韻合口 | 北佸合口 | 灰微合口 | 7 |

〔註63〕《交泰韻》無「郁」、「育」字，因此根據「欲」字判斷。

止攝支韻各組聲母的合口三等字，如：章系、精系、見系、喻、疑母字從《中原音韻》開始，細音脫落。除了《元韻譜》的章組、精組字仍保持細音，明代北方語料亦半數爲合口洪音。《重訂司馬溫公等韻圖經》的來母字組演變更爲成熟，「累」組字的演變已從合口的階段演變到開口的階段了。

### 2.2　止攝（微韻）

〔表 4-5-6〕止攝微韻合口細音演變表

| 例字 | 中古音韻地位 | 《中原音韻》 | 《易通》1442 年 | 《青郊》1543～1581 年 | 《圖經》1602 年 | 《交泰韻》1603 年 | 《元韻譜》1611 年 | 《匯通》1642 年 | 開合筆數 |
|---|---|---|---|---|---|---|---|---|---|
| 非沸 | 幫微平三合　幫未去三合 | 齊微開口 | 西微開口 | 灰部合口 | 壘攝開口 | 齊韻細音 | 北佸合細 | 灰微開口 | 4 |
| 微未 | 明微平三合　明未去三合 | 齊微開口 | 西微開口 | 灰部合口 | 壘攝合口 | 齊韻細音 | 北佸合細 | 灰微合口 | 3 |
| 鬼貴歸 | 見微平三合　見尾上三合　見未去三合 | 齊微合口 | 西微合口 | 灰部合口 | 壘攝合口 | 灰韻合口 | 北佸合細　北佸合口 | 灰微合口 | 7 |
| 魏 | 疑未去三合 | 齊微合口 | 西微合口 | 灰部合口 | 壘攝合口 | 灰韻合口 | 北佸合口 | 灰微合口 | 7 |
| 畏 | 影未去三合 | 齊微合口 | 西微合口 | 灰部合口 | 壘攝合口 | 灰韻合口 | 北佸合口 | 灰微合口 | 7 |
| 偉胃 | 云尾上三合　云未去三合 | 齊微合口 | 西微合口 | 灰部合口 | 壘攝合口 | 灰韻合口 | 北佸合口 | 灰微合口 | 7 |

中古微韻分爲開口細音與合口細音，其中的合口細音可擬爲〔iuəi〕，止攝支、微韻這些字在《中原音韻》時已是合口洪音。支、微兩韻細音脫落的原因不在於聲母，而是〔i〕韻尾的影響，介音與韻尾音值相同往往會造成異化作用，其道理如同現代國語沒有〔iai〕或是〔iei〕這樣的發音形式。微、支兩韻相同，《中原音韻》各組字的細音已有脫落的情況，並且明代北方幾本語料亦多數爲

合口洪音。僅有零星例外，如：《交泰韻》與《元韻譜》的明母字仍被歸屬在細音〔註64〕，齊微韻相關演變論述將於第三節「複合介音的演變模式」中討論。〔註65〕

### 3. 遇攝（魚韻）

〔表 4-5-7〕遇攝魚韻合口細音演變表

| 例字 | 中古音韻地位 | 《中原音韻》 | 《易通》1442年 | 《青郊》1543~1581年 | 《圖經》1602年 | 《交泰韻》1603年 | 《元韻譜》1611年 | 《匯通》1642年 | 合口筆數 |
|---|---|---|---|---|---|---|---|---|---|
| 女 | 娘語上三開 | 魚模合細 | 居魚合細 | 魚韻合細 | 止攝合細 | 魚韻合細 | 卜佸細音 | 居魚合細 | y |
| 慮 | 來御去三開 | 魚模合細 | 居魚合細 | 魚韻合細 | 止攝合細 | 魚韻合細 | 卜佸細音 | 居魚合細 | y |
| 豬 | 知魚平三開 | 魚模合細 | 居魚合細 | 魚韻合細 | 止攝合口 | 魚韻合細〔註66〕 | 卜佸細音 | 居魚合細 | 1 |
| 諸 | 章魚平三開 | 魚模合細 | 居魚合細 | 魚韻合細 | 止攝合口 | 魚韻合細 | 卜佸細音 | 居魚合細 | 0 |
| 初 | 初魚平三開 | 魚模合口 | 呼模合口 | 模韻合口 | 祝攝合口 | 模韻合口 | 卜佸開口 | 呼模合口 | 6 |
| 居巨 | 見魚平三開 群語上三開 | 魚模合細 | 居魚合細 | 魚韻合細 | 止攝合細 | 魚韻合細 | 卜佸細音 | 居魚合細 | y |
| 於 | 影魚平三開 | 魚模合細 | 居魚合細 | 魚韻合細 | 止攝合細 | 魚韻合細 | 卜佸細音 | 居魚合細 | y |
| 魚 | 疑魚平三開 | 魚模合細 | 居魚合細 | 魚韻合細 | 止攝合細 | 魚韻合細 | 卜佸開口 | 居魚合細 | y |
| 余 | 以魚平三開 | 魚模合細 | 居魚合細 | 魚韻合細 | 止攝合細 | 魚韻合細 | 卜佸開口 | 居魚合細 | y |

　　遇攝魚韻知、章系聲母的介音發展情況，除了莊系字從元代至明代演變為洪音外，其它多保持細音。明代以《重訂司馬溫公等韻圖經》的發展最速快，知章莊各組字全歸屬洪音。明代各語料，如：見系及泥、來、喻、影、疑母各

---

〔註64〕關於明代語料中唇音字的歸屬問題，多含有作者主觀成分，詳情可參見本文唇音一節，頁 85～97。

〔註65〕齊微韻相關演變論述詳見頁 156。

〔註66〕《交泰韻》無「豬」字，因此根據「諸」字判斷。

組字則始終保持合口細音，為現代國語撮口韻母的來源之一。

### 3.2　遇攝（虞韻）

〔表 4-5-8〕遇攝虞韻合口細音演變表

| 例字 | 中古音韻地位 | 《中原音韻》 | 《易通》1442 年 | 《青郊》1543～1581 年 | 《圖經》1602 年 | 《交泰韻》1603 年 | 《元韻譜》1611 年 | 《匯通》1642 年 | 合口筆數 |
|---|---|---|---|---|---|---|---|---|---|
| 夫<br>甫 | 並虞平三合<br>幫麌上三合 | 魚模合口 | 呼模合口 | 模韻合口 | 祝攝合口 | 模韻合口 | 卜佸合細 | 呼模合口 | 6 |
| 務 | 明遇去三合 | 魚模合口 | 呼模合口 | 模韻合口 | 祝攝合口 | 模韻合口 | 卜佸合細 | 呼模合口 | 6 |
| 屢 | 來遇去三合 | 魚模合細 | 居魚合細 | 魚韻合細 | 止攝合細 | 魚韻合細 | 卜佸合細 | 居魚合細 | y |
| 柱 | 知麌上三合<br>澄麌上三合 | 魚模合細 | 居魚合細 | 魚韻合細 | 祝攝合口 | 魚韻合細 | 卜佸合細 | 居魚合細 | 1 |
| 主 | 章麌上三合 | 魚模合細 | 居魚合細 | 魚韻合細 | 祝攝合口 | 魚韻合細 | 卜佸合細 | 居魚合細 | 1 |
| 數 | 生麌上三合<br>生遇去三合 | 魚模合口 | 呼模合口 | 魚韻合細 | 祝攝合口 | 模韻合口〔註67〕 | 卜佸合口 | 呼模合口 | 6 |
| 取<br>須 | 清麌上三合<br>心虞平三合 | 魚模合細 | 居魚合細 | 魚韻合細 | 止攝合細 | 魚韻合細 | 卜佸合細 | 居魚合細 | y |
| 具 | 群遇去三合 | 魚模合細 | 居魚合細 | 魚韻合細 | 止攝合細 | 魚韻合細 | 卜佸合細 | 居魚合細 | y |
| 愚 | 疑虞平三合 | 魚模合細 | 居魚合細 | 魚韻合細 | 止攝合細 | 魚韻合細 | 卜佸合細 | 居魚合細 | y |
| 紆 | 影虞平三合 | 魚模合細 | 居魚合細 | 魚韻合細 | 止攝合細 | 魚韻合細 | 卜佸合細 | 居魚合細 | y |
| 雨<br>宇 | 云麌上三合 | 魚模合細 | 居魚合細 | 魚韻合細 | 止攝合細 | 魚韻合細 | 卜佸合細 | 居魚合細 | y |
| 喻 | 以遇去三合 | 魚模合細 | 居魚合細 | 魚韻合細 | 止攝合細 | 魚韻合細 | 卜佸合細 | 居魚合細 | y |

〔註67〕《交泰韻》無「數」字，根據模韻、書母的反切用數字判斷。

虞韻的唇音字從元代《中原音韻》開始即為合口洪音，明代的語料大部分也歸在合口洪音，僅《元韻譜》將唇音字歸在細音。知、章系聲母字在明代仍多保持合口細音，唯獨莊系字的細音從元代開始已有脫落的現象。而來母、精系、見系，喻、影、疑母字組則從《中原音韻》到明代各語料均保持合口細音，為現代國語撮口韻的來源之一。

### 4. 蟹攝（廢韻）

〔表 4-5-9〕蟹攝廢韻合口細音演變表

| 例字 | 中古音韻地位 | 《中原音韻》 | 《易通》1442 年 | 《青郊》1543～1581 年 | 《圖經》1602 年 | 《交泰韻》1603 年 | 《元韻譜》1611 年 | 《匯通》1642 年 | 開合筆數 |
|---|---|---|---|---|---|---|---|---|---|
| 廢 | 幫廢去三合 | 齊微開口 | 西微開口 | 灰部合口 | 疊攝開口 | 無字 | 百佁合細 | 灰微開口 | 4 |
| 穢 | 影廢去三合 | 齊微合口 | 西微合口 | 灰韻合口 | 疊攝合口 | 無字 | 北佁合細 百佁合細 | 灰微合口 | 5 |

廢韻從元代《中原音韻》開始，「穢」組字細音脫落，明代幾本語料亦多是如此，唯獨反映河北方言的《元韻譜》尚保留細音。

### 4.2 蟹攝（祭韻）

〔表 4-5-10〕蟹攝祭韻合口細音演變表

| 例字 | 中古音韻地位 | 《中原音韻》 | 《易通》1442 年 | 《青郊》1543～1581 年 | 《圖經》1602 年 | 《交泰韻》1603 年 | 《元韻譜》1611 年 | 《匯通》1642 年 | 開合筆數 |
|---|---|---|---|---|---|---|---|---|---|
| 贅 | 章祭去三合 | 齊微合口 | 西微合口 | 灰韻合口 | 疊攝合口 | 灰韻合口 | 北佁合細 | 灰微合口 | 6 |
| 脆 | 清祭去三合 | 齊微合口 | 西微合口 | 灰韻合口 | 疊攝合口 | 灰韻合口 | 北佁合細 | 灰微合口 | 6 |
| 銳 | 以祭去三合 定泰去一合 | 齊微合口 | 西微合口 | 灰韻合口 | 疊攝合口 | 灰韻合口 | 北佁合細 | 灰微合口 | 6 |

中古祭韻屬於合口三等的聲母有章系、精系及喻母字。觀察語料歸納可以發現明代語料細音脫落的情況一致，如同廢韻，僅剩《元韻譜》仍保持合口細音。另有一個現象是蟹攝的一部分字歸併到止攝，同時細音脫落了，例如《中原音韻》中的「胃」、「穢」字及「翠」、「脆」字以及「墜」、「贅」字同列為齊

微韻。可見止、蟹攝各組合口三等字細音脫落的年限應完成於元代。

### 5. 臻攝（諄韻）

〔表 4-5-11〕臻攝諄韻合口細音演變表

| 例字 | 中古音韻地位 | 《中原音韻》 | 《易通》1442年 | 《青郊》1543～1581年 | 《圖經》1602年 | 《交泰韻》1603年 | 《元韻譜》1611年 | 《匯通》1642年 | 合口筆數 |
|---|---|---|---|---|---|---|---|---|---|
| 倫 | 來諄平三合 | 眞文合細 | 眞文合細 | 眞韻合細 | 臻攝合細 | 文韻合細 | 奔佸合細 | 眞尋合細 | 0 |
| 屯 | 知諄平三合 | 眞文合細 | 眞文合細 | 眞韻合細 | 臻攝合口 | 文韻合口〔註68〕 | 奔佸合口 | 眞尋合細 | 3 |
| 準春純 | 章準上三合 昌諄平三合 常諄平三合 | 眞文合細 無春字 | 眞文合細 | 眞韻合細 | 臻攝合口 | 春 純 文 韻 合細 諄 準 文 韻 合口 | 奔佸合細 | 眞尋合細 | 2 |
| 俊 | 精稕去三合 | 眞文合細 | 眞文合口 | 眞韻合細 | 臻攝合細 | 文韻合細 | 奔佸合細 | 眞尋合口 | y |
| 均 | 見諄平三合 | 眞文合細 | 眞文合細 | 眞韻合細 | 臻攝合細 | 文韻合細 | 奔佸合細 | 眞尋合細 | y |
| 旬 | 邪諄平三合 | 眞文合細 | 眞文合細 | 眞韻合細 | 臻攝合細 | 文韻合細 | 奔佸合細 | 眞尋合細 | y |

　　諄韻發展到現代國語演變爲合口介音者有：來母字及知、章系字。從表格中也發現諄韻的知、章組字，在明代北方音系的語料中大部分仍配細音，僅《重訂司馬溫公等韻圖經》及《交泰韻》爲合口洪音。屬於現代國語撮口呼演變者爲：精系、見系聲母字，除了《韻略易通》及《韻略匯通》歸屬到合口洪音之外，其它各組語料均歸屬爲合口細音。

### 5.2 臻攝（文韻）

〔表 4-5-12〕臻攝文韻合口細音演變表

| 例字 | 中古音韻地位 | 《中原音韻》 | 《易通》1442年 | 《青郊》1543～1581年 | 《圖經》1602年 | 《交泰韻》1603年 | 《元韻譜》1611年 | 《匯通》1642年 | 開合筆數 |
|---|---|---|---|---|---|---|---|---|---|
| 分 | 幫文平三合 | 眞文開口 | 眞文開口 | 眞部合口 | 臻攝開口 | 文韻合洪 | 奔佸合細 | 眞文開口 | 4 |

---

〔註68〕　《交泰韻》無「屯」字，因此根據「諄」字判斷。

| 例字 | 中古音韻地位 | 《中原音韻》 | 《易通》1442年 | 《青郊》1543~1581年 | 《圖經》1602年 | 《交泰韻》1603年 | 《元韻譜》1611年 | 《匯通》1642年 | 開合筆數 |
|---|---|---|---|---|---|---|---|---|---|
| 文問吻 | 明文平三合 明問去三合 明吻上三合 | 眞文開口 | 眞文合細 | 眞韻合口 | 臻攝合口 | 文韻合口 | 奔佸合細 | 眞尋開口 | 3 |
| 軍君熏訓 | 見文平三合 見文平三合 曉文平三合 曉問去三合 | 眞文合細 | 眞文合細 | 眞韻合細 | 臻攝合細 | 文韻合細 | 奔佸合細 | 眞尋合細 | y |
| 雲韻運 | 云文平三合 云問去三合 云問去三合 | 眞文合細 | 眞文合細 | 眞韻合細 | 臻攝合細 | 文韻合細 | 奔佸合細 | 眞尋合細 | y |

中古文韻屬於合口三等者爲脣音字及見系、喻母字。明母字細音的脫落從《中原音韻》開始，至明代除了《韻略易通》、《元韻譜》以外，皆已演變爲合口洪音。而見系及喻母字從中古至明代全屬合口細音，係現代國語撮口介音的來源之一。

## 5.3 臻攝（物韻）

〔表4-5-13〕臻攝物韻合口細音演變表〔註69〕

| 例字 | 中古音韻地位 | 《中原音韻》 | 《易通》1442年 | 《青郊》1543~1581年 | 《圖經》1602年 | 《交泰韻》1603年 | 《元韻譜》1611年 | 《匯通》1642年 | 開合筆數 |
|---|---|---|---|---|---|---|---|---|---|
| 物勿 | 明物入三合 明物入三合 | 魚模合口入聲作去聲 | 眞文開口 | 眞韻合口 | 祝攝合口 | 模韻合口文韻合口 | 北佸合細 | 東洪合口 | 5 |
| 屈 | 見物三合 溪物入三合 | 魚模合細入聲作上聲 | 眞文合細 | 眞韻合口 | 止攝合細 | 文韻合細 | 北佸合細 | 眞尋合細 | y |

〔註69〕《韻略易通》、《青郊雜著》、《交泰韻》、《元韻譜》及《韻略匯通》的臻攝物韻各組聲母字仍歸在入聲，明代入聲字承宋元時代，大抵已演變爲喉塞音。

臻攝入聲勿韻的明母字，如同陽聲字多屬洪音，僅《元韻譜》爲合口細音。見系字則爲現代國語撮口呼的來源之一，在元代至明代的北方音系中大抵維持合口細音。

### 6. 山攝（仙韻）

〔表 4-5-14〕山攝仙韻合口細音演變表

| 例字 | 中古音韻地位 | 《中原音韻》 | 《易通》1442 年 | 《青郊》1543～1581 年 | 《圖經》1602 年 | 《交泰韻》1603 年 | 《元韻譜》1611 年 | 《匯通》1642 年 | 開合筆數 |
|---|---|---|---|---|---|---|---|---|---|
| 傳傳轉轉 | 澄仙平三合<br>澄線去三合<br>知獮上三合<br>知線去三合 | 先天合細 | 先全合細 | 元部合細 | 山攝合口 | 先韻合細 | 般佸合細 | 先全合細 | 1 |
| 專 | 章仙平三合 | 先天合細 | 先全合細 | 元部合細 | 山攝合口 | 先韻合細 | 般佸合細 | 先全合細 | 1 |
| 鐫泉全選 | 精仙平三合<br>從仙平三合<br>從仙平三合<br>心獮上三合 | 先天合細 | 先全合細 | 元部合細 | 山攝合細 | 先韻合細 | 般佸合細 | 先全合細 | y |
| 眷權娟 | 見線去三合<br>群仙平三合<br>影仙平三合 | 先天合細 | 先全合細 | 元部合細 | 山攝合細 | 先韻合細 | 般佸合細 | 先全合細 | y |

如同演變規則，知、章系合口三等字變成合口洪音，精系、見系字則變成撮口呼，仙韻亦不例外。然而明代將山攝知、章系聲母字歸爲洪音者僅有《重訂司馬溫公等韻圖經》，可見山攝知、章系字的介音在明代北方音系絕大部分仍屬於合口細音。精、見系字介音的歸屬則是非常整齊，元代至明代全爲合口細音。

## 6.2 山攝（元韻）

〔表 4-5-15〕山攝元韻合口細音演變表

| 例字 | 中古音韻地位 | 《中原音韻》 | 《易通》1442年 | 《青郊》1543～1581年 | 《圖經》1602年 | 《交泰韻》1603年 | 《元韻譜》1611年 | 《匯通》1642年 | 開合筆數 |
|---|---|---|---|---|---|---|---|---|---|
| 煩 | 並元平三合 | 寒山開口 | 山寒開口 | 元部合口侵部合口 | 山攝開口 | 刪韻開口 | 般佸合細 | 山寒開口 | 5 |
| 凡 | 並凡平三合 | | | | | | | | |
| 晚挽 | 明阮上三合 | 寒山開口 | 山寒開口 | 元部合口 | 山攝合口 | 刪韻開口 | 般佸合細 | 山寒開口 | 2 |
| 萬 | 明願去三合 | 寒山開口 | 山寒開口 | 元部合口 | 山攝合口 | 寒韻開口 | 般佸合細 | 山寒開口 | 2 |
| 券楦 | 溪願去三合 曉元平三合 | 先天合細 | 先全合細 | 元部合細 | 山攝合細 | 先韻合細 | 般佸合細 | 先全合細 | y |
| 元 | 疑元平三合 | 先天合細 | 先全合細 | 元部合細 | 山攝合細 | 先韻合細 | 般佸合細 | 先全合細 | y |
| 冤 | 影元平三合 | 先天合細 | 先全合細 | 元部合細 | 山攝合細 | 先韻合細 | 般佸合細 | 先全合細 | y |
| 遠 | 云阮上三合 | 先天合細 | 先全合細 | 元部合細 | 山攝合細 | 先韻合細 | 般佸合細 | 先全合細 | y |

　　山攝元韻的唇音字在元代《中原音韻》中已為洪音，明代除了《元韻譜》之外，其他均歸屬在洪音。而現代國語屬於零聲母字的喻、影、疑母以及見系字，在元代至明代則一致呈現合口細音的情況，為現代國語撮口介音的來源之一。

## 6.3 山攝（先韻）

〔表 4-5-16〕山攝先韻合口細音演變表

| 例字 | 中古音韻地位 | 《中原音韻》 | 《易通》1442年 | 《青郊》1543～1581年 | 《圖經》1602年 | 《交泰韻》1603年 | 《元韻譜》1611年 | 《匯通》1642年 | 合口筆數 |
|---|---|---|---|---|---|---|---|---|---|
| 犬玄 | 溪銑上四合 匣先平四合 | 先天合細 | 先全合細 | 元部合細 | 山攝合細 | 先韻合細 | 般佸合細 | 先全合細 | y |

| 眩 | 匣霰去四合 | | | | | | | |
|---|---|---|---|---|---|---|---|---|
| 淵 | 影先平四合 | 先天合細 | 先全合細 | 元部合細 | 山攝合細 | 先韻合細 | 般佸合細 | 先全合細 | y |

　　山攝先韻屬於合口三等者爲見系字及影母字。各組在元代及明代北方音系中亦保持合口細音，爲現代國語撮口介音的來源之一。

### 6.4　山攝（薛韻）

〔表4-5-17〕山攝薛韻合口細音演變表〔註70〕

| 例字 | 中古音韻地位 | 《中原音韻》 | 《易通》1442年 | 《青郊》1543～1581年 | 《圖經》1602年 | 《交泰韻》1603年 | 《元韻譜》1611年 | 《匯通》1642年 | 合口筆數 |
|---|---|---|---|---|---|---|---|---|---|
| 拙 | 章薛入三合 | 車遮合細入作上 | 先全合細 | 元部合細 | 拙攝合口 | 先韻合細魚韻合細 | 孛佸合細 | 先全合細 | 1 |
| 說 | 書薛入三合 | 車遮合細入作上 | 先全合細 | 灰部合口 | 拙攝合口 | 先韻合細 | 孛佸合細 | 先全合細 | 2 |
| 絕雪 | 從薛入三合 心薛入三合 | 車遮合細入 絕入作平 雪入作上 | 先全合細 | 絕元部合細〔註71〕絕雪灰部合口〔註72〕 | 拙攝合細 | 先、魚韻合細 | 孛佸合細 | 先全合細 | y |
| 缺 | 溪薛入三合 | 車遮合細入作上 | 先全合細 | 灰部合口 | 拙攝合細 | 先、魚韻合細 | 孛佸合細 | 先全合細 | y |
| 悅閱 | 以薛入三合 | 車遮合細入作去 | 先全合細 | 灰部合口 | 拙攝合細 | 魚韻合細 | 孛佸合細 | 先全合細 | y |

　　表格爲入聲薛韻知、章系聲母，明代僅《重訂司馬溫公等韻圖經》語音發展的速度較快，細音脫落轉變爲合口洪音。而屬於現代國語撮口介音來源之一的精、見系及喻母字在元代及明代大抵多數爲合口細音。唯獨《青郊雜著》將精系「絕」組字分別列在洪、細兩處，而喻母「悅」組字及見系「缺」組字則歸爲合口洪音。

〔註70〕　《韻略易通》、《青郊雜著》、《交泰韻》、《元韻譜》及《韻略匯通》的山攝薛韻各組聲母字仍歸在入聲，明代入聲字承宋元時代，大抵已演變爲喉塞音。

〔註71〕　《青郊雜著》元部僅收「絕」字，無收「雪」字。

〔註72〕　《青郊雜著》灰部均收「絕」、「雪」二字。

### 6.5 山攝（月韻）

〔表 4-5-18〕合口細音演變表〔註73〕

| 例字 | 中古音韻地位 | 《中原音韻》 | 《易通》1442年 | 《青郊》1543～1581年 | 《圖經》1602年 | 《交泰韻》1603年 | 《元韻譜》1611年 | 《匯通》1642年 | 合口筆數 |
|---|---|---|---|---|---|---|---|---|---|
| 厥 | 見月入三合 | 車遮合細入作平 | 先全合細 | 灰部合口元部合細 | 拙韻合細 | 先韻合細 | 孛佸合細 | 先全合細 | y |
| 月 | 疑月入三合 | 車遮合細入作去 | 先全合細 | 元部合細 | 拙攝合細 | 魚韻合細 | 孛佸合細 | 先全合細 | y |
| 越粵 | 云月入三合 | 車遮合細入作去 | 先全合細 | 粵元部合細　越灰部合口 | 拙攝合細 | 魚韻合細 | 孛佸合細 | 先全合細 | y |

　　入聲月韻屬於合口三等者為見系及喻、疑母字，為國語撮口介音來源之一。元代《中原音韻》及明代各組語料大致都歸於合口細音，唯獨《青郊雜著》將「厥」組字同時列在洪、細兩處，而將喻母字組分列，「越」組字歸合口洪音，「粵」組字歸合口細音。

### 6.6 山攝（屑韻）

〔表 4-5-19〕山攝屑韻合口細音演變表〔註74〕

| 例字 | 中古音韻地位 | 《中原音韻》 | 《易通》1442年 | 《青郊》1543～1581年 | 《圖經》1602年 | 《交泰韻》1603年 | 《元韻譜》1611年 | 《匯通》1642年 | 合口筆數 |
|---|---|---|---|---|---|---|---|---|---|
| 缺 | 溪屑入四合 | 車遮合細入作 | 先全合細 | 灰部合口 | 拙攝合細 | 先、魚韻合細 | 孛佸合細 | 先全合細 | |
| 血 | 曉屑入四合 | 上車遮齊入作上 | 先全合細 | 元部合細 | 拙攝合細 | 先韻合細 | 孛佸合細 | 先全合細 | y |
| 穴 | 匣屑入四合 | 車遮齊入作平 | 先全合細 | 元部合細 | 拙攝合細 | 先韻合細 | 孛佸合細 | 先全合細 | |

　　入聲屑韻屬於中古合口三等者僅有見系字，元代與明代各組語料一致保持

---

〔註73〕《韻略易通》、《青郊雜著》、《交泰韻》、《元韻譜》及《韻略匯通》的山攝月韻各組聲母字仍歸在入聲，明代入聲字承宋元時代，大抵已演變為喉塞音。

〔註74〕《韻略易通》、《青郊雜著》、《交泰韻》、《元韻譜》及《韻略匯通》的山攝屑韻各組聲母字仍歸在入聲，明代入聲字承宋元時代，大抵已演變為喉塞音。

合口細音，為現代國語撮口介音的來源之一。我們另外參考了《音注中原音韻》的注音〔註75〕，發現其將「血」組字與「穴」組字擬為開口細音，似乎顯示其合口介音有脫落情況。以「血」字為例，現代國語廣泛的念為齊齒〔ɕie〕，北京及濟南地區的方言則有文白兩讀的情況，文讀念為撮口呼〔ɕye〕，白讀念為齊齒「ɕie」〔註76〕。

## 7. 果攝（戈韻）

〔表4-5-20〕果攝戈韻合口細音演變表

| 例字 | 中古音韻地位 | 《中原音韻》 | 《易通》1442年 | 《青郊》1543～1581年 | 《圖經》1602年 | 《交泰韻》1603年 | 《元韻譜》1611年 | 《匯通》1642年 | 合口筆數 |
|---|---|---|---|---|---|---|---|---|---|
| 瘸靴 | 群戈平三合 曉戈平三合 | 車遮合細 | 遮蛇合細 | 遮部合細 | 拙攝合細 | 靴魚韻合細 瘸靴遮韻合細 | 孛佸合細 | 遮蛇合細 | y |

果攝戈韻僅有見系聲母字屬於合口三等，各組從元代到明代也都一致保持合口細音的情況，為國語撮口介音的來源之一。其合口細音〔iu〕發展成撮口呼〔y〕的演變情形，將於下文與其他韻部一併討論。

## 8. 宕攝（陽韻）

〔表4-5-21〕宕攝陽韻合口細音演變表

| 例字 | 中古音韻地位 | 《中原音韻》 | 《易通》1442年 | 《青郊》1543～1581年 | 《圖經》1602年 | 《交泰韻》1603年 | 《元韻譜》1611年 | 《匯通》1642年 | 開合筆數 |
|---|---|---|---|---|---|---|---|---|---|
| 方 | 幫陽平三合 | 江陽開口 | 江陽開口 | 陽部合口 | 宕攝開口 | 陽韻合口 | 幫佸合細 | 江陽開口 | 4 |
| 望妄 | 明漾去三合 明漾去三合 | 江陽開口 | 江陽合口 | 陽部合口 | 宕攝合口 | 陽韻合口 | 幫佸合細 | 江陽合口 | 5 |

---

〔註75〕　（元）周德清著，許世瑛校訂：《音注中原音韻》（臺北：廣文書局，1986年），頁41、43。

〔註76〕　參見北京大學中國語言文學系語言學教研室編：《漢語方音字彙》（北京：語文出版社，2006年），頁50。

| 匡狂 | 溪陽平三合<br>群陽平三合 | 江陽合口 | 江陽合口 | 陽部合口 | 宕攝合口 | 陽韻合口 | 幫佸合細 | 江陽合口 | 6 |
| 王往 | 云陽平三合<br>云養上三合 | 江陽合口 | 江陽合口 | 陽部合口 | 宕攝合口 | 陽韻合口 | 幫佸合細 | 江陽合口 | 6 |

　　中古宕攝陽韻，屬於合口三等者爲見系、喻母及唇音字。然而在元代《中原音韻》中顯示這三組聲母字的細音已經脫落，歸在洪音。明代的語料大抵與元代相同，唯獨《元韻譜》的演變稍微緩慢，仍屬於合口細音的階段。

## 8.2 宕攝（藥韻）

〔表 4-5-22〕宕攝藥韻合口細音演變表〔註77〕

| 例字 | 中古音韻地位 | 《中原音韻》 | 《易通》1442 年 | 《青郊》1543～1581 年 | 《圖經》1602 年 | 《交泰韻》1603 年 | 《元韻譜》1611 年 | 《匯通》1642 年 | 開合筆數 |
| --- | --- | --- | --- | --- | --- | --- | --- | --- | --- |
| 縛 | 並藥入三開 | 蕭豪開口入作平 | 江陽開口 | 模部合口 | 果攝合細 | 陽韻合口 | 博佸合細 | 江陽開口 | 開2 |
| 略掠 | 來藥入三開 | 歌戈齊入作去 | 江陽齊口 | 掠陽部齊<br>略魚部合細 | 果攝齊 | 陽韻齊 | 博佸齊 | 江陽齊 | y1 |
| 著 | 知藥入三開 | 歌戈齊入作平<br>蕭豪齊入作平 | 江陽齊 | 魚部合細 | 果攝齊 | 陽韻齊 | 博佸齊 | 江陽齊 | u0 |
| 酌綽 | 章藥入三開<br>昌藥入三開 | 蕭豪齊入作上 | 江陽齊 | 蕭部齊 | 果攝開口 | 陽韻齊 | 博佸開口 | 江陽齊 | u0 |
| 雀削 | 精藥入三開<br>心藥入三開 | 蕭豪齊入作上 | 江陽齊 | 蕭部齊 | 果攝齊 | 陽韻齊 | 博佸齊 | 江陽齊 | y0 |

〔註77〕《韻略易通》、《青郊雜著》、《交泰韻》、《元韻譜》及《韻略匯通》的宕攝藥韻各組聲母字仍歸在入聲，明代入聲字承宋元時代，大抵已演變爲喉塞音。

| 例字 | 中古音韻地位 | 《中原音韻》 | 《易通》 | 《青郊》 | 《圖經》 | 《交泰韻》 | 《元韻譜》 | 《匯通》 | 合口筆數 |
|---|---|---|---|---|---|---|---|---|---|
| 钁<br>却<br>却 | 見藥入三開<br>見藥入三開<br>溪藥入三開 | 蕭豪合口入作平<br>車遮合細入作上 | 江陽合口<br>江陽齊 | 魚部合細<br>陽部齊 | 拙攝合細<br>果攝齊 | 陽韻齊〔註78〕<br>陽韻齊<br>麻韻齊 | 博佸齊<br>博佸齊 | 江陽齊 | y3 |
| 虐 | 疑藥入三開 | 蕭豪齊入作去 | 江陽齊 | 陽部齊 | 果攝齊 | 無字 | 博佸齊 | 江陽齊 | |
| 藥 | 以藥入三開 | 蕭豪齊入作去 | 江陽齊 | 蕭部齊 | 果攝齊 | 陽、麻齊 | 博佸齊 | 江陽齊 | y0 |
| 鑰 | 以藥入三開 | 蕭豪齊、歌戈齊入作去 | 江陽齊 | 蕭部齊 | 果攝齊 | 陽、麻齊 | 博佸齊 | 江陽齊 | |

　　中古藥韻雖然與陽韻同屬宕攝，但兩者介音的演變情況迥異。中古藥韻屬於三等開口者有唇音、舌面音、邊音、舌根音。唇音與舌面音在現代國語的聲韻模式中不配細音，唇音「縛」組字從元代《中原音韻》開始即為洪音，明代各語料雖然稍有不同，但只是演變快慢的問題，大抵而言仍是遵循著細音脫落的方向發展。舌面音尚需經過捲舌化的階段，細音才被排斥進而脫落，因此發展稍慢於唇音，元代《中原音韻》及明代絕大部分的語料仍歸在細音。來、喻、疑母及精組字在元代及明代語料中都歸在齊齒細音。見系「钁」組字則有兩置的現象，大部分置於齊齒，而在《韻略易通》、《青郊雜著》、《重訂司馬溫公等韻圖經》及《韻略匯通》之中則是齊齒與合口洪音（細音）兩置。中古藥韻到現代國語的歷史音變，由細音演變為合口或是撮口之情形，將於下節再行論述。〔註79〕

### 9. 梗攝（庚韻）

〔表 4-5-23〕梗攝庚韻合口細音演變表

| 例字 | 中古音韻地位 | 《中原音韻》 | 《易通》1442年 | 《青郊》1543～1581年 | 《圖經》1602年 | 《交泰韻》1603年 | 《元韻譜》1611年 | 《匯通》1642年 | 合口筆數 |
|---|---|---|---|---|---|---|---|---|---|
| 兄<br>永<br>泳<br>詠 | 曉庚平三合<br>云梗上三合<br>云梗上三合<br>云映去三合 | 庚青合細 | 庚晴合細 | 庚部合細 | 通攝合細 | 東韻合細 | 弁佸合細 | 東洪合細 | y |

〔註78〕《交泰韻》無「钁」字，因此根據「覺」字判斷。

〔註79〕相關論述詳見本節，頁 158～160。

　　庚韻僅有曉母及喻母字屬於合口三等。元代及明代各組語料均保持合口細音，爲現代國語撮口呼的來源之一。

### 10. 曾攝（職韻）

〔表 4-5-24〕曾攝職韻合口細音演變表〔註 80〕

| 例字 | 中古音韻地位 | 《中原音韻》 | 《易通》1442 年 | 《青郊》1543～1581 年 | 《圖經》1602 年 | 《交泰韻》1603 年 | 《元韻譜》1611 年 | 《匯通》1642 年 | 合口筆數 |
|---|---|---|---|---|---|---|---|---|---|
| 域 | 云職入三合 | 無字 | 庚晴合細 | 庚部合細 | 止攝合細 | 東韻合細 | 孛佸合細 | 眞尋合細 | y |

　　職韻僅有喻母「域」組字爲合口三等字。如同上述庚韻的情況，元代及明代各組語料均保持合口細音，亦爲現代國語撮口呼的來源之一。

### （二）材料內部的演變詮釋

　　本小節將就明代北方語料的演變情形稍作歸納及探討。另外，明代有一部分語料的洪細歸納並不符合近代至現代國語的演變走向。以國語撮口呼爲例，往前追溯應該係由合口細音而來，然而明代語料因作者主觀的編排或各語料依據的方言點不同等外在因素的影響，使得幾本語料的語音演變並未依時間推移。

　　而從表格的歸納中得以發現：不同韻部之中的相同聲母，其洪細歸屬均有些微差異，而這樣的情況並不影響整體的演變規則。例如：「隆」組字與「龍」組字同屬東攝而分屬於東、鍾韻的合口細音，若從明代語料的歸納，論析介音的發展，筆者發現「龍」組字細音脫落的比率高於「隆」組字。但整體而言，東攝來母字的合口細音都是往細音脫落的方向演變。即爲相同聲母不同韻部的介音演變在明代語料中有先後快慢的情況，對此本文在上部分的表格歸納已有所提及，因此爲論述之順暢在此將其議題簡略，僅就大方向的聲母與韻部間的複合介音發展作綜合歸納及論析。

　　第一個部分各依聲母之不同，而形成合口與撮口兩種演變，包括通攝、遇攝、臻攝、山攝、宕攝、止攝與蟹攝。

---

〔註 80〕《韻略易通》、《青郊雜著》、《交泰韻》、《元韻譜》及《韻略匯通》的曾攝職韻各組聲母字仍歸在入聲，明代入聲字承宋元時代，大抵已演變爲喉塞音。

## 1. 通　攝

東、鍾兩韻的合口三等字發展到現代國語大多變成合口，入聲字亦如此，僅有少數字保持複合介音。因此，通攝合口三等字的演變在明代開始即向合口及撮口兩方面發展，發展為合口者為來母、見母、知、章系字，保持合口細音者為少數的曉母、喻母字。合口方面，元代時期各組字仍維持合口細音，從明代《韻略易通》開始，來母及知章系字演變為合口。就各組語料細音脫落的演變看來，《重訂司馬溫公等韻圖經》及《韻略匯通》的發展的廣度最大，《交泰韻》的發展最為緩慢。

## 2. 遇　攝

遇攝在現代國語的歷時音變中形成合口及撮口兩種介音，如同語音演變規則，知、章、莊系字及唇音字的細音脫落。唇音字細音脫落的年限早在宋元時期，元代莊組字的細音首先消失，到明代《重訂司馬溫公等韻圖經》開始則有一部分的知、章、系字的細音脫落。另一組演變為現代撮口呼，如：見、精系、泥、來、喻、影、疑母字，元、明兩代均保持合口細音的情況。

## 3. 臻　攝

臻攝的唇音字、來母及知、章系字發展到現代國語形成合口呼，見、精系及喻母字則發展為撮口呼。唇音字細音脫落的年限相當早，約在十四世紀左右，因此元代及明代所呈現的洪音情況已十分穩固；知、章系字細音脫落的演變稍晚，大約在《重訂司馬溫公等韻圖經》、《交泰韻》之時；而明代北方語料仍歸來母「倫」組字為合口細音，顯示其細音脫落的年限最晚。喻母、見、精系聲母字在元、明時代大抵保持合口細音，僅少數例外，如：《韻略易通》及《韻略匯通》將「俊」組字歸在合口洪音；《青郊雜著》則將「屈」組字歸在合口洪音。

## 4. 山　攝

包含仙、元、先、薛、月、屑韻三等合口，發展到現代國語的歷時音變形成合撮兩呼。知、章系及明母字的細音脫落形成合口呼，有別於發展為撮口呼的見、精系、喻、影、疑母。元明時期各組語料的知、章系字絕大部分仍為合口細音，僅明代《重訂司馬溫公等韻圖經》發展成合口洪音。另外，薛韻書母「說」組字在《青郊雜著》亦為合口洪音。見、精系、影、喻、疑母字則是元、明兩代大致皆維持合口細音，《青郊雜著》稍有不同，如：其將

月韻見母「厥」組字及薛韻精母「絕」組字歸在合口洪音與合口細音兩處，薛韻喻母「悅」組字置於合口洪音，然而此少數例外並不影響大部分撮口呼的演變。就語料而言，撮口呼的演變，在元、明兩代大抵保持合口細音的情況，合口細音脫落的範圍則以反映北京方音的《重訂司馬溫公等韻圖經》最為廣泛，其知、章系字及明母字皆歸在洪音。

### 5. 宕 攝

宕攝包含陽韻及入聲藥韻。元代的合口三等陽韻字之細音已經脫落，與一等唐韻合併，例如：《中原音韻》中「枉」、「汪」字同列。明代語料承此發展，因此現代國語陽韻各組字自是無撮口呼。入聲藥韻本屬於開口細音，其介音演變也依聲母形成兩種發展，非系、知、章系演變為合口呼，見、精系及來、喻、疑母則為撮口呼。唇音字在元代及明代的《青郊雜著》、《交泰韻》被歸在合口洪音，唇音字不論歸在合口或歸在開口，皆是顯示細音（複合介音）的脫落〔註81〕；知、章系字則是在明代《重訂司馬溫公等韻圖經》中被歸入開口洪音。撮口呼而言，見、精系及來、喻、疑母各組字的演變在元明時代大抵尚未發展，各本語料仍歸置於開口細音。在語音發展較速的明代北方音系中，藥韻往〔ye〕韻的合流顯然仍尚未成形。

其他的演變情況則如下列兩點，發展至現代國語的歷時音變中，各攝各組聲母所配的複合介音一致脫落了細音，包括止攝與蟹攝。其在明代語料的演變概況如下：

### 6. 止 攝

止攝支、微兩韻各組合口三等字，如：知、章系、見精系、喻、影、疑母字在現代國語的歷時演變中均脫落了細音變成合口呼。元、明兩代的語料，僅《元韻譜》的知、章、精系字及明母字仍保持細音，顯示止攝合口三等字細音脫落的情況在明代已十分普遍。

### 7. 蟹 攝

蟹攝廢、祭韻的合口三等各組聲母發展到現代國語演變為合口介音，如：非系、章系、精系及喻、影母字。蟹攝各聲母細音脫落的年限相當早，從元

---

〔註81〕明代各本語料中的唇音字開口或合口的歸屬情況各殊，大抵而言均是顯示了唇音字向洪音發展的現象，其細音（複合介音）的脫落則與輕唇化有關。

代《中原音韻》開始各聲母字包括精組、喻組的細音均脫落僅剩合口介音，明代語料亦承其發展歸爲合口洪音，除了《元韻譜》仍爲合口細音的情況。

　　再者爲現代國語撮口之演變，包含山攝仙、月、屑韻及果攝、梗攝與曾攝。果攝戈韻合口三等字從元代至明代一致保持合口細音的情況，發展到現代國語演變爲撮口呼。其次是梗攝，僅有庚韻見系字及喻母字，元、明兩代亦皆保持合口細音，在國語的歷時音變中形成撮口介音。而曾攝僅職韻喻母字，明代各語料都歸爲合口細音，如同梗攝。大抵在明代語料的複合介音情況均維持合口細音，然則其中牽涉撮口呼成立之議題，將在下節「複合介音的演變模式」中一併討論。

## 二、明代複合介音的演變模式

　　以下探討複合介音的演變模式，據元、明兩代之語料分析，依複合介音發展至國語的三種演變路線：「開口」、「合口」及「撮口」分別論述之。

### （一）複合介音的開口化

　　複合介音在國語的歷史音變中演變爲開口呼者，主要爲支、脂韻的來母字及合口三等各韻的唇音字，其開口化的演變大抵可以從齊微韻及唇音聲母兩方面的發展詮釋之。首先單就聲母而言，合口三等唇音字變爲開口呼的相關韻部大致爲江陽、寒山、眞文、齊微韻。中古三等合口介音是重唇音變爲輕唇音的條件，其演變大概完成於宋代，經過輕唇化之後，三等合口介音亦隨之消失，唇音字自此不配〔iu〕介音，故上述江陽、寒山、眞文、齊微各韻唇音字的開口化大抵可歸在此項詮釋。再者如同王力所言「合口呼的〔u〕頭和撮口呼的〔y〕都是圓唇的元音」〔註82〕唇音聲母自有圓唇成分，與合口介音往往產生相牴觸的關係，也因此唇音往往較少與帶圓唇性質的〔u〕、〔iu〕或〔y〕相拼。另一方面從齊微韻的發展看來，複合介音變成開口呼正如王力所云：

> 本來有韻頭 y 或全韻爲 y，後來失去了韻頭，變爲開口呼。有些是
> 先經過合口呼然後變爲開口呼的。所以它們是和內、雷同一類型的。
> 〔註83〕

---

〔註82〕參見王力《漢語語音史》（北京：中國社會科學出版社，1985 年），頁 639～640。
〔註83〕參見王力《漢語史稿》（北京：中華書局，2006 年），頁 164。

現代〔ei〕韻字來自於中古《廣韻》的齊、微、祭、廢、支、脂合口三、四等字及灰韻一等字，這些字在元代《中原音韻》中為合口字，顯示細音早在元代時已經消失。如同王力所言，齊微韻的來母及唇音聲母開口呼的演變係先經過合口階段。大約在十四世紀左右，蟹攝併入止攝，三、四等字併入一等字，表示細音脫落，即如《中原音韻》齊微韻的情況。

然則，齊微韻來母的合口介音在明、清之際又發生脫落現象，如：「累」字在明代《重訂司馬溫公等韻圖經》之中已為開口呼，追溯自本文前節齊微韻的相關討論，即：唇音聲母及泥、來聲母後面失落合口介音。再從語料的歸納而言，可以發現唇音字合口介音消失的時間，早於泥、來兩母，甚至可追溯至《中原音韻》。而合口介音消失的成因則在於聲母平唇的發音狀態，異於元音〔u〕的圓唇發音，兩音性質的差異，使得相違背的發音產生排斥。並且介音〔u〕所停留在音節裡的時間較短，使得在發音的過程中自然就容易脫落了。

## （二）複合介音的合口化

依王力對複合介音合口化之描述，大致可以概括近代北方音系合口細音向合口介音發展的脈絡，其論點如下：

> 本來有韻頭 y 或全韻為 y，後來變為韻頭 u 或全韻為 u。這是撮口變合口。這個發展規律是和齊齒變開口的發展規律同一類型的：都是基本上由於受捲舌聲母的影響。因為 y 的發音部位和 i 的發音部位是相同的，只是一個圓唇，一個不圓唇罷了。〔註84〕

所謂「韻頭〔y〕或全韻為〔y〕」泛指中古的合口細音，本文在此回歸到〔iu〕音值。大抵「〔iu〕＞合口」的發展係因為細音的脫落，細音脫落的原因則是受到幾個語音發展的影響，即：韻部間的歸併及聲母音值的演變。韻部的歸併即三、四等字併入一等字，如蟹攝併入止攝。聲母音值的影響則屬唇音輕唇化與舌面音捲舌化的例子最為顯著。

就時間點而言，從蟹攝細音脫落的情況看來，蟹攝併入止攝的年限約莫在十四世紀之前，可通稱齊微韻。而聲母音值的影響依唇音及舌面音二者為例，可知輕唇化是複合介音消失的關鍵，大致成於宋元之際，舌面音捲舌化促使細

---

〔註84〕詳見王力《漢語史稿》（北京：中華書局，2006 年），頁 165。

音脫落則稍晚於元明或明清之際。因此，以蟹攝來說，其細音脫落的成因大致受到韻部、等第的歸併，而其他韻部的唇音字或舌面音細音的脫落，則係聲母音值改變的影響所造成，兩者需要有演變時間先後的釐清。

　　韻部的歸併以陽韻及止、蟹攝爲屬。元代時期，合口三等陽韻字已經與一等唐韻字合流，我們可以看到《中原音韻》將中古的陽韻字「匡、王、旺、枉」與唐韻字「廣、汪」同列在江陽韻〔註85〕。止攝與蟹攝則可以同觀，上述已談到蟹攝歸併於止攝，三四等字併入一等，細音消失僅保留合口介音，因此止攝支、微韻及蟹攝廢、祭韻在元代時已合併爲齊微韻。除了非系字及來母字之外，其它各聲母，如：見系、知章系、影、喻母等字均保持合口介音。陽韻與齊微韻的合口演變在明代之前已經完成，明代語料亦遵其演變方向。

　　聲母音值的影響，依據上述時間點的論述，捲舌音對細音產生的影響，應排除陽韻〔註86〕及止攝、蟹攝。中古的知、章系字到了元、明時代逐漸變成捲舌音（舌尖後音），其捲舌化後的聲母與舌面元音〔i〕、〔y〕不相諧，是故在北方音系裡的捲舌聲母不與〔i〕、〔y〕相配。現代國語音系基礎來自於北方話，因此中古的知、章系字原讀齊齒而演變爲開口呼，原爲複合介音的變爲合口呼。在其他的方言中，仍有知、章系字與撮口相配的例子，如：長沙方言「豬」念爲〔tɕy〕，而廣州方言則可與齊齒及撮口相配，例如：「紙」念爲〔tʃi〕，「豬」念爲〔tʃy〕。以上方言的知、章系字音值仍屬舌面音或是舌尖面音，與〔i〕、〔y〕發音的合協度較高，也因此較爲穩定。從韻部看來，通攝的知章系字大部分爲合口洪音，細音脫落的演變範圍最爲廣泛。以語料而言，則以明代《重訂司馬溫公等韻圖經》的知、章系字細音脫落的演變最爲完全，所有與之拼合的韻母皆是開口或合口，表示其舌面音應已全面演變爲捲舌聲母。

### （三）複合介音的撮口化

　　現代國語撮口呼的來源大抵是通、遇、臻、山、果、梗、曾攝及宕攝藥韻的見、精系字、泥、來母及零聲母字。中國傳統漢語音韻學家對韻部的歸

〔註85〕參見（元）周德清著，許世瑛校訂：《音注中原音韻》（臺北：廣文書局，1986 年），頁 4〜5。

〔註86〕中古三等合口陽韻無與之相配的知、章系聲母字。

納，主要依據主要元音與韻尾，兩者相同者即爲同一韻部，因此撮口呼形成的判斷依據在於魚模兩韻分立與否。明代《洪武正韻》已將魚、虞韻字自模韻獨立出來，即表示魚、模兩韻的主要元音及韻尾有所差異，魚、虞韻已非合口韻尾。

《中原音韻》的魚模仍屬同韻，顯示元代當時仍爲複合介音，撮口呼尚未成立。上述提到明代《洪武正韻》魚模兩韻已經分韻之外，本文關注的明代語料，《韻略易通》、《青郊雜著》、《重訂司馬溫公等韻圖經》、《交泰韻》及《韻略匯通》亦將魚模分韻，表示〔y〕韻的成立。其中《韻略匯通》比《韻略易通》多收錄了〔i〕韻尾字，作者可能瞭解到〔i〕與〔y〕同屬舌面音的性質，且〔y〕爲〔i〕的圓唇化音。由此可知，〔y〕韻的性質在當時已經是十分穩固的音了。另外，《重訂司馬溫公等韻圖經》亦將魚韻字與〔i〕韻尾字同歸在止攝，祝攝則僅有合口字，顯然也表示《重訂司馬溫公等韻圖經》的〔y〕韻尾成立。

至於《元韻譜》〔y〕韻是否成立，多數前賢研究多表贊同。《元韻譜》訂立十二佸爲韻部代表，其卜佸合魚、虞、模三韻，兼具合口洪音與合口細音。《元韻譜》的韻母系統或許受到宋元等韻學「攝」的概念之影響，將韻母合併成十二類。然而，韻部的概念爲主要元音與韻尾相同者爲同一韻，攝的概念則是主要元音相近而韻尾相同者爲同攝，若依據《元韻譜》之前的韻書已有魚模韻分立的事實去認定《元韻譜》的〔y〕韻亦成立，則似乎與韻或攝的概念不合。我們也知道語音的演變並非依照各語料的時間先後做有順序的推移，畢竟各家所據的方言點各異，語音演變的先進或保守各殊，因此在未有詳細完善的論證之前，本文暫且認定《元韻譜》的〔y〕韻尚未成立，仍爲〔iu〕音值。

### （四）齊齒變撮口的特殊情況

參照本節〔表 4-5-22〕〔註87〕所做的語料歸納，可見明代對藥韻三等字各有不同韻部的歸屬，以下節錄有關撮口呼演變的部分，並將表格韻部的歸納音值化，以求更詳細地分析藥韻三等字到撮口呼的演變情形。

---

〔註87〕見本節，頁 150。

〔表 4-5-25〕藥韻合口細音演變表

| 例字 | 中古音韻地位 | 《中原音韻》 | 《易通》1442年 | 《青郊》1543～1581年 | 《圖經》1602年 | 《交泰韻》1603年 | 《元韻譜》1611年 | 《匯通》1642年 | 合口筆數 |
|---|---|---|---|---|---|---|---|---|---|
| 略掠 | 來藥入三開 | 歌戈 io | 江陽 iak | 掠陽部 iaʔ 略魚部 yʔ | 果攝齊去 io | 陽韻 iaʔ | 博佸 iɔʔ | 江陽 iaʔ | |
| 雀削 | 精藥入三開 心藥入三開 | 蕭豪 iau | 江陽 iak | 蕭部 iauʔ | 果攝齊去 io | 陽韻 iaʔ | 博佸 iɔʔ | 江陽 iaʔ | |
| 钁卻卻 | 見藥入三開 見藥入三開 溪藥入三開 | 蕭豪 uau 車遮攝 ye | 江陽 iak | 魚部 yʔ 陽部 iaʔ | 拙攝 yɛ 果攝齊去 io | 陽韻 iaʔ 陽韻 iaʔ 麻韻 iaʔ | 博佸 iɔʔ 博佸 iɔʔ | 江陽 iaʔ | |
| 藥鑰虐 | 以藥入三開 以藥入三開 疑藥入三開 | 蕭豪 iau 蕭豪 iau 歌戈 io 蕭豪 iau | 江陽 iak 江陽 iak 江陽 iak | 蕭部 iauʔ 蕭部 iauʔ 陽部 iaʔ | 果攝 io 果攝 io 果攝 io | 陽麻 iaʔ iaʔ 陽麻 iaʔ iaʔ 無字 | 博佸 iɔʔ 博佸 iɔʔ 博佸 iɔʔ | 江陽 iaʔ 江陽 iaʔ 江陽 iaʔ | |

　　表格可見各語料的各組字演變的快慢不同，見系字撮口呼的演變時間稍快些，從《中原音韻》開始「卻」字與「闕」字同列為車遮韻，表示「卻」組字已由齊齒演變為撮口介音。明代《重訂司馬溫公等韻圖經》的「钁」與「厥」字同列為拙韻，表示「钁」字演變為撮口介音。另外，來母字亦有所發展，《青郊雜著》將「略」字放在魚部，表示一部分的來母字也轉向撮口呼了。其它語料大部分的歸屬仍在〔iaʔ〕到〔io〕之間，表示齊齒演變為撮口介音完成的年限應稍晚至清代。此外歸屬在蕭豪韻的音，例如：「藥」、「鑰」字在現代國語讀為〔iau〕韻，其讀音即承襲元代的古音而來。語音演變是漸序漸進的，因此王力認為：

　　　　一切音變都是漸變，沒有突變。這就是說一切音變都是向鄰近的發音部位轉移，一步步向前走，或一步步向後走，或一步步高化或低化，絕不會越級跳躍。〔註88〕

〔註88〕王力《漢語語音史》（北京：中國社會科學出版社，1985年），頁 592～593。

語音的演變非一蹴而就，發音的複雜促使發音部位的轉移，而逐漸往便於人類的發音模式演進。因此，從三等藥韻到撮口介音之中，還需要幾個演變的步驟，其演變模式，大抵如下圖所示：

$$iɑk＞iɑʔ（iɑ）＞io＞yɛ（ye）$$

在此，筆者不僅疑問：從〔iɑ〕到〔io〕的演變是否受到聲母的影響？因為在語料的歸納中，發現見系字的演變似乎超前其它聲母許多，以「攫」字為例，《青郊雜著》歸置在魚部，可擬為〔yʔ〕，《重訂司馬溫公等韻圖經》則歸置於拙攝，並且已完成〔yɛ〕的演變，是否見系字對於〔iɑ＞io〕這段的語音演變影響甚大呢？從發音的便利性看來，〔kiɑ〕到〔kio〕之中演變路程可能具有簡化的作用。〔k〕系字屬於舌根後面的音，〔i〕為最高前元音，〔ɑ〕則為最低前元音。發音的程序是，發〔k〕音時從舌根後面出發，又到〔i〕舌面前的位置，最後回到舌面後的位置〔ɑ〕，顯然拗口些。根據語音由繁到簡的發展定律，〔ɑ〕被拉到稍高的位置變成〔o〕，而與〔i〕的位置相近，發音也輕鬆了許多。

就韻母的相互影響看來，則可從「io＞yɛ（ye）」的演變路程觀之，〔io〕韻中的〔i〕介音受到圓唇〔o〕的影響，變成合口〔y〕，當然〔o〕韻尾亦受到〔i〕的影響而向前化運動，變成〔ɛ〕或〔e〕。自此其它同屬三等藥韻的聲母字亦混同成〔yɛ〕，這些演變的相關聲母大概就是見、精系字與來母以及後來發展成國語〔n〕母的疑母字。

## 三、小　結

近代語音大致可以分為前後兩期，明代可謂是複合介音轉變的關鍵。在近代語音的序幕即開始進行一連串中古介音的簡化，三四等介音展開歸併，四等二呼的框架逐漸被打破。然而，在元代仍屬於未完成的狀態，從明代開始，複合介音的演變才逐漸擴大。其演變的情形雖然受聲母音值的影響而有快慢的不同，但四呼演變的走向及實際情況大致與現代國語相符了，也可以認定明代北方音系的四呼可謂已俱全了，只是在名詞上尚未統一罷了。從發展的速度看來，輕唇化的時間較早，故其複合介音演變的時間亦早，元明兩代已普遍發展成開口。齊微韻細音脫落的時間約與輕唇化同時，因此明代語料大致呈現合口狀態。其次是撮口呼的成立與捲舌聲母的合口化約莫同時，

但在明代語料中，捲舌聲母合口化普遍的程度尚不及撮口呼的成立。另外，一等藥韻變成撮口的時間又更晚了，從《中原音韻》及明代《青郊雜著》及《重訂司馬溫公等韻圖經》略可發現演變的跡象，但其全面發展的時間應晚至清代了。

關於本文懸而未決的論題，在於撮口呼包含了撮口韻及撮口介音。魚模韻部的分立僅是對撮口韻的判定，撮口介音是否亦與撮口韻成立的時間相同？目前大多數研究僅止於魚模分韻表示撮口呼的完成，筆者認為大部分對撮口呼不論其介音或韻母的地位，統一擬為〔y〕音值，大概是求漢語音系的共性。或許可臆測實際的狀況，可能依照相配的聲母或韻部而稍有不同，再者撮口呼的出現也非明代幾本語料一時之間同時完成，必然也是經過循序漸進的。可惜筆者力有未逮，相關語料亦無法明確佐證，僅能就片面之言假設，相關的論題僅留待前賢後進考查。

相關複合介音的問題，例如：舌面音的複合介音之發展、以及藥韻三等字的演變年限等，已從明代語料中瞭解大方向的發展脈絡，但是就語音發展的廣泛度而言仍未全面，因此仍可延伸至清代語料，以求更通盤的論述。另外，上述懸而未決的局限，筆者認為撮口韻及撮口介音成立的時間可能稍有不同，詳細論證，則仍需要其它更多的方言例證及近代語料補充，方能有更完善的論析。

# 第五章　結　論

　　近代漢語的界定範圍多以宋代作爲起點，然而從明代開始，各家等韻語料紛起，皆擺脫傳統韻書的羈絆，以迥異的風格、嶄新的面貌示人。依據李新魁先生所言：「明代出現的韻圖，約有二十多種。這些韻圖幾乎全是表現當時的讀音的。」〔註89〕在當時，舊的等韻觀念被打破了，主要原因還是在於語音系統的改變，聲母與韻母呈現發展狀態，等呼亦發生消變，傳統等韻框架已不符明代欲表現實際語音的期待，由此可見明代的語音極富轉折性的價值。前人在完成個別語料之開發後，應當更進一步以語音現象爲題，去貫通其「共時平面」，更有助於全盤了解明代語音的演變發展。

## 第一節　明代北方介音演變研究綜述

　　介音問題是音節內部成分相互影響所造成，介音在聲母與主要元音之間，其演變是挾帶兩者而發展，或單一而變，或挾兩者而變。聲母的演變或主要元音的演變，在很多時候都是受到介音的影響，如一般所知，牙喉音聲母發生前化作用產生出顎化聲母，或者古今韻部洪細歸類之差異，均是受到介音的影響而產生的結果。介音的產生或脫落在其中造成了音變，而使語音產生了差異。我們不應把所有音變現象的原因都歸於介音，然而所該了解的重要概念是：「語

---

〔註89〕詳見李新魁：《漢語等韻學》（北京：中華書局，1983年），頁68。

音的變化在於發生原因與演變的條件」。故本文從音節內部出發，去探索其中成分的關係與影響以及產生音變的主要原因，此亦為了解漢語音韻的重要課題，過去學界在這項研究上較為缺乏，因此有開拓之必要。以下就前文論證成果概述之，以作為本篇論文之總結。

## 一、明代介音與聲母的演變概況

就本文對介音影響聲母演變之主題，分別依「顎化論題」、「捲舌化論題」以及「唇音開合口論題」三點，綜合論述如下。

### （一）顎化論題

從漢語舌面音的形成，可知顎化的發生常常使得語言產生新的輔音並改變既有的音位結構，而造成語言或音位的分化。聲母的變化往往與介音有著密不可分的關係。從明代語料中的見、精系字相混的比例而言，若剔除混入字與被混入的語音不合者，以相混字同音者為標準，則可見《青郊雜著》有三筆曉、心相混；《重訂司馬溫公等韻圖經》有八筆相混，一筆為見、心母混，七筆為曉、心母相混；《元韻譜》則有十筆，三筆見、心母相混，五筆曉、心母相混〔註90〕。從韻攝看來，產生顎化的韻部，以山攝的見、精系字相混的數量最多。筆者亦從明代語料中，得出顎化的順序應是舌根擦音先於舌根塞音，即〔x〕母的顎化先於〔k〕母。而從見、精系字已有相混的情形，因此判斷舌面音產生的時間大致是在西元 1543 年到 1611 年之間，並且以書成於西元 1602 年，反映明代北京方音的《重訂司馬溫公等韻圖經》之顎化演變最為成熟。

### （二）捲舌化論題

明代北方語料中的知、章組字與〔i〕介音的關係仍然密切，可見在西元 1442 年至 1642 年之間，知、章、莊系字與細音消失的變化持續進行，但是通攝、止攝、臻攝分別在明代的《青郊雜著》、《交泰韻》以及《元韻譜》中發生少數字〔i〕介音消失的跡象，例如：通攝章母三等字「鐘」在《交泰韻》中歸在洪音。通攝知三字「重、蟲、充」等字在《青郊雜著》與《元韻譜》之中歸在洪音。止攝章三字「支」在《元韻韻》中歸在洪音。或是臻攝章母三等字「準」在《交泰韻》中歸在洪音。演變最完全的則屬《重訂司馬溫公等韻圖經》，將知、

---

〔註90〕相關見、精系字相混表格統計可見本文，頁 68～69。

章、莊系字全歸在洪音的框架中，其中「生升」、「森深」、「詩師」等字的洪細已無分別，因此可以確知捲舌聲母在西元 1602 年中已經出現。

### （三）唇音的開合口論題

唇音聲母即帶有合口性質，因此往往影響後面的主要元音，近代語料對於唇音聲母的開合口處置，亦具有作者本身的主觀看法。從明代語料中的唇音字開合口演變中，發現空間因素的語音推移比時間因素的推移更具影響力，大致上是越偏北方的地區，唇音字越不容易保存合口介音。明代《重訂司馬溫公等韻圖經》所反映出的語音，屬於北京時音，位置偏北，就其中的齊微韻唇音及泥、來母合口介音均消失的情況，可推測其唇音合口介音的脫落的時間比反映河南方言的《青郊雜著》與《交泰韻》快速。

## 二、明代介音與主要元音的演變概況

下文亦以前文論證介音對主要元音之影響與演變為主題，分為「介音所造成的韻母對立、合流」、「〔uo〕韻母的類化論題」、「齊微韻的由合變開」、「東鐘韻的由細變洪」及「複合介音在明代的演變」五點，綜合概述如下。

### （一）介音所造成的韻母對立、合流論題

二等見系字在〔i〕介音產生的影響下，開始形成異於中古的面貌。就韻母的分合而言，二等細音的產生使得韻母發生對立及合併的情況。〔i〕介音使見系二等開口字變成齊齒呼，並造成韻母一分為二的對立，亦使得山攝及效攝的二等與三、四等的對立面消失。明代語料中的見系二等皆、佳韻這類字，如「皆」組及「街」組的演變僅停留在〔iai〕的階段，顯然〔iai〕轉變為〔ie〕應遲至清代。而洽韻、狎韻的演變亦要待入聲變化之後，大抵而言是兩組產生細音後，再合併為〔iaʔ〕（〔iap〕），入聲韻尾弱化消失後，併入麻韻〔ia〕。因此，皆來韻〔iai〕轉變至〔ie〕的時間應遲至清代，是故〔ia〕與〔ie〕韻母的對立，在明代尚未發生。此外，〔ieu〕與〔iau〕在元代尚未合併，至明代《韻略易通》開始呈現合併的情況。而〔ian〕與〔ien〕的合流則是唇音韻尾與舌尖韻尾的合併之後才是〔ian〕與〔ien〕合併的開始。大抵從明代語料中可見三種演變的情況，《青郊雜著》仍屬唇音韻尾與舌尖韻尾未合併的階段，演變最慢，而《韻略易通》及《交泰韻》則屬〔ian〕與〔ien〕未合併的階段，《重訂司馬溫公等韻

圖經》、《元韻譜》及《韻略匯通》演變最快，〔ian〕與〔ien〕已爲合併的階段。

### （二）〔uo〕韻母的類化論題

　　〔uo〕韻母的發展，從《中原音韻》開始，歌韻率先發展，其後是其他各韻入聲字，明代北方語料中的入聲韻各組聲母大致上仍呈現開口。而明代〔uo〕韻母發展狀況，亦因各家所據的方言音系各異，而有不同的情況，其中以《青郊雜著》與《元韻譜》的演變較慢，其歌韻仍多屬於開口。《重訂司馬溫公等韻圖經》爲反映北京時音，演變速度最快，除了中古泥、來組的入聲韻及捲舌聲母的藥韻之外，其他各組各韻字均演變爲果攝合口呼。就聲母的演變而言：鐸韻各組聲母，在《元韻譜》中將脣音及知、章系字歸在合口，其他聲母歸於開口，《重訂司馬溫公等韻圖經》則將端、精組聲母字及知、章系字歸在合口，泥、來組聲母字歸在開口，《青郊雜著》將精組字歸在歌部的開合口二處，顯示語音正在改變，而精組的演變則可能快於端組及泥、來母字。

### （三）齊微韻的由合變開

　　齊微韻的脣音字，早在元代《中原音韻》之時被歸在開口，明代具有河南或河北方音色彩的《青郊雜著》、《交泰韻》及《元韻譜》反而保持中古合口的樣貌。就泥、來組聲母而言，明代各語料大致保持合口介音，僅反映明代北京語音的《重訂司馬溫公等韻圖經》轉變爲開口。從韻部的分合看來，《重訂司馬溫公等韻圖經》和《元韻譜》分別析出「壘韻」及「北韻」，即表示當時齊微韻開口的轉變，〔ei〕類的韻部正式獨立出來。

### （四）東鐘韻的由細變洪

　　明代東鍾韻三等脣音與精系聲母字大致上已經脫落了細音，而與一等合流，見系與來母字則多維持合口細音。明代語料以《重訂司馬溫公等韻圖經》的發展速度最快，東韻三等來母字組的細音消失併入一等，鍾韻三等字則洪細兩見；其見系字的歸屬如同《中原音韻》，洪細兩分爲「弓恭」與「雄胸」兩組。此外，知、章系聲母在明代捲舌化的演變，使得各韻的三等細音脫落，泥母的演變稍慢於知、章系組字，其細音脫落的演變應晚至清代。

### （五）複合介音在明代的演變

　　複合介音的開口演變，以脣音聲母輕脣化的時間較早，故其複合介音演變

的時間亦早，在元明兩代已普遍發展成開口。合口的發展，則是齊微韻細音脫落的時間大約與輕唇化的演變同時，因此明代語料大致呈現合口狀態。撮口的發展，則是撮口呼的成立大約與捲舌聲母合口化的演變同時，但是在明代語料中，捲舌聲母合口化普遍的程度尚不及撮口呼的成立。此外，一等藥韻演變為撮口呼的時間應晚至清代，筆者僅能從《中原音韻》及明代《青郊雜著》及《重訂司馬溫公等韻圖經》中發現少數字撮口演變的跡象，例如：《青郊雜著》中的「略」組字，《青郊雜著》及《重訂司馬溫公等韻圖經》中的「缺」組字。另外，關於明代撮口韻的成立與否，可見《韻略易通》、《青郊雜著》、《重訂司馬溫公等韻圖經》、《交泰韻》及《韻略匯通》，亦如《洪武正韻》將魚、模韻分立，表示〔y〕韻的成立。其中《韻略匯通》比《韻略易通》多收錄了〔i〕韻尾字，顯示當時作者可能已瞭解〔i〕與〔y〕同屬舌面音的性質，且〔y〕為〔i〕的圓唇化音，而可知〔y〕韻的性質在明代應當十分穩固。另外，《重訂司馬溫公等韻圖經》亦將魚韻字與〔i〕韻尾字同歸在止攝，祝攝則僅有合口字，也顯示《重訂司馬溫公等韻圖經》的〔y〕韻尾成立，並且韻的開合分析更臻成熟。

## 第二節　元、明時期的北方介音發展概況

　　本節依據介音演變相關論題，論述中古到近代，以至於現代國語的整體發展概況。李新魁曾言：「介音也像音節中其他的語音成分一樣，經歷過一系列的發展變化。它的這種變化，在近代至現代，即自元朝到現在的六百多年中，表現得尤為激烈。」[註91]關於介音的整體發展，本節作為論文之收束，依據前章之研究成果，綜合論述相關介音語音演變的發展，從中古來源說起，下至元、明兩代，並與現今國語概況系聯之。下文依據本文研究主題，依「介音與聲母相關音變的發展概況」及「介音與主要元音相關音變的發展概況」兩點分別論述之。

### 一、介音與聲母相關音變的發展概況

　　以下依舊依音變主題為標目，根據本文對介音影響聲母演變之主題，「顎化

---

〔註91〕 參見李新魁：〈近代漢語介音的發展〉收於《音韻學研究》第一輯（北京：中國音韻學研究會編，1984 年），頁 471。

音變」、「捲舌化音變」以及「唇音開合口演變」三點，綜合論述元、明時期的發展。

## （一）顎化音變的發展

舌根音與舌尖音被前面的〔i〕元音顎化，就中古漢語時期是見、精系聲母細音字發生顎化的作用。元代的書面語料中，已可發現見系二等細音的產生，最顯而易見的例子是《中原音韻》中的二、三等字同列，或是一、二等字的分列情形。〔註92〕至明代開始，各語料的見系二等字均已併入三、四等字列中。因此，元代舌根音與〔i〕介音的發展重點在於二等細音的增生以及二等與三、四等字的合併，明代時期，見系二等細音增生演變完成，旋即進入了見、精系字相混的演變發展。再追溯至國語可以發現中古二、三、四等的見系字與三、四等的精系字均讀爲同音，例如：「交」字（見母肴韻二等）與「焦」字（精母宵韻三等），其中牽涉到韻部的歸併。就聲母的混同而言，則爲舌根音或舌尖音受到細音的影響，被同化到硬顎的位置，即見、精系字均〔tɕ〕系，在韻部與聲調相同，而見、精系字又混同爲〔tɕ〕系的情況下，這些字在國語自然就讀爲同音。從本文研究可見明代語料中有見、精系字相混的現象，六種北方語料中有三種語料的相混情況較明確，《青郊雜著》有兩筆曉、心母字相混，《重訂司馬溫公等韻圖經》有八筆曉、心母字相混，《元韻譜》則有四筆曉、心母字相混。從語料相混的情況中對於判定曉母或心母演變爲舌面音的先後順序是有侷限的，然而可以確知的是擦音不論舌根或舌尖，演變爲舌面的速度似乎比塞音快一些。見、精系字發生顎化並且大量反映在書面語料之中已是清代的事了，因此詳細的相混情形仍待清代語料的開發。

## （二）捲舌音變的發展

現代國語的捲舌聲母字，其中古來源之一爲三等知、章系聲母。中古知、章系聲母的音值爲舌面音，因此與〔i〕介音的拼合尚且諧調。元代時期的發展，在於知、章、莊系字的合併，在《中原音韻》中顯示了大量合併的現象。元代時期的知、章系聲母音值與〔i〕介音的去留關係一直爲前賢討論的焦點，各家均從不同的角度擬定其音值。李新魁認爲元代三等知、章系聲母仍保存細音，

---

〔註92〕相關討論可見本文頁33。

但爲捲舌音值，並且促使〔i〕介音的脫落。〔註93〕而筆者關照的明代情況，則從北方語料中發現知、章系字與〔i〕介音的關係仍屬密切，大部分仍歸屬爲細音。僅在西元 1602 年的《重訂司馬溫公等韻圖經》時期，知、章、莊系字全歸洪音的情況下斷定捲舌聲母的出現，其可視爲近代〔tʂ〕音值出現的椎頂。另外，李新魁認爲主要元音爲〔ɑ〕、〔a〕的知、章系字較早脫落〔i〕介音，主要元音爲〔ɛ〕、〔ə〕的知、章系字，〔i〕介音脫落的時間較遲。其論點與本文語料的歸納情況稍異，本文研究知、章系細音脫落的演變情況以通攝、止攝較快，其次是臻攝。對於當時知、章系音值的擬構本文持保留態度，從元、明兩朝的發展情況看來，僅可確知知、章系聲母與〔i〕介音的拼合仍爲多數。

### （三）脣音開合口的演變發展

中古的東鍾（庚青）、齊微、眞文、寒山四韻的脣音聲母字本有合口介音，李新魁認爲元代的脣音聲母仍與〔u〕介音拼合〔註94〕，至明代開始發生變化，並認爲東鍾（庚青）、齊微與眞文韻的脣音合口介音大約在西元 1626 年到 1700 年之間產生變化。然而，本文參照許世瑛校訂的《音注中原音韻》〔註95〕，發現齊微韻與眞文韻的脣音字有演變爲開口的跡象。齊微韻脣音合口介音脫落的演變在明代的發展速度較快，可見於《韻略易通》、《重訂司馬溫公等韻圖經》及《韻略匯通》，大抵是西元 1442 年到 1642 年之間，比李新魁的推定稍早。眞文韻亦有發展，在《韻略易通》及《韻略匯通》之中，眞文韻的脣音字皆被歸在開口。可見齊微及眞文韻脣音合口脫落的速度快於東鍾（庚青）及寒山，在元代時期已有發展，明代少部分的北方語料如：《韻略易通》、《韻略匯通》承襲之。東鍾（庚青）及寒山韻脣音脫落的發展狀況可能晚至清代才開始。

## 二、介音與主要元音相關音變的發展概況

下文以介音對主要元音的影響與演變之主題：分爲「介音所造成之韻母對

---

〔註93〕 參見李新魁：〈近代漢語介音的發展〉收於《音韻學研究》第一輯（北京：中國音韻學研究會編，1984 年），頁 472～473。

〔註94〕 見李新魁：〈近代漢語介音的發展〉收於《音韻學研究》第一輯（北京：中國音韻學研究會編，1984 年），頁 474。

〔註95〕 （元）周德清，許世瑛校訂：《音注中原音韻》（臺北：廣文書局，1986 年），頁 8～14、22～27。

立、合流的發展」、「〔uo〕韻母的演變發展」、「齊微韻由合變開的發展」、「東鐘韻由細變洪的演變發展」及「複合介音的演變發展」五點，綜合論述元、明時期的發展概況。

## （一）介音所造成之韻母對立、合流的發展

二等見系字產生〔i〕介音後，除了影響聲母，也使得韻部發生了對立或合流的情況。韻部對立狀況，在元代的發展為見系二等皆、佳韻這類字，如「皆」組及「街」組演變為皆來韻〔iai〕的階段，明代各語料承襲之。洽韻、狎韻的演變在元代時，其入聲韻尾消失，演變為家麻韻〔ia〕，但是在明代或許受到作者保守觀點，使得一部分語料仍存入聲韻尾或是喉塞音，例如：《韻略易通》或《青郊雜著》等。皆來韻〔iai〕轉變至〔ie〕的發展，在明代尚未產生，故〔ia〕與〔ie〕韻母的對立時間應遲至清代。

韻部的合流情況分為〔ieu〕與〔iau〕的合併及〔ian〕與〔ien〕的合流。元代的發展情況，依李新魁的研究認為〔ieu〕與〔iau〕的合併在元代尚未產生，然而其認定二等肴韻已經產生〔i〕介音。筆者則從《中原音韻》的「正語作詞起例」中，認定韻目內小字間的不同在於韻頭〔註96〕，交組字與驕組字各自依小圈分列在蕭豪韻的平聲之中，其分列之因在於介音的差異〔註97〕，因此認為元代的二等肴韻尚未產生〔i〕介音。而明代的發展，則從《韻略易通》開始，二等肴韻不僅產生〔i〕介音也與三等宵韻合併，《青郊雜著》、《重訂司馬溫公等韻圖經》、《元韻譜》及《韻略匯通》均為如此，其合併的音值也與現代國語相差不遠了。

另外，〔ian〕與〔ien〕的合流在元代也尚未展開，仍屬分立的情況，其唇音韻尾與舌尖韻尾亦屬對立。發展至明代始有三種演變情況，《青郊雜著》為唇音韻尾與舌尖韻尾未合併的階段，演變最慢，而《韻略易通》及《交泰韻》則屬〔ian〕與〔ien〕未合併的階段，《重訂司馬溫公等韻圖經》、《元韻譜》及《韻略匯通》演變最快，〔ian〕與〔ien〕已為合併的階段，並與現代國語音值

〔註96〕 參見：（元）周德清：《中原音韻》收於《景印文淵閣四庫全書》（臺北：臺灣商務印書館，1986年）1496冊，頁681～686。

〔註97〕 然而，王力曾指出宋代的豪褒和蕭豪韻，到元代已經合併為蕭豪韻。認為《中原音韻》的「交驕」不同音應該是存古。詳見王力：《漢語語音史》（北京：商務印書館，2008年），頁430。

大致相同了。可見發展到明代西元 1602 到 1642 年之間，〔ian〕與〔ien〕的合流已經完成。

## （二）〔uo〕韻母的演變發展

現代國語〔uo〕韻母有一部分來自於中古開口歌、覺、鐸、藥等韻，其舌尖音與捲舌音演變至國語皆產生了合口介音。元代的發展狀況，從《中原音韻》可見歌韻率先演變，例如：端系字「多」、精系字「左」、泥來母字「挪、羅」在《中原音韻》中均演變爲合口，而入聲覺、鐸、藥等韻在元代仍爲開口的情況。明代〔uo〕韻母的發展狀況，則因各家所據的方言音系各異，而有不同的情況，其中以《青郊雜著》與《元韻譜》的演變較慢，其歌韻仍多屬於開口。《重訂司馬溫公等韻圖經》爲反映北京時音，演變速度最快，除了中古泥、來組的入聲韻及捲舌聲母的藥韻之外，其他各組各韻字均演變爲果攝合口呼。大抵而言，歌韻的舌尖音與捲舌音字在明代已大部分發展成合口，鐸韻的幫系、精系字在《青郊雜著》、《重訂司馬溫公等韻圖經》及《交泰韻》演變爲合口。藥韻屬三等細音，待細音消失併入〔o〕韻後才產生合口介音，因此其合口演變應晚至清代。

## （三）齊微韻由合變開的發展

國語〔ei〕韻主要來自中古廢、微韻合口三等唇音、脂韻合口三等來母及灰韻合口一等唇音、泥、來母字。關於元代的發展，李新魁認爲比《中原音韻》時代稍晚些的《中州音韻》尚未有〔ei〕韻，並且中古的唇音字開合口可以互通，無嚴格的分別，因此推測元代的齊微韻仍舊保存合口介音。筆者則認爲中古三等合口介音使重唇音變成輕唇音，其演變的時間大致在宋代，歷經輕唇化後，三等合口介音也因此消失，如：「非、飛、肥、費」等字。而如李新魁所言，唇音字的開合口既然互通 〔註98〕，故重唇音亦可歸在開口，因此本文依據《音注中原音韻》的歸納系統，認定齊微韻所有唇音字的合口介音應該已經脫落 〔註99〕。明代的發展，可見於《韻略易通》、《重訂司馬溫公等韻

---

〔註98〕李新魁：〈近代漢語介音的發展〉收於《音韻學研究》第一輯（北京：中國音韻學研究會編，1984 年），頁 474。

〔註99〕（元）周德清，許世瑛校訂：《音注中原音韻》（臺北：廣文書局，1986 年），頁 8～14。

圖經》〔註100〕及《韻略匯通》中的齊微韻唇音字合口介音已經有脫落情況。

　　齊微韻泥、來母字在元代仍為合口，關於其明代的發展，李新魁曾提到「內、累」等字在明末清初的《字母切韻要法》中仍與〔uei〕韻字「魁、堆」等同列，因此認定泥、來母字合口的脫落在清初以後。然而，其論點與本文的研究結果不同，筆者發現齊微韻的泥、來母字在《重訂司馬溫公等韻圖經》中已由合口轉變為開口，可見在西元 1602 年時齊微韻泥、來母字的合口介音已有脫落的現象。

　　李新魁所言：「泥、來母字的合口介音在明末清初仍被保存著」，顯然李新魁僅就《字母切韻要法》論述而未發現《重訂司馬溫公等韻圖經》的演變情況。大抵齊微韻唇音及泥、來母字合口的脫落在明代均有發展，但是全面發展仍晚至清初以後。

### （四）東鐘韻由細變洪的演變發展

　　《中原音韻》中將中古東鍾韻一、三等一部分字合併，例如將「工功攻公弓躬宮供」〔註101〕在中古不同等第的字，同列在一個小韻中，可知這些字已由細音轉變為洪音。元代時期的發展，以唇音字由細音轉變為洪音的情況最為徹底，另外一部分見系「弓、宮」等字，也轉變成洪音。

　　明代時期的發展，李新魁曾言東鍾韻一、三等各聲母字洪音的轉變在明代《西儒耳目資》之前便已完成。〔註102〕本文由依據的明代六本語料中，發現唇音洪音的演變發展最廣，其次為精母及知、章系聲母，最後是泥、來母及見系聲母。其中可見聲母對介音的影響造成演變快慢之差異。〔註103〕

　　從脫落的起點看來，見系聲母細音脫落的時間早於知、章系聲母，在元代

---

〔註100〕反映北京時音的《重訂定司馬溫公等韻圖經》將輕唇音字，如：「飛、肥、費」歸在合口細音，重唇音字，如：「杯、背」歸在合口，其歸置或許是作者有意區別輕重唇音，或是特意存古的做法。

〔註101〕詳見《中原音韻》東鍾韻、陰平聲。「工功攻公」（原屬中古東韻一等）、「弓躬宮」（原屬中古東韻三等）、供（原屬中古鍾韻三等），音值擬為〔kuŋ〕。參周德清著、許世瑛校定：《音注中原音韻》（臺北：廣文書局，1986 年 9 月），頁 1。

〔註102〕詳見李新魁〈近代漢語介音的發展〉收於《音韻學研究》第一輯（北京：中國音韻學研究會編，1984 年），頁 480。

〔註103〕詳見本文，頁 125～129。

即展開，但演變的速度卻在明代停滯，反而被知、章系聲母超越。可見知、章系聲母音值改變，逐漸捲化舌使得與之相配的細音脫落的情況加速，在明代時期，見系聲母的音值與細音相配的和諧度更甚捲舌聲母，因此形成緩步的演變。〔註104〕大抵明代時期，東鍾韻一、三等唇音、精母及知、章系聲母字演變為洪音的情況已為多數，泥、來母及見系聲母則稍晚至清代才有更廣的發展，

### （五）複合介音的演變發展

中古複合介音至現代國語的歷史音變有三種結果：一演變為開口，二演變為合口，三演變為撮口。關於元代的發展，由《中原音韻》之中可見〔iu〕介音演變為開口者主要是唇音聲母字，例如：止攝、蟹攝、臻攝、山攝及宕攝的唇音字。中古三等合口為重唇音演變為輕唇音的條件，演變的完成時間約成於宋代，因此可見元代《中原音韻》上述各韻攝的輕唇音字已發展為開口。而〔iu〕介音演變演變為合口者，則有：通攝（燭韻）章系、止攝各聲母、蟹攝章、精系及喻母、宕攝見系及喻母，在《中原音韻》中均已為合口的演變。元代時期，合口三等陽韻與一等唐韻合流，支、微韻及廢、祭韻也已合併為齊微韻，因此陽韻及齊微韻的合口演變大致完成於元代。上述演變之範圍，明代北方語料多承襲之。另有一部分的合口演變至明代才開始發展，如：通攝（東、鍾、屋韻）各組聲母字，遇攝（虞韻）、臻攝（諄韻）及山攝（仙、薛韻）的知、章系字，宕攝（藥韻）唇音字均在明代才發展為合口。

關於現代國語撮口呼的來源大抵為通、遇、臻、山、果、梗、曾攝的見、精系字、泥、來母及零聲母字。此外，中古一等藥韻亦為現代國語撮口呼來源之一，從元代《中原音韻》中，可見「缺」組字與月韻「闕」組字同列於車遮韻，顯示「缺」組字由三等開口演變為三等合口的跡象。而明代的發展，可見《重訂司馬溫公等韻圖經》「钁」與「厥」字同列在拙韻，以及《青郊雜著》將來母「略」字放在魚部，均表示藥韻見母、來母字逐漸演變為撮口。

另外，關於撮口韻的發展，李新魁曾言：「元代的魚虞韻字念〔iu〕，這個讀音一直保持到十七世紀中葉。大概到十七世紀末年，這個〔iu〕才進一步單音化為〔y〕……。」〔註105〕考察元代《中原音韻》，仍為魚模韻合一，如李新

〔註104〕詳細論述參見本文，頁140～141。

〔註105〕見李新魁：〈近代漢語介音的發展〉收於《音韻學研究》第一輯（北京：中國音韻

魁所言，仍爲〔iu〕音值。明代開始，可見本文依據之語料，如：《韻略易通》、《青郊雜著》、《重訂司馬溫公等韻圖經》、《交泰韻》及《韻略匯通》均將魚、模韻分立，即表示〔y〕音值之成立。〔註106〕

## 三、元、明時期與介音相關之音變要目

鄭再發〈漢語音韻史的分期問題〉一文中曾經提到：「我們可以發現某些聲母的消長，並不以年代的先後爲推移……。」〔註107〕如其所言，本文在歸納語料的語音演變時也遇到了相同的局限，語音史料的著作年代，不能代表音變的確切年代，因此在音變的發展詮釋上，無法依照近代語料的著作時間做音變的分期及綴聯。對此鄭再發提出了「音變椎頂」，就語音演變趨勢的大方向衡量語料的內部情況。以下表格即以「音變椎頂」的論說爲基礎，歸納本文研究的語料範圍及其內部的音變情況，而《中原音韻》爲近代音之祖，爲音變發展之連貫性，故表格亦加上《中原音韻》的演變情況。「✓」號代表已有音變情況；「？」號表示音變情況受到作者的主觀影響，而使得實際情況未明；若表格無符號標示則表示音變情況未產生。

〔表 5-2-1〕元、明時期與介音相關之音變要目整理表

| 音變要目／語音史料 | 介音與聲母關係 | | | 介音與主要元音關係 | | | | | | |
|---|---|---|---|---|---|---|---|---|---|---|
| | 見、精系的顎化 | 知、章三等細音的消失 | 唇音合口介音的脫落 | ia 與 ie 韻母產生對立 | iau 與 ieu 韻母產生合流 | ian 與 ien 韻母產生合流 | uo 韻母的類化 | 齊微韻合口介音的脫落 | 一三等合流的產生 | 撮口韻的產生 |
| 《中原音韻》1324 年 | | ✓（止攝） | ✓（東鐘韻除外） | | | | ✓（僅歌韻的端、精系及泥、來母字） | ✓（唇音） | ✓（演變未完全） | |

學研究會編，1984 年），頁 482。

〔註106〕書成於西元 1375 年的《洪武正韻》亦爲魚、模韻分立。

〔註107〕詳見鄭再發：〈漢語音韻史的分期問題〉收於《史語所集刊》第三十六本，下集，1966 年，頁 635～648。

| | | | | | | | | | | |
|---|---|---|---|---|---|---|---|---|---|---|
| 《韻略易通》1442年 | ✓（一筆） | ✓（演變未完全） | ✓（東鐘韻除外） | | ✓ | | ✓（演變未完全） | ✓（唇音） | ✓（演變未完全） | ✓ |
| 《青郊雜著》1543～1581年 | ✓ | ✓（演變未完全） | ? | ✓ | ✓ | | ✓（演變未完全） | | ✓（演變未完全） | ✓ |
| 《重訂司馬溫公等韻圖經》1602年 | ✓ | ✓（全部） | ?（僅齊微韻為開口） | ✓ | ✓ | | ✓（演變未完全） | ✓（泥、來母） | ✓（演變未完全） | ✓ |
| 《交泰韻》1603年 | | ✓（演變未完全） | | | | | ✓（演變未完全） | | ✓（演變未完全） | ✓ |
| 《元韻譜》1611年 | ✓ | ✓（演變未完全） | ? | ✓ | ✓ | | ✓（演變未完全） | | ✓（演變未完全，僅知章少部分字，演變速度最慢） | |
| 《韻略匯通》1642年 | | ✓（演變未完全） | ✓（東鐘韻除外） | ✓ | ✓ | | ✓（演變未完全） | ✓（唇音） | ✓（演變未完全） | ✓ |

　　表格中，亦可呼應鄭再發文章中的語音分期，近古中期為十二世紀中到十四世紀末，其特徵之一為「見、曉系有顎化跡象」，如：《韻略易通》有一筆見、精系相混的情況。近古晚期為十五世紀到十七世紀初，特徵一為「四等的分別泯滅，四呼起而代之」及特徵二「見、曉系的顎化」。明代北方語料，如：《韻略易通》、《青郊雜著》、《重訂司馬溫公等韻圖經》、《交泰韻》及《韻略匯通》撮口韻的產生情況可以歸在近古晚期的特徵一中。而《重訂司馬溫公等韻圖經》的見、精系字相混情況雖未全面，然而其相混筆數為明代北方語料之首，筆者認為或許可以歸在近古晚期的特徵二之中。在此，本文依舊依循鄭再發文中提到的「音變椎頂」理論〔註108〕，主要根據語音演變趨勢的大方向衡量語料的內部情況。因為近代語料的內部成分十分複雜，各時期語料反映的音變內容並非

〔註108〕鄭再發：〈漢語音韻史的分期問題〉收於《史語所集刊》第三十六本，下集，1966年，頁635～648。

依時代先後推移。因此，筆者認爲當時語料受方言地域的影響比時間先後的影響更大。

## 第三節　論題延伸

　　見、精系字演變爲舌面音的發展在明代僅見於臻、山、梗、通、流攝等少部分的曉、心母字相混。明代知、章、莊系字細音消失，捲舌聲母產生之論題，也僅見於《重訂司馬溫公等韻圖經》。而細音所影響的韻母分化、合流部分，見系二等皆韻、佳韻字，如「皆」組及「街」組的演變，在明代語料中僅止於〔iai〕的階段，因此〔iai〕發展到〔ie〕的演變，而造成〔ia〕與〔ie〕韻母的對立情況，在明代仍未見其發展。其次是〔uo〕韻母開口演變爲合口的發展，齊微韻泥、來聲母合口脫落的演變以及東鐘韻各聲母字細音的脫落，並且併於洪音的整體情形，在明代尚未全面發展完成。而在複合介音的發展方面，從明代的語料中，可見複合介音的捲舌聲母合口化普遍的程度尚未全面。而一等藥韻演變爲撮口呼的時間在明代亦僅部分字，例如：「略」、「缺」字組見於《青郊雜著》及《重訂司馬溫公等韻圖經》。因此，上述未見於明代語料的相關介音論題部分仍有待清代語料之開發，待串聯起各語音變化的共時平面發展，當可對介音與聲母及韻母產生之語音變化、影響等議題有更深、更廣的詮釋及探討。

# 本文研究成果歸納表

## 【與聲母相關之介音問題】

| 韻書 | | 《韻略易通》西元1442年 | 《青郊雜著》西元1543~1581年 | 《重訂司馬溫公等韻圖經》西元1602年 | 《交泰韻》西元1603 | 《元韻譜》西元1611年 | 《韻略匯通》西元1642年 | 綜合歸納 |
|---|---|---|---|---|---|---|---|---|
| 本文研究成果：與聲母相關問題 | 顎化問題 | 共有1筆曉母與邪母相混。山攝曉母絢組中有邪母詳韻「徇」字。 | 見、精系字共有8筆相混：3筆見、心相混，5筆曉、心相混。 | 見、精系字共有23筆相混：2筆見、心相混，4筆精相混，16筆見、心相混，1筆曉、心相混，1筆清、清相混。 | 未見 | 見、精系字字相混10筆：1筆溪、心相混，9筆曉、心相混。 | 未見 | 若以見、精系相混字同音者為標準：《青郊》則有3筆，均為曉、心母相混，《圖經》有8筆，1筆為見、心相混，7筆均為曉、心相混。《元韻譜》則有10筆，3筆心混，5筆曉、心混。由此可見明代語料已有見、精系字相混的跡象，並且以曉母與心母相混的比例最高。 |
| | 舌面音之介音洪細問題 | 通攝(彳母)與知章三等攝止攝的知章三等字為洪音。通攝(彳母)去聲字、通攝(彳'母)歸洪音。 | 通攝(彳母)知章三等平、上聲字、通攝(彳'母)去聲字、通攝(彳'母)、(ʃ母)歸洪音。 | 全韻攝的舌面音皆歸在洪音，表示捲舌音產生。 | 通攝(彳母)知章三等上、去聲，通攝(彳'母)等去聲字、通攝(彳'母)以及止攝(ʃ母)攝合口呼譯ㄐ準ㄐ組字歸在洪音。 | 通攝(彳母)、止攝知章三等字歸在洪音。 | 通攝(彳母)與止攝的知章三等等為洪音。 | 莊系三等字在元代《中原音韻》中已演變為洪音，明代各語料均承襲之。知、章系三等字洪音之轉變以通攝及止攝的語料均歸知、章、系字為洪音。明代的知、章、莊系捲舌音全歸為洪音，顯示捲舌聲母在西元1602年已經產生。 |

| 唇音 | | | | | | |
|---|---|---|---|---|---|---|
| 開口 合口 | 具作者主觀成分，全韻的唇音字皆置於合口。 | 具作者主觀成分，唯一齊微韻韻歸在開口介音之脫落。 | 東鐘、齊微、真文、寒山韻仍為合口。庚青韻未與東鐘韻合併，如「絆」「絣」等字歸在開口。 | 具作者主觀成分，全韻唇音字皆置於合口。 | 與《韻略易通》相同。東鐘韻為合口，齊微、真文、青微及寒山「番、潘」等字為開口，顯示合口介音之脫落。 | 《青郊雜著》、《重訂司馬溫公等韻圖經》及《元韻譜》的唇音開、合口歸置有作者主觀成分。齊微韻唇音字開口的演變最快，《韻略易通》《重訂司馬溫公等韻圖經》及《韻略匯通》均為開口。其次是真文韻及寒山韻的番、潘字皆承襲元代寒山開口的歸置，顯示合口介音之脫落。 |
| 東鐘韻為合口，齊微、真文及寒山庚青及寒山「番、潘」等字為開口，顯示合口介音之脫落。 | | | | | | |

## 【與韻母相關之介音問題】

| 韻書 | 《韻略易通》西元 1442 年 | 《青郊雜著》西元 1543～1581 年 | 《重訂司馬溫公等韻圖經》西元 1602 年 | 《交泰韻》西元 1603 年 | 《元韻譜》西元 1611 年 | 《韻略匯通》西元 1642 年 | 綜合歸綱 |
|---|---|---|---|---|---|---|---|
| 本文研究成果：與韻母對立與合流的情況 | ◎〔ia〕與〔ie〕對立與合流仍為〔iai〕韻母、入聲「夾、甲」等字亦未演變。<br>◎〔iau〕與〔ieu〕合併為〔iau〕。<br>◎〔ian〕與〔ien〕仍分為〔ian〕、〔ien〕韻，唇音音韻尾亦未消失。 | ◎〔ia〕與〔ie〕對立與合流仍為〔iai〕韻母、入聲「夾、甲」等字亦未演變。<br>◎〔iau〕與〔ieu〕合併為〔iau〕。<br>◎〔ian〕與〔ien〕合併，但唇音音韻尾尚未消失。 | ◎〔ia〕與〔ie〕對立：皆來韻仍為〔iai〕韻母、入聲「夾、甲」等入聲字消失，併入假設。<br>◎〔iau〕與〔ieu〕合併為〔iau〕。<br>◎〔ian〕與〔ien〕合併，且唇音音韻尾消失。 | ◎〔ia〕與〔ie〕對立：皆來韻仍為〔iai〕韻母、入聲「夾、甲」等字為喉塞音。<br>◎〔iau〕與〔ieu〕未合併。<br>◎〔ian〕與〔ien〕未合併，但唇音音韻尾消失。 | ◎〔ia〕與〔ie〕對立：皆來韻仍為〔iai〕韻母、入聲「夾、甲」等字為喉塞音。<br>◎〔iau〕與〔ieu〕合併。<br>◎〔ian〕與〔ien〕合併，且唇音音韻尾消失。 | ◎〔ia〕與〔ie〕對立：皆來韻仍為〔iai〕韻母、入聲「夾、甲」等字為喉塞音。<br>◎〔iau〕與〔ieu〕合併。<br>◎〔ian〕與〔ien〕合併，且唇音音韻尾消失。 | ◎明代語料中，皆來韻仍為〔iai〕韻、〔iai〕與〔ie〕的對立尚未開始。<br>◎〔iau〕與〔ieu〕的合併在明代即大致完成。<br>◎《韻略易通》演變最慢。《重訂司馬溫公等韻圖經》演變最快。〔ian〕與〔ien〕合併已臻成熟。 |
| uo 韻母的類化情況 | 唇音：鐸、覺、戈韻為合口。<br>端系：歌韻合口、鐸韻開口。<br>精系：歌韻合口、鐸韻開口。<br>泥、來：歌韻合口、鐸韻開口。<br>知章莊：覺韻開口。<br>藥韻開口。<br>舌根音：開合口依中古不變。 | 唇音：鐸、覺、戈韻合口。<br>端系：歌韻開口、鐸韻「鐸」字為開、「託」字為合口。<br>精系：皆有開合口。<br>泥、來：歌韻開合口、鐸韻開口。<br>知章莊：覺韻開口。 | 唇音、端系、泥系、來、知章莊系：全為合口、併入果攝。<br>舌根音：開合口依中古不變、併入果攝變化完成。 | 唇音：鐸、戈韻為合口。<br>端系：歌韻合口、鐸韻開口。<br>精系：歌韻、鐸韻皆合口。<br>泥、來：歌韻、鐸韻皆合口。<br>知章莊：藥韻齊齒。<br>舌根音：開合口中古不變。 | 唇音：鐸、覺韻為合口、戈韻為齊齒。<br>端系：歌、鐸韻仍為開口。<br>精系：歌、鐸韻皆開口。<br>泥、來：歌韻、鐸韻皆開口。<br>知章莊：藥韻撮口、覺韻「的」字、「著」字開口。 | 唇音：鐸韻為開口。<br>端系：歌韻合口。<br>精系：歌韻合口。<br>泥、來：歌韻合口、鐸韻開口。<br>知章莊：覺韻開口。<br>藥韻合。<br>舌根音：開合口中古不變。 | 《青郊雜著》、《元韻譜》、《韻略匯通》、歌韻的演變較慢。《重訂司馬溫公等韻圖經》反映北京時音，演變速度最快，除了中古泥、來組的入聲韻及捲舌聲母的藥韻之外，其他各組各韻字均演變為果攝合口。 |

| | | | | | |
|---|---|---|---|---|---|
| 齊微韻開口演變之情況 | 唇音：開口。<br>泥母：合口。<br>來母：合口。 | 合、齊韻讀齊齒。<br>舌根音：開合口依中古不變。<br>唇音：合口。<br>泥母：合口。<br>來母：合口。 | 唇音：壘攝合口（合細）。<br>泥母：開口。<br>來母：開口。 | 齊齒。<br>舌根音：開合口依中古不變。<br>唇音：齊齒。<br>泥母：合口。<br>來母：合口。 | 唇音：開口。<br>泥母：合口。<br>來母：合口。 |
| | | 齊齒。<br>舌根音：開合口依中古不變。 | 唇音：合口（合細）。<br>泥母：合口。<br>來母：合口。 | 唇音：開口。<br>泥母：合口。<br>來母：合口。 | 唇音字的開口轉口變快，於泥、來兩母。《讀略匯通》易通》及《讀略匯通》的唇音聲母均演變為開口。《重訂司馬溫公等韻圖經》及《元韻譜》析出「壘韻」及「北韻」，顯示〔ei〕韻部正式獨立。<br>另外，根據明代北京時音情況判斷中古合口三等唇音字的細音業已泯滅，《重訂司馬溫公等韻圖經》或《元韻譜》將輕唇音字歸在合口細音，應是作者有意區別於重唇音之作法。左表（合細）的部分，乃依據語料自身的歸納。 |
| 東鍾韻洪音演變之情況 | 唇音：洪音。<br>精系：洪音。<br>泥母：洪音。<br>來母：洪音。<br>章系：東韻「終」細音、「充」洪音、鍾韻「鍾」洪音、「衝」細音。<br>知系：「中」洪音、「沖」細音。 | 唇音：洪音。<br>精系：洪音。<br>泥母：細音。<br>來母：細音。<br>章系：東鍾讀皆洪音。<br>知系：洪音。 | 唇音：洪音。<br>精系：東韻無字，鍾韻「從」、「蹤」、「松」字洪音、「隆」字細音。<br>泥母：細音。<br>來母：東韻「隆」字細音、鍾韻「龍」字洪音。<br>章系：東鍾讀皆洪音。<br>知系：洪音。 | 唇音：洪音。<br>精系：洪音。<br>泥母：細音。<br>來母：細音。<br>章系：東韻「隆」字細音、鍾韻「龍」字洪音細音兩見。<br>知系：洪音。 | 唇音：細音。<br>精系：細音。<br>泥母：細音。<br>來母：細音。<br>章系：「終」細音、「充」洪音、鍾韻細音<br>知系：洪音。 |
| | | | | | 唇音：洪音。<br>精系：洪音。<br>泥母：洪音。<br>來母：洪音。<br>章系：東韻「終」、「充」洪音、鍾韻「鍾」洪音、「衝」細音。<br>知系：「中」洪音、「沖」細音。 |
| | | | | | 泥、來母及見系聲母字大部分仍配細音。唇音字及知、章系字因音本身的音值與細音具有排斥性，故早在明代即呈現穩定的配洪音不配細音。<br>《元韻譜》演變速度最慢，《重訂司馬溫公等韻圖經》的演變速度最快。 |

| 複合介音的發展情況 | | | | | | |
|---|---|---|---|---|---|---|
| **通攝** | 東韻變合口：來、知母。<br>東韻變合口：泥、從母。<br>東韻變合口：來、知、章母。<br>屋韻變合口：來、知、章、唇母。<br>燭韻變合口：來、心母。 | 東韻變合口：知、昌母。<br>東韻變合口：泥母。<br>東韻變合口（皆洪細兩見）：泥、來、知、章、從、見母。<br>屋韻變合口：知、章、唇母。<br>燭韻變合口：來、書、心母。（洪細兩見） | 音。<br>知系：細音。 | 東韻變合口：知、昌母。<br>東韻變合口：泥母。<br>東韻變合口：來、知、章（洪細兩見）、見母。<br>屋韻變合口：知、章、唇母。<br>燭韻變合口：來、書、心母。 | 東韻變合口：知、見母。<br>東韻變合口：泥、從母。<br>屋韻變合口：來、唇母。<br>燭韻變合口：來、書、心母。 | 快，僅來母字的洪音演變尚未完全，其他各聲母字均已為洪音。<br><br>合口演變範圍：知、章系字快於來母字及見系字。鍾韻泥母字又快於知、章、系字。燭韻泥母反而是來母字快於知、章系字。 |
| | 國語的歷時音變結果：泥、來、知、章系、喻母及一部分見系字為合口，唇音、為合口。 | | | | | |
| **止攝** | 支韻變合口：來、昌、見、心、零聲母字。<br>微韻變合口：見、明、非、零聲母字。<br>微韻變開口：非系字。 | 支韻變合口：昌、心、見、零聲母字。<br>微韻變合口：見、明、零聲母字。<br>微韻變開口：非系字。 | | 支韻變合口：來、昌、心、見、零聲母字。<br>微韻變合口：明、見、零聲母字。<br>微韻變開口：非系字。 | 支韻變合口：來、昌、心、見、零聲母字。<br>微韻變合口：明、見、零聲母字。<br>微韻變開口：非系字。 | 支韻合口三等各聲母字脫落音細音的情況十分普遍，僅明代已《元韻譜》的發展較慢。舌根聲母字細音脫落，形成合口的速度及範圍最快速也最廣泛。 |
| | 國語的歷時音變結果：泥、來、知、章系、喻母一部分見系字為合口。 | | | | | |
| **遇攝** | 魚韻合口：初母。<br>魚韻合細：泥、來、知、章、見、零聲母。<br>虞韻合口：幫、明母。<br>虞韻合細：明、知、章生母。<br>虞韻合細：來、見、零聲母。 | 魚韻合口：初母。<br>魚韻合細：泥、來、知、章、見、零聲母。<br>虞韻合口：幫、明母。<br>虞韻合細：明、知、章、生母。<br>虞韻合細：來、見、精、零聲母。 | | 魚韻合口：初母。<br>魚韻合細：泥、來、知、章、見、零聲母。<br>虞韻合口：幫、明母。<br>虞韻合細：明、生母。<br>虞韻合細：來、見、精、零聲母。 | 魚韻合口：初母。<br>魚韻合細：泥、來、知、章、見、零聲母。<br>虞韻合口：幫、明母。<br>虞韻合細：明、知、章、來、見、精、零聲母。 | 莊系字及唇音最廣，僅置在細音，歸置細音，其餘語料均歸為合口。泥、來、舌根聲母及零聲母字則保持合口細音，為國語的撮口來源之一。 |
| | 國語的歷時音變結果：唇音、知、章系字為合口，其他各聲母皆為撮口 | | | | | |

| 攝 | 國語的歷時音變結果 | 語料一 | 語料二 | 語料三 | 語料四 | 語料五 | 說明 |
|---|---|---|---|---|---|---|---|
| 蟹攝 | 國語的歷時音變結果：唇音、知、章系字爲合口，其他各聲母皆爲撮口。 | 廢韻開口：幫母。廢韻合口：影母。祭韻合口：章、清、零聲母。 | 廢合細：幫、影母。祭韻合口細：章、清、零聲母。 | 無字。祭韻合口：清、零聲母。 | 廢韻開口：幫母。廢韻合口：影母。祭韻合口：章、清、零聲母。 | 廢韻合口：幫、影母。祭韻合口：章、清、零聲母。 | 蟹攝各聲母細音脫落的年限相當早，亦十分廣泛，明代語料大多系變元代，各聲母多歸爲合口。僅《元韻譜》各聲母字仍爲合口細音，演變最慢。 |
| 臻攝 | 國語的歷時音變結果：唇音爲開口，知、章系字爲合口，其他各聲母皆爲撮口。 | 諄韻合細：來、章、精、知、見母。文韻開口：幫母。文韻合口：幫、見。文韻合細：見、零聲母字。物韻開口：知、見。物韻合口：明、見。物韻合細：明、見系。 | 諄韻合細：來、精、章、知、見母。文韻開口：幫母。文韻合口：幫母。文韻合細：見、零聲母字。物韻開口：章、見。物韻合口：明。物韻合細：明母、見系。 | 諄韻合細：來、精、見母。文韻合口：幫母、明。文韻合細：見、明、零聲母字。物韻合口：明。物韻合細：見系。 | 諄韻合細：來、章、見母。文韻開口：幫母。文韻合口：幫母。文韻合細：見、零聲母字。物韻開口：章、見。物韻合口：明。物韻合細：明母、見系。 | 諄韻合細：來、見母。文韻開口：幫母。文韻合口：幫、見、零母。文韻合細：見、零聲母字。物韻開口：章、見。物韻合口：明。物韻合細：明母、見系。 | 唇音洪音的情況在明代系十分穩固；知、章系字細音脫落的演變稍晚，大約在《重訂司馬溫公等韻圖經》與《交泰韻》之時。來母字仍爲合口細音，顯示其細音合口細音脫落的年限最晚。 |
| 山攝 | 國語的歷時音變結果：唇音爲開口，見系及零聲母字爲撮口。 | 仙韻合細：知、章、見、精。元韻開口：見。元韻合口：輕唇、見、明。元韻合細：見、零聲母字。薛韻合細：見、書、精、零聲母字。月韻合細：見、零聲母字。屑韻合細：見系。 | 仙韻合細：知、章、見、精。元韻開口：見。元韻合口：輕唇、見、明。元韻合細：見、零聲母字。薛韻合細：書、見、精、零聲母字。月韻合細：見、零聲母字。屑韻合細：零聲母字、見系。 | 仙韻合細：知、章、精。元韻開口：見。元韻合口：見、明。元韻合細：見、零聲母字。薛韻合細：見、書、精、零聲母字。月韻合口：見（洪細兩見）、零聲母字。屑韻合細：見系。 | 仙韻合細：知、章、見、精。元韻開口：見。元韻合口：輕唇、見、明。元韻合細：見、零聲母字。薛韻合口：精（絕字）。薛韻合細：見、書、精、零聲母字。月韻合細：見、零聲母字。屑韻合細：見系。 | 仙韻合細：知、章、見、精。元韻開口：見。元韻合口：輕唇、見、明。元韻合細：見、零聲母字。薛韻合細：見、書、精、零聲母字。月韻合細：見、零聲母字。屑韻合細：見系。 | 聲母演變較快者爲元韻非系字。各組語料的知、章系字絕大部分仍爲合口細音，僅《重訂司馬溫公等韻圖經》發展成合口洪音。細音脫落，演變爲合口的範圍也以反映北京方音的《重訂司馬溫公等韻圖經》最爲廣泛，知、章系字及明母字皆歸在洪音。 |

| 攝 | 國語的歷時音變結果 | | | |
|---|---|---|---|---|
| 果攝 | 「趄」字。<br>月韻合細：見（洪細兩見）、零聲母「粵」字。<br>屑韻合細：見系。 | 聲母字。<br>屑韻合細：見系。 | | 明代一致保持合口細音的情況，發展到現代國語演變為撮口呼。 |
| | 國語的歷時音變結果：唇音字為開口，知、章系字為合口，見系及錫聲母字為撮口。 | 戈韻合口：見系。 | 戈韻合細：見系。 | 戈韻合細：見系。 |
| | 國語的歷時音變結果：見系字為撮口。 | 戈韻合細：見系。 | 戈韻合細：見系。 | 戈韻合細：見。系。 |
| 宕攝 | 國語的歷時音變結果：幫、明。<br>陽韻合口：見、零。<br>藥韻齊齒：來。<br>知、章、見（合細）、精（洪細兩見）、零聲母字。<br>藥韻開口：輕唇。<br>藥韻合口：見（洪、細兩見）。 | 陽韻開口：幫。<br>陽韻合口：明，見，零聲母。<br>藥韻齊齒：來。<br>知、章、見（合細）、精、零聲母字。<br>藥韻開口：輕唇。<br>藥韻合口：見（合細、齊齒兩見）。 | 陽韻開口：幫。<br>陽韻合口：明、見、零聲母。<br>藥韻齊齒：來。<br>知、章、見、精。<br>零聲母字。<br>藥韻開口：輕唇。 | 除了《元韻譜》的演變較慢，其他明代語料均承元代發展，合口三等陽韻字之細音脫落，包含陽韻明母、見系及零聲母。藥韻發展為合口細音者為《韻略易通》來母、知母、見母及《等韻圖經》見母〔ye〕韻的合流，顯然，藥韻在明代的合流仍尚未成形。 |
| 梗攝 | 國語的歷時音變結果：見、零聲母字。<br>庚韻合細：見、零聲母。 | 庚韻合細：見、零聲母字。 | 庚韻合細：見、零聲母。 | 明代一致保持合口細音的情況，發展到現代國語演變為撮口呼。 |
| 曾攝 | 國語的歷時音變結果：零聲母字。 | 職韻合細：零聲母字。 | 職韻合細：零聲母字。 | 明代一致保持合口細音的情況，發展到現代國語演變為撮口呼。 |

明代介音的演變與發展

| 撮口韻 | 魚模分立，y韻成立。 | 魚模分立，y韻成立。 | 魚模分立，y韻成立。 | 魚、虞、模未分立，y韻尚未成立。 | 魚模分立，y韻成立。 | 《易通》、《青郊雜著》、《等韻圖經》、《交泰韻》及《匯通》魚模分韻，表示[y]的卜佔分韻，立。《元韻譜》兼音合口魚虞模三韻，兼音合口洪音與合口細音。以主要元音與合口細音相近、韻尾相同的韻讀概念，因此本文認定《元韻譜》[y]韻尚未成立，仍為[iu]音值。 |
|---|---|---|---|---|---|---|

# 明代語料歸納表

## 【成書年代及音系】

| 韻書 | 《韻略易通》 | 《青郊雜著》(文韻考衷六聲會編) | 《重訂司馬溫公等韻圖經》(合併字學篇韻便覽) | 《交泰韻》 | 《元韻譜》 | 《韻略匯通》 |
|---|---|---|---|---|---|---|
| 作者 | 蘭茂 | 桑紹良 | 徐孝 | 呂坤 | 喬中和 | 畢拱辰 |
| 籍貫 | 雲南嵩明 | 河南濮州 | 河北順天 | 河南寧陵 | 河北內丘 | 山東萊州 |
| 成書年代 | 西元1442年 明英宗正統七年 | 西元1543-1581年 明嘉靖癸卯編-萬曆辛巳定稿 | 西元1602年 明萬曆三十年 | 西元1603年 明萬曆三十一年 | 西元1611年 明萬曆三十九年撰寫 | 西元1642年 明崇禎十五年 |
| 前人歸類音系[註1] | 1.趙:不分陰陽、存入聲,可能受《洪武正韻》的影響。 2.陸:雖爲南音人,但也許是北方移民之後,其所傳之音顯然爲官話系統。目前所知爲明代最早官話系統韻書,其音系當屬北方官話系統。 | 1.李:表現明清清口語標準音。 2.耿:歸混合音系,認爲其聲母系統反映時音,但十八讀部中有三個是虛設,侵覃江陽分立是據古音。 | 1.趙:屬北音系統。 2.李:表現北方方音。 3.耿:反映明末的北京語音(形式上設二十二個聲母,其中有三個是虛母,有字之音只有十九母) | 1.李:歸於《青郊雜著》一類表現共同語的正音(雅音)系統。許多論點皆是繼承、發展《青郊》的看法。 2.耿:反映官話方言區的河南方音。 3.楊:反切是根據呂氏實際語音重造,語音以中原雅音爲主,是據反切以改良反切法,廢除門法、改良反切法,當時河南寧陵方言來表現明代北方官話的語音系統。 | 1.趙:屬北音系統,併四等爲二等,以剛柔律呂合四呼,合乎時代意義。 2.李:爲表現現明清口語標準音。 3.耿:反映官話方言河北音。 4.王:反映某種北方官話音系。依其受陰陽五行之跡而歸雜揉象術闡釋音理之圖。 | 1.耿:屬官話方言區的山東音系,分合刪補之書而成。 |

[註1] 前人歸類音系以趙蔭棠、陸志韋、耿志堅、楊秀芳、王松木之歸納爲主。參見趙蔭棠:《等韻源流》(臺北:文史哲出版社,1985年)。陸志韋:《記蘭茂〈韻略易通〉》收於《燕京學報》第三十二期,1947年,頁161~168。李新魁:《漢語等韻學》(北京:中華書局,1983年)。耿振生:《明清等韻學通論》(北京:語文出版社,1998年)。楊秀芳:〈論《交泰韻》所反映的一種明代方音〉收於《漢學研究》第5卷,第二期,1987年,頁329~374。《王松木:《明代等韻之類型及其開展》,中正大學博士論文,2000年。

## 【語料體例】

| 韻書 | 《韻略易通》西元1442年 | 《青郊雜著》西元1543~1581年 | 《重訂司馬溫公等韻圖經》西元1602年 | 《交泰韻》西元1603年 | 《元韻譜》西元1611年 | 《韻略匯通》西元1642年 |
|---|---|---|---|---|---|---|
| 語料體例 | 先分韻部，陰陽聲韻在前，陽聲韻在後，二十韻即二十圖。再依聲母分，各圖（每一韻）上方依早梅詩二十聲母次序排列。每韻有二十圖。若有韻頭不同的兩種字，即分為兩個字組，中間以〇隔開。以直音法注音。 | 書分兩部分，前一部分主要記述音韻觀點，後一部分是介於韻書與韻圖間的同音字圖，為本書精華。韻圖以《青郊雜著》的韻學理論為基礎而製成同音字表圖，名為〈文韻會編〉。表中縱分六聲調，一韻之中再別以四科（四呼）分圖，一科之下又分五音（發音部位）。同音字依諸聲旁排列，依序列在同一格中。 | 《合併字學篇韻便覽》由字書、韻書、韻圖、反切總匯組成，字書《合併字學集篇》與韻圖《重訂司馬溫公等韻圖經》互為表裡。圖中的字即代表一個小的同音字圖，圖是韻書的音系框架，等於在框架中填充了材料。《圖經》韻圖編排以韻為綱：每一攝之主要元音與韻尾都相同。《圖經》共十三攝中祝攝僅有合口圖，其他十二攝皆有開合二圖，共計二十五圖。每圖皆含有平、上、去、入（陽平）四聲。圖右標明韻攝名稱與開合，左邊標註韻部代號，圖列於橫排最上端。以聲為序兼顧洪細：一圖中又分上中下，上欄為洪音，下欄為細音，中欄平上去如（陽平）。同一聲母縱分四等，每欄縱采字為下的字為同音字代表。以每個小韻的首音的代表字為代表，同音字代表，圖列字代表，不注又音只簡單注明反切與釋義。 | 以韻為綱，以二十一韻次序編排，每個韻部根據所列的前四聲平陽平此分陰平陽平兩兩類。（楊秀芳：呂之方言有陰陽調的分別，事實上，《交泰韻》的每一個韻部分陰陽兩部分收集韻字，但不表示放在陰聲韻部分即為陰聲韻，陽聲韻部分即陽調言之，我們不能只據其陰陽的分列反切來判斷之，仍應據實依據每個反切來判斷。）以聲分列兼表開合，不同的韻部中，聲與聲母的排列不如《韻略易通》整齊，但是每一組字代表一個聲母。其對於四聲求用三聲相乘的韻母相乘表字，所列的四聲或三聲相乘的韻母相乘字，亦如此。此外，反切上字除了表聲母，亦表介音，即反切上字與被切字同音，如同李新魁所言，切字同音，以每個小韻的首音的不同由聲母表示。其反切下字往往只簡單韻腹以後的部分。 | 韻圖分為十二佸，每一佸為一圖，前六佸為陽聲韻，後六佸為陰聲韻。共十二圖。以每聲韻目名稱為陰聲韻目的第一個字為代表、陰聲韻母的入聲字為該韻目名稱。每一圖橫列十九聲母，縱列十六聲母，共得七十六母（實際為七十二母）。每一圖分四呼。一圖中分上平、下平、上、去、入五聲。為了區別剛柔律呂四呼，同一聲母又分為四母，把聲母與介音結合起來，依介音的不同分成小母。共得七十二母。以〇表示有音無字，以●表示該排入聲字。 | 編排次序與《韻略易通》相同，在全書之下以及同韻、同聲、同韻，呼之前注明反切。 |

# 【聲母概況】

| 韻書 | 《韻略易通》西元1442年 | 《青郊雜著》西元1543～1581年 | 《重訂司馬溫公等韻圖經》西元1602年 | 《交泰韻》西元1603年 | 《元韻譜》西元1611年 | 《韻略匯通》西元1642年 |
|---|---|---|---|---|---|---|
| 聲母概況 | 唇音：p p' m f v<br>舌尖音：t t' n l<br>舌尖前：ts ts' s<br>舌尖後：tʃ tʃ' ʃ ʒ<br>舌根音：k k' x<br>零聲母：ø<br><br>早梅詩二十聲母<br>東風破早梅<br>向暖一支開<br>冰雪無人見<br>春從天上來 | 唇音：p p' m f v<br>舌尖音：t t' n l<br>舌尖前：ts ts' s<br>舌尖後：tʃ tʃ' ʃ ʒ<br>舌根音：k k' x<br>零聲母：ø<br><br>基本上分二十字母。其二十聲母又依四科再細分為七十四個小母、七母為無字之音，故實為六十七小母。<br>《盛世詩》有聲母二十：<br>國開王向德<br>天乃貴禎昌<br>仁壽增千歲<br>芭磐民弗忘 | 唇音：p p' m f<br>舌尖音：t t' n l<br>舌尖前：ts ts' s<br>舌尖後：tʂ tʂ' ʂ ʐ<br>舌根音：k k' x<br>零聲母：ø<br><br>其字母總括指出有二十二個聲母，實際為十九。另有稔母的別立，來源自中古的「日泥疑喻三（四）等母的「爾」二而「爾」等字之音，故歸其另立。稔母為舊日母，而見其突字已歸入照系字，亦可見其舊母立。稔母為區別舊日母的排列為顯一部分日母字捲舌化的現象。（表示中古日母字一部分歸入照系字，亦突一部分歸入影母 ø，一部分去鼻音歸入捲系母（ɻ 成為捲舌聲母 ʐ）。 | 唇音：p p' m f v<br>舌尖音：t t' n l<br>舌尖前：ts ts' s<br>舌尖後：tʃ tʃ' ʃ ʒ<br>舌根音：k k' x ø<br>零聲母：ø<br><br>李新魁：認為有十九影，微母消失已併入影、喻母。<br>楊秀芳：認為二十母、存微母。<br>耿振生：認為二十母、存微母。<br>依照大陸研究、微母字混作零聲母與其他零聲母，亦不與零聲母做（陰陽兩韻相對應，可知微母字應是獨立於零聲母之外。 | 唇音：p p' f m v<br>舌根音：k k' ŋ x<br>舌尖音：t t' n l<br>舌尖前：ts ts' s<br>舌尖後：tʂ tʂ' ʂ ʐ (tʂ' ʂ ʐ)<br>零聲母：ø<br><br>李新魁：認為聲母為二十個、疑母多一疑母、理由是「疑母字與影、喻分開排列」。<br>比呂坤十九類多一疑母。<br>耿振生：為二十一個聲母，故韻圖中設十九母。高氏「漭非泛皮」「門微開門微應，實際包含明微二母、故應將非一支母、微獨立出來。<br>王松木：二十一聲母、引鄭錦全之文說明其未有顎化現象。各家對聲母看法不一、有十九、二十、二十一、二十五。 | 唇音：p p' m f v<br>舌尖音：t t' 'n l<br>舌尖前：ts ts' s<br>舌尖後：tʃ tʃ' ʃ ʒ<br>舌根音：k k' x<br>零聲母：ø<br><br>早梅詩二十聲母<br>如同《韻略易通》。<br>東風破早梅<br>向暖一支開<br>冰雪無人見<br>春從天上來 |
| 聲母特徵 | 唇音清化<br>微母尚存<br>云以影疑合流<br>知章三等配細音<br>見、精系不混 | 唇音清化<br>微母尚存<br>云以影疑合流<br>知章三等配細音<br>見、精系極少部分相混（三筆） | 唇音清化<br>微母消失<br>云以影疑合流<br>知章三等配洪音（捲舌聲母產生）<br>見、精系少部分相混（十筆） | 唇音清化<br>微母尚存<br>云以影疑合流<br>知章三等配細音<br>見、精系不混 | 唇音清化<br>微母尚存<br>云以影疑合流<br>知章三等配細音<br>見、精系少部分相混（七筆） | 唇音清化<br>微母尚存<br>云以影疑合流<br>知章三等配細音<br>見、精系不混 |

## 【韻母、聲調概況】

| 韻書 | 《韻略易通》西元 1442 年 | 《青郊雜著》西元 1543〜1581 年 | 《重訂司馬溫公等韻圖經》西元 1602 年 | 《交泰韻》西元 1603 年 | 《元韻譜》西元 1611 年 | 《韻略匯通》西元 1642 年 |
|---|---|---|---|---|---|---|
| 韻母概況 | 二十韻母<br>東洪、江陽、真文、山寒、先全、庚晴、緘咸、侵尋、廉纖、支辭、西微、居魚、呼模、皆來、戈何、蕭豪、遮蛇、幽樓。 | 十八部<br>以心中的上古音框架為基礎而分十八部。<br>東、江、真、元、庚、陽、侵、麻、歌、遮、皆、灰、支、模、魚、尤、蕭韻<br>（以上兩兩之韻或可相諧。） | 十三攝<br>通、止、祝、蟹、壘、效、果、假、拙、臻、山、宕、流攝。 | 二十一韻<br>東、真、文、寒、刪、先、陽、庚、青、支、齊、魚、模、灰、皆、廉、蕭、豪、歌、遮、尤。 | 十二佸<br>拼、探、奔、般、㷉、幫、北、㝵、㕑、八、字、卜、百、㸃、佸。 | 十六韻<br>東洪、江陽、真尋、山寒、先全、居魚、蕭豪、遮蛇、庚晴、支辭、灰微、皆來、家麻、呼模、戈何、幽樓。 |
| 分韻概況（與《中原音韻》的韻部比較。） | 東鍾、庚青分立<br>魚模分立<br>寒山、桓歡、先天分立<br>閉口韻仍存 | 東鍾、庚青分立<br>江陽分立（存古）<br>魚模分立<br>寒山、桓歡合併<br>寒山、先天分立<br>閉口韻仍存 | 東鍾、庚青合併<br>魚模分立<br>寒山、桓歡、先天合併<br>閉口韻消失 | 東鍾、庚青合併<br>魚模分立<br>寒山分立但各自與桓歡一部分合併<br>寒山、先天分立<br>閉口韻消失 | 東鍾、庚青合併<br>魚模分立<br>寒山、桓歡、先天合併<br>閉口韻消失 | 東鍾、庚青分立<br>魚模分立<br>寒山、桓歡合併與先天分立<br>閉口韻消失 |
| 聲調 | 陰平、陽平、上、去、入<br>入聲配陽聲 | 陰平、陽平、上、去、入<br>存入聲 | 陰平、陽平、上、去<br>入聲消失 | 陰平、陽平、上、去、入<br>入聲陰陽兩承，為喉塞音 | 陰平、陽平、上、去、入<br>入聲配陰聲，為喉塞音 | 陰平、陽平、上、去、入<br>入聲配陽聲，為喉塞音 |

## 【特別名詞】

| 韻書 | 《韻略易通》西元1442年 | 《青郊雜著》西元1543～1581年 | 《重訂司馬溫公等韻圖經》西元1602年 | 《玄泰韻》西元1603年 | 《元韻譜》西元1611年 | 《韻略匯通》西元1642年 |
|---|---|---|---|---|---|---|
| 特別名詞 | 無特別名詞 | 四科：輕、極輕、重、次重，分別指開、齊、合、撮。<br>五位：用宮喉、齒牙、角舌、商齒、羽唇五音配合發音部位。（其中唇音字只配齊齒、合口）<br>五品：啓（不送氣）、承（送氣）、進（影泥）、演（「非」）、止（曉明）來審心微），用以分析同部位聲母。<br>六級：即六聲、兩平、上、去、兩入。入聲分陰陽為明末河南方言的特色。<br>耿：明末濮州密陵等地之方言，正處於「入分陰陽」的階段，此即入聲變陰平、陽平之前奏。 | 字母總括：指出聲母代表字。<br>韻圖指南貼號：通、止、祝、蟹、壘、效、果、假、拙、臻、山、咨、流門，為其十三韻攝的內容名稱，門即類之意，十三門即十三類。<br>重定五音：將聲母比附傳統五音：宮音、曉影角見溪；徵音、來母端透泥；羽音；商音、精照穿；幫非分上下；心奇。 | 無特別名詞 | 五聲：聲調上、平、下平、上、去、入。<br>四響：以剛律、剛呂、柔律、柔呂名開、齊、合、撮。<br>七音：以七音配發音部位，宮（唇）、徵（舌）、半徵商（半舌）、商半商（下齒）、上齒（徵）、半商徵（半齒）、羽（牙）、角（牙）。<br>三籟：以天地人比清、濁、清濁半，用以別同一部位之聲母。<br>十二佸：相當於十二攝，將韻母分為十二大類。<br>七十四母：十九聲母配四呼，成七十六小母，去四個唇音而為七十二母。<br>清濁：聲母依發音方法分清、清濁半、濁<br>寄歸：以入聲母有無判斷寄部、歸部。無入聲之佸為寄部，五聲皆俱為歸部。<br>蒙音：為韻圖中以陰文標示四呼中蒙母重複出現者，韻圖中的蒙音次、門各重出一次）<br>此說明唇音在合、開、撮各有音位對立，又排蒙陽五音爲了解釋圖中的整齊韻現象。<br>總釋：以陰陽五行釋圖中的音韻現象。 | 無特別名詞 |

# 參考書目

## 一、古　籍

1. （宋）陳彭年等，《新校宋本廣韻》，影澤存堂翻刻宋本廣韻，臺北：洪葉文化，2001 年。

2. （宋）丁度等，《集韻》影上海圖書館藏述古堂影宋鈔本，上海：上海古籍出版社，1984 年 5 月初版。

3. （宋）《等韻五種》，臺北：藝文印書館，2005 年 10 月初版。

4. （元）黃公紹、熊忠著，寧忌浮整理：《古今韻會舉要——明刊本附校記索引》，北京：中華書局，2002 年 2 月第一版。

5. （元）周德清，《中原音韻》收於《景印文淵閣四庫全書》1496 冊，臺北：臺灣商務印書館，1986 年 7 月初版。

6. （元）周德清／許世瑛校訂，《音注中原音韻》，臺北：廣文書局，1986 年 9 月再版。

7. （明）藍茂，《韻略易通》收於《韻略易通、韻略匯通合訂本》，影清康熙癸卯年李棠馥本，臺北：廣文書局，1972 年 2 月再版。

8. （明）桑紹良，《青郊雜著》收於《四庫全書存目叢書》216 冊，影北京大學圖書館藏明萬曆桑學夔刻本，臺南：莊嚴文化，1997 年 2 月初版，頁 474～642。

9. （明）徐孝，《合併字學篇韻便覽》收於《四庫全書存目叢書》193 冊，影西北師範大學圖書館藏明萬曆三十四年張元善刻本影印，臺南：莊嚴文化，1997 年 2 月初版，頁 313～649。

10. （明）呂坤，《交泰韻》，收於《四庫全書存目叢書》210 冊，影福建省圖書館藏明萬曆刻本，臺南：莊嚴文化，1997 年 2 月初版，頁 1～35。

11. （明）喬中和，《元韻譜》收於《四庫全書存目叢書》214冊，影北京圖書館分館藏清康熙三十年梅墅石渠閣刻本，臺南：莊嚴文化1997年2月初版，頁1～607。

12. （明）畢拱辰，《韻略匯通》收於《韻略易通、韻略匯通合訂本》，影明崇禎壬午年初刻本，臺北：廣文書局，1972年2月再版。

13. （清）江永，《音學辨微》臺北：廣文書局，1977年1月初版。

## 二、專書

1. 王力，1985《漢語語音史》，北京：中國社會科學出版社，5月，第一版。

2. 王力，1991《漢語音韻學》，臺北：藍燈文化，6月，初版。

3. 王力，2003《語言學論文集》，北京：商務印書館，4月，第一版。

4. 王力，2006《漢語史稿》（重排本），北京：中華書局，8月，第二版。

5. 北京大學中國語言文學系，語言學教研室編，2003《漢語方音字匯》（第二版重排本），北京：語文出版社，6月，第一版。

6. （美）布龍菲爾德／袁家驊等譯，2004《語言論》，北京：商務印書館，11月，第一版。

7. （日）早川著／柳之元譯，1992《語言與人生》，臺北：文史哲出版社，4月，再版。

8. 何大安，2001《聲韻學中的觀念和方法》，臺北：大安出版社，10月，二版。

9. 何九盈，2007《語言三論》，北京：語文出版社，3月，第一版。

10. 李珍華、周長楫，1999《漢字古今音表》（修訂本），北京：中華書局，1月，第一版。

11. 李無未，2009《漢語等韻學》，北京：中華書局，9月，第一版。

12. 李新魁，1983《漢語等韻學》，北京：中華書局，11月，第一版。

13. 李新魁，1986《漢語音韻學》，北京：北京出版社，7月，第一版。

14. 李新魁，1999《李新魁音韻學論集》，汕頭：汕頭大學出版社，11月，第一版。

15. 林尹著，林炯陽注釋，1990《中國聲韻學通論》，臺北：黎明文化，10月，改版。

16. 竺家寧，1980《九經直音韻母研究》臺北：文史哲出版社，8月，初版。

17. 竺家寧，1986《古今韻會舉要的語音系統》，臺北：臺灣學生書局，7月，初版。

18. 竺家寧，1994《近代音論集》，臺北：臺灣學生書局，8月，初版。

19. 竺家寧，1995《音韻探索》，臺北：臺灣學生書局，10月，初版。

20. 竺家寧，2002《古音之旅》，臺北：萬卷樓圖書公司，3月，再版。

21. 竺家寧，2004《聲韻學》，臺北：五南圖書出版公司，10月，二版。

22. 林慶勳、竺家寧，1999《古音學入門》，臺北：臺灣學生書局，9月，初版。

23. 周祖謨，2001《語言學論文集》，北京：商務印書館，10月，第一版。

24. 林燾、王理嘉，2006《語音學教程》，北京：北京大學出版社，7月，第一版。

25. 林炯陽、董忠司，2004《臺灣五十年來聲韻學暨漢語方音學術論著目錄初稿》（1945～1995），臺北：文史哲出版社，4月，初版。

26. （法）保爾巴西／劉復譯，1971《比較語音學概要》，臺北：泰順書局，3月，臺灣重訂版。

27. （瑞典）高本漢，2003《中國音韻學研究》，北京：商務印書館，6月第一版。

28. 唐作藩，2006《音韻學教程》，北京：北京大學出版社，9月，第三版。

29. 耿振生，1998《明清等韻學通論》，北京：語文出版社，7月，第一版。

30. 袁家驊等著，2006《漢語方言概要》，北京：語文出版社，4月，第二版。

31. 徐通鏘，2001《歷史語言學》，北京：商務印書館，7月，第一版。

32. 徐通鏘，2006《語言論——語義型語言的結構原理和研究方法》，長春：東北師範大學出版社，1月，第一版。

33. 陸志韋，1971《古音說略》，北京：燕京大學哈佛燕京學社，1947年10月，初版。

34. 陳新雄，2000《重校增訂音略證補》，臺北：文史哲出版社，9月，增訂初版。

35. 陳新雄，2002《等韻述要》，臺北：藝文出版社，9月，初版。

36. 郭錫良，1986《漢字古音手冊》，北京：北京大學出版社，11月，第一版。

37. 張玉來，1995《韻略匯通音系研究》，濟南：山東教育出版社，4月，第一版。

38. 張玉來，1999《韻略易通研究》，天津：天津古籍出版社，4月，第一版。

39. 張世祿，2000《中國音韻學史》，臺北：臺灣商務印書館，5月，臺一版。

40. 董同龢，2003《漢語音韻學》，臺北：文史哲出版社，10月，十六版。

41. 詹伯慧，2001《漢語音韻學》，臺北：新學識文教，4月，三版。

42. 趙元任，2001《語言問題》，臺北：台灣商務印書館，5月，初版。

43. 趙蔭棠，1985《等韻源流》，臺北：文史哲出版社，7月，再版。

44. 寧忌浮，1997《古今韻會舉要及相關韻書》，北京：中華書局，5月，初版。

45. 黎錦熙，1934《國語運動史綱》，上海：商務印書館，初版。

46. 蔣紹愚，2006《近代漢語研究概要》，北京：北京大學出版社，4月，第一版。

47. 劉曉南，2007《漢語音韻研究教程》，北京：北京大學出版社，1月，第一版。

48. 謝雲飛，1997《語音學大綱》，臺北：臺灣學生書局，2月，初版。

49. （美）薛鳳生著，魯國堯、侍建國譯，1990年《中原音韻音位系統》，北京：北京語言學院，6月，第一版。

50. 羅常培、王均，2004《普通語音學綱要》，北京：商務印書館，10月，修訂版。

## 三、單篇文章

1. 丁邦新，1978〈《問奇集》所記之明代方音〉《中央研究院成立五十週年紀念文集》第二輯，人文社會科學，6月，頁577～592。

2. 丁邦新，1981〈與中原音韻相關的幾種方言現象〉《中央研究院歷史語言研究所

集刊》，第 52 本 4 分，頁 619～650。

3. 丁邦新，1986〈十七世紀以來北方官話之演變〉《中研院近代中國區域史研討會論文集》，頁 5～15。

4. 丁邦新，1987〈論官話方言研究中的幾個問題〉《中央研究院歷史語言研究所集刊》第 58 本 4 分，頁 809～841。

5. 丁邦新，1998〈漢語方言區分的條件〉《丁邦新語言論文集》，北京：商務印書館，1 月，第一版，頁 166～187。

6. 丁邦新，2007〈論切韻四等韻介音有無的問題〉《中國語言學集刊》創刊號，第 1 卷，第一期，北京：中華書局，9 月，第一版，頁 1～22。

7. 王洪君，2001〈關於漢語介音在音節中的地位問題〉《聲韻論叢》第十一輯，臺北：臺灣學生書局，頁 37～44。

8. 王爲民，2006〈再論《重訂司馬溫公等韻圖經》止攝合口中等照組字韻母的音值〉《徐州師範大學學報》（哲學社會科學版），第五期，頁 55～58。

9. 王靜如，1941〈論開合口〉《燕京學報》第二十九期，頁 143～192。

10. 申小龍，1995〈論中國語文傳統之北音學〉《學術交流》第四期，頁 110～113。

11. 史存直，2002〈關於「等」和「門法」〉《漢語音韻學論文集》，上海：華東師範大學出版社，2 月，頁 290～301。

12. 田恒金，2005〈精見兩組聲母顎化規律的例外現象及其成因〉《湖北教育學院學報》第 22 卷，第四期，頁 27～28。

13. 李新魁，1984〈漢語音韻學研究概況及展望〉《音韻學研究》第一輯，中國音韻學研究會編，北京：中華書局，3 月，第一版，頁 4～22。

14. 李新魁，1984〈近代漢語介音的發展〉《音韻學研究》第一輯，中國音韻學研究會編，北京：中華書局，3 月，第一版，頁 471～484。

15. 李新魁，1993〈論近代漢語共同語的標準音〉《李新新自選集》，河南：河南教育出版社，11 月，第一版，頁 150～167。

16. 李新魁，1993〈論近代漢語照系聲母的音值〉《李新魁自選集》，河南：河南教育出版社，11 月，第一版，頁 179～180。

17. 李存智，2001〈介音對漢語聲母系統的影響〉《聲韻論叢》，第十一輯，臺北：臺灣學生書局，頁 69～105。

18. 竺家寧，2000〈論近代音研究的方法、現況與展望〉《漢學研究》第 18 卷特刊，12 月，頁 175～197。

19. 竺家寧，2001〈析論近代音介音問題〉《第七屆國際第十九屆全國聲韻學學術研討會：聲韻學研究之蛻變與傳承論文集》，臺北：國立政治大學語言學研究所，頁 17～23。

20. 周傲生，2007〈呂坤的韻學思想與《交泰韻》的反切特徵〉《西南交通大學學報》（社會科學版），第四期，頁 68～71。

21. 俞述翰，1988〈同化、顎化及其他〉《外語研究》第四期，頁 46～50。

22. 馬重奇，1999〈1994～1997 年漢語音韻學研究綜述〉《福建論壇》（文史哲版）第五期，頁 42～48。

23. 徐通鏘，1994〈音系的結構格局和內部擬測法〉——漢語的介音對聲母系統的演變的影響（上）（下）《語文研究》第三、四期，頁 1～9 及 5～14。

24. 郭力，2004〈《重訂司馬溫公等韻圖經》的聲母研究〉《古漢語研究》第二期，頁 18～24。

25. 梁亞東，2003〈漢音與《廣韻》四等韻之介音〉《長春師範學院學報》第 22 卷，第二期，6 月，頁 118～119。

26. 陸志韋，1947〈記蘭茂《韻略易通》〉《燕京學報》第三十二期，頁 161～168。

27. 陸志韋，1947〈記徐孝《重訂司馬溫公等韻圖經》〉《燕京學報》第三十二期，頁 169～196。

28. 陸志韋，1947〈記畢拱辰《韻略匯通》〉《燕京學報》第三十三期，頁 105～113。

29. 麥耘，1994〈關於章組聲母翹舌化的動因問題〉《古漢語研究》第二期，頁 21～25。

30. 張玉來，1992〈《韻略匯通》的語音性質〉《山東師大學報》（人文社會科學版）第一期，頁 61～63。

31. 張玉來，1997〈《韻略易通》的音系性質問題〉《徐州師範大學學報》（哲學社會科學版），第二期，頁 49～51。

32. 張光宇，2006〈漢語方言合口介音消失的階段性〉《中國語文》第四期，頁 346～384。

33. 張偉娥，2003〈論《交泰韻》的語音性質〉《青島大學師範學院學報》第二期，頁 39～41。

34. 馮蒸，1997〈趙蔭棠音韻學藏書臺北目睹記——兼論現存的等韻學古籍〉《漢語音韻學論文集》，北京：首都師範大學出版社，5 月，第一版，頁 405～436。

35. 馮蒸，1997〈尖團字與滿漢對音——《圓音正考》及其相關諸問題〉《漢語音韻學論文集》，北京：首都師範大學出版社，5 月，第一版，頁 289～308。

36. 楊秀芳，1987〈論《交泰韻》所反映的一種明代方音〉《漢學研究》5 卷，第二期，頁 329～374。

37. 楊劍橋，1999〈尖團音辨釋〉《辭書研究》第四期，頁 150～154。

38. （日）遠藤光曉，2001〈介音與其他語音成分之間的配合關係〉《聲韻論叢》第十一輯，臺北：臺灣學生書局，頁 61。

39. 鄭再發，1966〈漢語音韻史的分期問題〉《史語所集刊》第三十六本，下集，頁 635～648。

40. 魯國堯，1985〈明代官話及其基礎方言問題——讀《利瑪竇中國札記》〉《南京大學學報》，第四期，頁 47～52。

41. 鄭錦全，1980〈明清韻書字母的介音與北音顎化源流的探討〉《書目季刊》14 卷，第二期，頁 77～87。

42. 鄭錦全，2001〈漢語方言介音的認知〉《聲韻論叢》第十一輯，臺北：臺灣學生書局，頁 25～26。

43. 黎新第，1995〈明清時期的南方系官話方言及其語音特點〉《重慶師院學報哲社版》第四期，頁 81～88。

44. 黎新第，2003〈百年來中國近代語音研究幾個問題的認識與回顧〉載《重慶師院學報哲社版》第一期，頁 84～89。

45. 黎新第，2002〈從研究材料看百年來中國近代漢語語音研究〉《重慶師院學報哲社版》第三期，頁 73～80。

46. 黎新第，2002〈20 世紀中國近代音研究分期和研究觀念的發展〉《古漢語研究》第二期，頁 19～23。

47. 黎錦熙，2002〈漢語規範化的基本工具〉《黎錦熙語言文字學論著選集》，北京：師範大學出版社，頁 50。

48. 簡啓賢，1997〈tɕ、tɕʻ、ɕ、讀爲ts、tsʻ、s 的稱說——兼論尖團音的定義〉《雲南教育學院學報》第 13 卷，第六期 12 月，頁 61～63。

49. 羅傑瑞／梅祖麟譯，2004〈關於官話方言早期發展的一些想法〉《方言》第四期，11 月，頁 295～300。

50. 藍恭梓，2002〈略論尖團音〉《濟南教育學院學報》第四期，頁 51～52。

## 四、碩博士論文

1. 王松木，2000《明代等韻之類型及其開展》，中正大學博士論文，5 月。

2. 李秀珍，1997《青郊雜著研究》，文化大學碩士論文，6 月。

3. 汪銀峰，2004《元韻譜研究》，吉林大學碩士論文，4 月。

4. 林協成，2003《元韻譜音論研究》，文化大學碩士論文，6 月。

5. 周美慧，1999《韻略易通與韻略匯通音系比較——兼論明代官話的演變與傳承》，中正大學碩士論文，5 月。

6. 耿軍，2004《合併字學篇韻便覽》，蘇州大學碩士論文，5 月。

7. 張偉娥，2002《交泰韻音系研究》，山東師範大學碩士論文，4 月。

8. 張淑萍，2009《漢語方言顎化現象研究》，臺灣師範大學博士論文，1 月。

9. 楊美美，1988《韻略易通研究》，高師大碩士論文，6 月。

10. 廉載雄，2001《喬中和元韻譜研究》，政治大學碩士論文，7 月。

11. 趙恩梃，1999《呂坤交泰韻研究》，臺灣師範大學碩士論文，5 月。

12. 劉英璉，1988《重訂司馬溫公等韻圖經研究》，高雄師範學院碩士論文，5 月。